2020
김승옥문학상
수상작품집

2020
김승옥문학상
수상작품집

문학동네

알립니다

우수상 수상작 가운데 황정은 작가의 「年年歲歲 1 : 하고 싶은 말」은 작가의 뜻을 존중하여 작품집에 수록하지 않습니다.

|차례|

대상

/

김금희

우리는 페퍼로니에서 왔어

작가노트

나 좋은 사람 아닌데요

리뷰 | 김화영

사랑의 발생학

©Blossom Creative

김금희
2009년 한국일보 신춘문예에 단편소설 「너의 도큐먼트」가 당선되어 등단. 2015년, 2017년 젊은작가상, 2016년 젊은작가상 대상, 신동엽문학상, 현대문학상, 우현예술상 등 수상. 소설집 『센티멘털도 하루 이틀』 『너무 한낮의 연애』 『오직 한 사람의 차지』, 장편소설 『경애의 마음』 『복자에게』, 중편소설 『나의 사랑, 매기』, 짧은 소설 『나는 그것에 대해 아주 오랫동안 생각해』, 산문집 『사랑 밖의 모든 말들』이 있다.

우리는 페퍼로니에서 왔어

엄마의 사십구재가 끝나고, 기오성에 대해 인터뷰해달라는 이메일을 받았다. 나는 더이상 엄마가 없는 영종도를 떠나야겠다고 생각하고, 옮길 곳을 인터넷으로 찾는 중이었다. 이메일을 보낸 사람은 자신을 다큐멘터리 피디로 소개했다. 이메일 화면을 띄워 놓고 한동안 앉아 있는데 갑자기 엄마가 문경의 사촌에게 사과값을 주었나? 하는 의문이 들었다. 사과를 주문해 병실 사람들과 나눈 지가 오래인데 이제야 그 생각을 하다니. 나는 갑자기 초조해져 이체 기록이 남았는지 엄마 통장을 들춰보다가 사촌에게 전화를 걸었다.

"와, 무슨 일인데?"

졸음이 묻은 사촌의 목소리를 듣고 나서야 지금이 열한시, 그쪽 시간표대로라면 모두 깊은 잠에 들었을 시간이라는 생각을 했다. 사과값을 주지 않은 것 같다고, 지금이라도 보낼 테니 얼마인지 알려달라고 하자 사촌은 사과? 하고 아직도 아슴한 잠결에 잠긴 듯한 목소리로 물었다.

"그런데 니는 안 자나, 잠을 몬 자나."

사촌은 아마 이모가 지불했을 게 분명하고 안 줬더라도 그 돈이 뭐가 중요하냐고, 괜찮다고 했다. 나는 늦은 시각에 전화를 걸었다는 미안함에다, 사촌이 괜찮다고, 정확히는 개안타고 하는 바람에 감정이 복잡해졌다. 잘 있어, 인사를 겨우 하며 전화를 끊었다.

"그래, 문경 한번 온나. 사과꽃 다 지기 전에 한번, 꼭."

사촌은 어렸을 때 내가 시골에 간 날을 아직도 기억하고 있었다. 사과밭의 흰 무더기 꽃에 흥분하며 '서울내기 다마네기 사촌'이 종일 뛰어다녔다는 얘기였다. 나중에 보니 얼마나 꽃을 올려다봤는지 뒷목에 붉은 줄이 여러 개 잡혀 있었다는. 서울내기 다마네기는 서울 애들의 새침함을 놀리는 말이었다. 그뒤 무엇을 하든, 성인이 되든, 마흔이 가깝든, 사촌에게 나는 여전히 사과꽃을 올려다보는 애였다. 내게 사촌은 깁스한 엄지손가락을 치켜올리며 병실에서 웃어 보이는 애였고.

전화를 끊고 나는 이럴 때가 많다고 생각했다. 어쩌면 엄마가 투병을 시작하면서부터 몸에 밴 불안 같은 것이라고. 경계하고 신경을 곤두세우지 않으면 무언가가 엄마를 그냥 삼켜버릴 듯해 긴장했지만 실제로 정신은 그렇지 못해서 나는 일상의 일들을 제대로 해내지 못했다. 어느 날은 지갑도 휴대전화도 없이 엄마와 함께 식당에 갔다가 낭패를 보기도 했다. 백혈구 수치가 떨어지면 항암을 할 수가 없다고, 고기를 먹어야 한다고 병원에서 말해 부랴부랴 고깃집에 간 날이었다.

누군가에게 계좌이체를 해달라고 부탁하려 해도 외우는 번호가 없었다. 엄마도 항암제가 잘 듣지 않으면서 사람들과 연락을 끊고 있었다. 사촌을 떠올렸지만 엄마가 거기는 지금 한밤중일 텐데, 하며 망설였다. 하는 수 없이 엄마를 두고 차로 이십여 분 떨어진 아파트에 나 혼자 다녀왔다. 엄마는 고깃집 창가에서 무료하게 텔레비전을 보며 앉아 있었다. 모자가 뒤로 벗겨지지 않게 간간이 신경을 쓰면서. 나는 엄마가 그런 풍경 속에 혼자 남겨져 있었던 데 누구에게인지 모르게 화가 났고, 주차를 하고 식당으로 뛰어들어갔다. 엄마는 마치 꿈에서 깨어난 사람처럼 아슴아슴한 눈으로 은경아, 하고 내 이름을 불렀다.

병원에서도 나는 매일 실수하는 보호자였다. 언젠가 의사가 날 보며 엄마, 정신 차리자, 라고 할 정도였다. 결혼도 하지 않고 아이도 없는 나를 왜 엄마라고 부르지? 의아해하다가 내 나이대의 여자는 의사가 대개 그렇게 부른다는 것을 뒤늦게 알아차렸다. 그 호칭을 나보다 더 거슬려 한 사람은 엄마였고, 선생님 우리 애도 선생님이에요, 라고 어느 날은 직접 정정했다. 엄마 그렇게 말고, 선생님이라고 부르세요.

정이라는 이름의 그 피디는 기오성의 이십대 시절을 알고 싶다고 했다. 기오성과 같이 팟캐스트 일을 했던 사람을 만났는데, 그가 기오성에 대해서라면 내가 좀 특별한 기억을 가지고 있으리라 추천했다는 것이다. 다큐멘터리 가제는 '정치논객 기오성'이었고 취지에는 참여정부에서 촛불정국까지 청년정치의 현주소를 되짚는다고 쓰여 있었다. 그리고 어쩌면 아실 수도 있겠지만 기오성씨는 현재 행방불명 상태입니다, 라고. 그런 만큼 그의 재조명이 중요하다 할 수 있는데요, 방송을 계기로 소재가 파악될 수도 있으니까요. 사용하는 이메일이리라 기대하며 보냅니다. 꼭 한번 연락을 주세요, 언제라도 상관없고 24시간 대기로 선생님 연락을…… 기오성이 대학을 졸업하고 정치권에서 활동했다는 사실은 나도 알고 있었다. 2007년부터 '잡어탕평'이라는 팟캐스트를 운영했고, 대통령선거 기간 내내 꽤 주목받았다는 사실도. 우리가 마지막으로 만난 장소가 바로 그 녹음 스튜디오였다.

하지만 나는 이메일을 삭제한 다음 휴지통을 비웠고 포털의 지도를 움직여가며 이사갈 집을 다시 찾았다. 옮겨갈 도시는 많았다. 일산이나 김포, 부천, 아니면 의정부 쪽으로도 갈 수 있었다. 새로 구한 기간제교사 자리는 서울이었지만 어차피 서울 시내까지 한 시간 가까이 걸리는 곳에서 지냈던 터라 어디든 상관없었다.

*

그해 여름 기오성과 나는 한 노교수의 종택宗宅에서 처음 만났다. 정년퇴임을 하고 명예교수로 있던 그가 그간 자기 문중의 숙원사업이었던 족보 정리를 위해 우리를 방학 동안 고용한 것이었다. 나는 한자 2급 자격증을 가지고 있어서 과에서 추천했고 기오성은 교수와 친분이 있었다. 경기도 광주에 있던 그 집은 향토유적으로 지정될 만큼 유서 깊은 고택이었다. 대문으로 들어가면 세 칸짜리 사랑채가 있고 그 뒤에 대청을 중심으로 ㄱ자 모양을 한 안채가 있었다. 고택에서 건축학적으로 가장 가치가 있는 건물은 사랑채라고 했다. 수제 기와를 층층이 올려 위엄을 뽐냈고 마당 쪽으로 뻗어나온 방에는 한옥에서는 보기 드문 격자무늬 유리창들이 달려 있었다. 일제시대의 흔적이었다.

처음 고택에 도착했을 때 가장 눈에 들어온 것도 그 화려한 사랑채였다. 그곳 툇마루에서 한 여자애가 마루 아래를 골똘히 내려다보고 있었다. 교수의 큰손녀인 강선이었다. 이어서 기오성이 도착했고 우리는 안채에 짐을 푼 뒤 저녁을 먹었다. 나는 강선과 방을 같이 써야 했는데, 강선이는 유학을 준비중이라 주로 서재가 있는 사랑채에 머문다고, 그냥 혼자 쓴다고 생각하면 된다고 교수는 말했다.

둘이 써도 상관없어요.

나는 교수에게 그렇게 까다롭거나 소극적인 사람이 아니라는 인상을 주고 싶어서 일부러 말했다. 지금 집에도 사촌이 올라와 같이 지내고 있다고. 교수는 대화를 이어가고 싶었는지 사촌이 왜 올라오게 되었냐고 물었고 나는 한 전자회사에 취직해 기숙사에 들어가기 전에 함께 살고 있다고 설명했다. 그리고 사촌이 대학에는 진학하지 못했고 첫 월급을 받으면 학점은행제를 운영하는 사설 교육기관에 다닐 계획이라고 말을 이었는데, 교수가 그래도 정식 대학이 낫지 않나? 하는 바람에 대화는 끊겼다. 할아버지, 누가 그걸 몰라? 그때 오리불고기를 뒤적이고 있던 강선이 좀 짜증난다는 듯이 한마디했다. 상황이 안 되니까 그러는 거잖아요, 좀. 빵이 없으면 고기를 먹으라는 것도 아니고 뭐야.

그날 자려고 눈을 감았는데 도시와 달리 주변의 기척들이 고스란히 들려왔다. 어딘가에는 분명 대나무가 있는 듯했다. 산바람에 흔들리면서 딱. 딱. 하고 서로 부딪히는 소리가, 연속된다기보다는 하나하나 마침표를 찍듯이 들려왔다. 아마도 기대가 없어서이지 않았을까. 대나무의 단단한 몸체가 서로 부딪혀 둔탁한 소리가 들려오리라는 것에 당연히 나는 아무 기대가 없었다. 들려도 그만, 들리지 않아도 그만이었다. 그건 내일부터 내가 하게 될 경기도 광주를 본으로 한다는, 신라 6부촌장의 후손이라는 이 집안의 족보 작업과 마찬가지였다. 그건 노동이지 노동, 이라고 나는 생각했다. 식당을 하는 엄마가 미리 해놓는 밀가루 반죽 같은, 희고 물렁물렁하고 둔중한 덩어리에 불과한. 그렇게 생각하자 아까 밥상에서 내가 사촌 이야기를 너무 길게, 자세히 한 것이 끔찍하게 후회되었다. 가장 신경쓰였던 건 교수나 기오성이 아니라 강선이었다. 그애는 붉은색 머리띠로 앞머리를 완전히 넘기고, 습관인지 새끼손가락을 약간 들어올려 젓가락을 허술하게 잡은 채 반찬을 뒤적거리고 있었다. 그런 강선이 무람없이 조부를 탓하고 리모컨을 눌러 텔레비전 채널을 바꾸던 모습이 도드라지며 선명하게 떠올랐다.

다음날부터 기오성과 내 앞에는 그 집안의 오래된 세보世譜들이 놓였다. 문중의 공식 세보는 18세기부터 여러 차례 정리되었는데 가장 최근은 1973년이었다. 우리가 할 일은 한문으로 쓰인 그 책을 그대로 컴퓨터로 옮기고 이후 삼십여 년 동안 대대손손 늘어난 후손들의 이름을 추가하는 것이었다. 사랑채 끝방에 작업을 위한 긴 책상이 놓여 있었다. 기오성과 나는 처음 며칠 동안은 별말 없이 각자 할일을 했다. 일단 세보의 내용을 노트에 정리했다가 오류가 없으면 그날그날 타이핑했다. 기오성은 뭔가 대화의 물꼬를 틔워보려고 몇몇 과 선배들에 대한 얘기를 꺼냈지만 내가 내 학번부터 학부제로 바뀌어서 잘 모르겠다고 하자 아— 하며 고개를 끄덕였다. 그렇다면 정말 모르겠네요.

식사시간이 되면 교수의 사모가 안채로 우리를 불렀다. 사모는 개성 출신이라서 그쪽 요리도 해주었는데 항상 꿩을 아쉬워했다. 만두의 일종인 편수를 빚거나 칼국수를 끓이거나 언제나 우리가 맛있게 먹는 양을 보고 있다가 꿩이 있어야 하는데, 혼잣말을 했다. 없는 꿩을 왜 자꾸 얘기하느냐고 교수가 타박하면, 없으니까 말하죠, 있으면 말을 않지, 라고 대꾸했다. 그런 식사 자리에서는 어쩔 수 없이 개인적인 얘기들이 오갔다. 교수에게 최근 허리 통증이 생겼다거나 강선의 아버지가 목사라든가 하는 언급들이었다. 나는 이 세세연년의 족보 정리와 목사는 어울리지 않는다고 생각했지만 강선이 무슨 말 끝에 그러니까 둘이 만날 사이가 안 좋지, 하고 이죽거리는 바람에 모든 상황이 그대로 이해가 갔다.

교수는 우리를 은경양, 오성군이라고 불렀고 식사의 마지막을 늘 기오성에 대한 당부로 맺었다. 언제는 꽤 거구인 자신에 비해

약해 보이는 기오성의 체력이기도 했고 밤늦게까지 자지 않는 생활습관이기도 했지만 대개는 기오성이 시민단체에서 활동하고 있는 상황이 초점이 되었다. 당동벌이黨同伐異하는 사람들에게 휩쓸리면 안 된다고 교수는 여러 번 당부했다. 그러면 기오성은 적 없이 운동이 되나요, 하고 슬쩍 웃으며 넘겼고 교수는 순진한 소리는 말게, 하고 경고하듯 손가락을 세웠다. 나중에 기오성은 누가 순진한 소리를 하는 건지 모르겠다며 짧게 불평했다.

족보는 옛날 체제 그대로 인쇄되어야 했기 때문에 최종적으로는 매킨토시로 편집 작업을 해야 했다. 우리는 번갈아가며 읍내 인쇄소에 나가 타이핑한 내용을 매킨토시 파일로 만들었다. 명함이나 광고물을 찍는 영세한 인쇄소라 편집을 대신 해줄 사람이 없었다. 그곳 사장도 같은 문중이라 어쩔 수 없이 노력봉사하는 상황이었으니까. 사랑채에 내내 같이 있다가 그렇게 기오성이 빠져나가면 나는 그제서야 숨통이 트이는 기분이었다. 다리를 죽 뻗어서 맞은편 의자에 올려놓기도 하고 뭔가 생각다운 생각을 했다. 이를테면 교수에게서 세 달 치 아르바이트비를 받으면 사게 될 중고차 같은 것.

어느 날은 처음 이 집에 들어섰을 때 강선이 무언가를 내려다보고 있던 것이 생각나서 툇마루로 나갔다. 거기에는 강선이 벗어놓은 스타킹이 돌돌 말려 있고 누군가에게 보내려는지, 아니면 그냥 낙서 삼아 끄적거렸는지 이런 메모가 남아 있었다. 나는 너를 미워할 거야, 거룩한 사명처럼 미워할 거야, 미워할 수 있을 때까지 미워하다가 나도 죽을 거야, 아주 뜨겁게 뜨겁게 죽을 거야.

나는 종이를 무심코 읽고 있다가 강선이 툇마루로 들어서는 바람에 놀랐다.

언니, 봤어요?

며칠 동안 직접 대화해본 적이 없는데도 강선은 스스럼없이 언니, 라고 불렀다.

미안해요, 자세히는 안 봤어.

내가 당황해하는 사이 강선이 어떡해, 하면서 그 자리에 주저앉았다. 무릎까지 오는 원피스를 입었는데도 그냥 다리를 아무렇게나 퍼지르고 앉아 이거 내 비밀이야, 어떡해, 하고 나를 놀리는 건지 정말 탓하는 건지 모르게 우는소리를 했다. 사과를 더 해야 하나, 한다면 무슨 말로 하나 고민하는데 강선은 금세 또 얼굴이 말개져 괜찮겠죠, 언니는 좋은 사람이니까, 라고 정리했다.

나 좋은 사람 아닌데요.

나는 내가 이 말을 왜 하나 싶으면서도 중얼거렸다. 그러면서 며칠 동안 강선의 행동을 지켜보며 느꼈던 거북함의 정체를 찾았다고 생각했다. 그건 마치 어린애처럼 함부로 말하고 조심성 없이 행동한다는 점이었다. 대청 어딘가에 대자로 누워 우리가 지나가는데도 비킬 생각이 없다든가, 화가 나면 조부모에게 소리를 지르며 대든다든가, 식탁에 비스듬히 몸을 기대고 우리가 먹는 양을 구경하고 있다가 기오성이 강선씨는 왜 식사 안 해요, 하면 할머니 요리가 지겨워서요, 하는 모든 행동이 내게는 일종의 과시처럼 느껴졌다. 누구를 만나든 본관부터 따지고 지연과 학연을 전방위로 확인하는 노교수보다, 문중 일을 의논하러 올 때마다 세보를 여학생이 정리한다는 사실을 못내 마땅찮아하는 집성촌 노인들보다 더 강한 위력자처럼 느껴졌다.

좋은 사람, 맞아요.

강선은 내 마음에 일렁이는 거북함을 아는지 모르는지 천진하게 말했다. 어떻게 아느냐고 내가 묻자 강선은 뭔가 토라진 사람처럼 어깨를 한편으로 돌리더니 얼굴에 쓰여 있어, 라고 답했다.

그날 밤 잠이 오지 않아 뒤척이다가 나는 기오성을 어디서 봤는지 생각해냈다. 지난 학기의 고전문학 시간이었다. 새로 부임한 젊은 여자 교수가 하는 강의였다. 그날 우리는 박지원의 짧은 산문을 읽었다. 서화담이 출타했다가 집을 잃어버리고 길가에서 우는 사람을 만났다. 저는 다섯 살 때 시력을 잃고 지금 이십여 년이나 되었습니다. 그런데 오늘 아침 밖으로 나오니 홀연히 천지 만물이 맑고 밝게 보여 기뻤지만 길이 여러 갈래요, 대문들이 어슷비슷 같아 보여 집으로 갈 수가 없어 웁니다. 그러자 선생께서 말씀하셨다. 그러면 도로 눈을 감고 가거라. 너의 집에 갈 수가 있을 것이다.

학생 중 하나는 이 글이 마음에 들지 않는다고 말한다. 개명이란 새로운 것에 눈을 뜨고 전기를 맞았다는 이야기인데 도로 눈을 감으라는 것은 본래의 비참으로 돌아가라는 말처럼 들린다. 그렇게 말하는 사람이 바로 나다. 선생은 이 글이 비유하고 있는 상황을 그렇게 단순하게 해석해서는 안 된다고 말한다. 나는 믿지 않는다. 뒤이어 지목된 사람은 기오성이었고 그는 본래 지녔던 마음의 눈으로 돌아가 진리를 찾으라는 뜻 같다고 말한다. 미혹에 휘둘려 판단하지 않고 스스로의 마음으로 보는 세상. 선생은 그렇지, 라고 동의한다. 그 반응에 자신을 얻은 그는 그렇게 해서 '나임'과 '너임', 궁극으로는 '우리임'을 찾아야 한다고 말한다. 나는 그 전개와 확장이 나쁘지 않은데 교수는 "응, 우리임은 빼고"라고 자른다.

"그런 건 없으니까."

기오성은 무슨 말인가 더 할 듯하다가 말고 대화는 거기서 종료되었다.

한 주를 보내고 금요일이 되면 기오성과 나는 집에 가기 위해 고택을 빠져나왔다. 조용한 시골마을에 있다가 그렇게 도시로 오면 긴장이 풀리면서 명랑해졌다. 그리고 비로소 교수 가문의 항렬이니 자손의 수니 하는 것과는 다른 우리 이야기를 했다. 경차가 아니라 못돼도 소형차를 사야 한다고 충고한 사람도 그였다.

그렇게 해서 각자 시외버스를 타기 전 모란시장을 걸었던 풍경이 그 여름 우리를 온전히 보여준다고 생각한다. 거기에는 따지고 보면 이미 다 죽어버린 사람들의 이름을 옮겨 쓰고 확인해야 하는 반복된 노동도 없고, 교수의 가족들과 우리 사이에 음식 냄새처럼 은은하게 번지던 위화감도 없었다. 거기에는 살아 있는 개를 팔거나 슬프게는 죽은 개들을 파는 매매의 현장성, 작열하는 여름볕에 붉게 익은 상인들과, 덜덜거리며 돌아가는 대형 선풍기 바람에 흔들리는 파리끈끈이나 비닐봉지 같은 것들이 있을 뿐이었다. 그리고 기오성과 내가. 우리는 헤어지기 전에 같이 뭔가를 사러 가기도 하고 노포에서 칼만두 같은 분식을 먹기도 했다. 그러다가 우리는 더 맛이 나려면 꿩이 있어야 하는데, 하는 농담을 주고받았다.

꿩으로도 안 돼요.

나는 숟가락으로 만두를 터뜨리면서 답했다.

안 되나?

안 되지, 꿩이 아니라 꿩 할애비가 와도 이런 맛은 구제가 안 돼.

꿩 할애비는 또 뭐예요?

기오성이 크게 웃었고, 그제서야 나는 기오성이 웃을 때면 양 뺨에 굵은 주름이 진다는 걸 알았다.

꿩 할애비가 뭐긴요, 기껏해야 꿩이지.

그러고 다시 거리로 나와 우리는 와글와글한 인파와 소음 속에 합류했다. 삶의 뭉근한 긴장 속으로. 그것은 확실히 발생이라는 말이 어울리는 날들이었다.

그런 낮의 풍경이 스며들다 밤이 되면 기오성과 나는 대청마루를 사이에 두고 문자를 주고받기도 했다. 제법 큰 물푸레나무 머릿장이 있고, 이 집안 누군가가 쓴 사혜련의 「설부雪賦」 족자가 걸려 있는 그곳이 우리의 간격이었다. 안채에서 같이 생활했다면 교수 부부의 인기척이 당연히 들렸을 텐데도 기억에서 그 밤들은 아주 적막하고 고요하다. 대화는 지금 떠 있는 달의 모양이나, 2학기 수강신청에 관한 정보 혹은 영화나 음악에 관한 언급이었다. 그리고 서로가 서로에게 느끼는 인상이나 기미 같은 것. 너는 얼굴에 그늘이 하나도 없구나, 하는 것도 그에게서 처음으로 들어본 말이었다. 나처럼 가난한 애가 그럴 리가, 라고 답하면 그 가난 안 되겠네, 죽여야겠네, 하고 그가 말하는. 가난이 사람도 아닌데 어떻게 죽여요? 웃긴다, 하면 가난이 사람을 죽이니까 그 반대도 당연히 가능하지, 했던.

대화해보니 기오성은 교수가 걱정하듯 그렇게 대책 없는 이상주의자는 아니었다. 그는 최종적으로 정치인이 되고 싶어했고 거기에는 한 정당의 의원 보좌관으로 활동하고 있는 형이 영향을 준 듯했다. 금요일이 세 번 지났을 즈음 그는 이라크에 갈 계획을 하고 있다고 얘기했다. 이미 단체 사람들이 전쟁 전후로 그곳에서 활동하고 있다고. 그 얘기를 들으며 나는 내가 사게 될 중고차와, 그가 간다는 바그다드를 번갈아 떠올렸다. 노교수에게서 받을 돈으로 우리가 이루게 될 미래의 어느 날들에 대해. 아무리 생각해도 그 둘은 공통점이 없게 느껴졌고 결국 시간이 지나도 함께 묶일 수 없을 듯했다. 하지만 그뒤에도 우리가 모란시장을 걷는 시간은 조금씩 길어졌고 나는 푸성귀며 고기며 생선과 화초가 뒤섞여 있는 시장 어딘가에서 자주 웃었고 사랑이 발생했다고 생각했다.

*

이메일을 받은 다음날 김포로 집을 알아보기로 하고 공항고속도로를 탔다. 그리고 썰물이 다 빠진 바다 위를 달리다 충동적으로 북인천나들목을 지나 광주로 향했다. 나쁜 기분에서 그랬던 것은 아니다. 광주의 고택을 한번 보고 싶었고, 더 정확히는 볼 수 있을 것 같았다. 갓길에 잠시 서서, '광주' '종택' '대나무숲' '경안천'을 인터넷으로 검색했다. 그곳으로 짐작되는 사진 몇 장과 주소를 얻었다.

두 시간 가까이 달리자 낯익은 도로표지판들이 눈에 들어왔다. 그렇게 아는 풍경을 발견할 때마다 나도 모르게 짧게 감탄했는데 무엇에 대한 반응인지는 알 수 없었다. 시간이 지나 어떤 마음들은 닳아버렸는지도 몰랐다. 그때 강선이 메모에 휘갈기듯 적었던 말들같이 사명처럼 들끓다가 사라지고 말았는지도. 그래도 여름의 기억을 가장 정확히 되살린 것은 북한강 지류의 하천이었다. 나는 차를 세우고 하천을 건너보다가 내렸다. 오래 운전해서인지 발목이 시큰거렸고, 예상치 못한 그 통증이 내가 그곳을 다시 걷는다는 실감을 주었다.

팔월이 되자 우리 세 사람은 여기로 자주 나와 더위를 식혔다. 고택에는 에어컨이 아예 없었다. 팔당호로 이어지는 천은 너무 느리게 흘러서 어떨 때는 멈춘 듯 보였는데, 댐 때문이었다. 노인들이 대부분인 그 마을에서 천변을 향해 걷는 우리는 꽤 돌출적인 존재들이었다. 걸음이 빨랐고 소리가 높았고 표정이 다채로웠고 완전히 제어되지 않는 에너지가 있었다. 무슨 말이 오가든 반응이 컸고 나보다 좀더 거침없었던 강선은 자주 논두렁이나 둑길에 멈춰 선 채 미쳤어! 하고 자지러지곤 했다. 와 우리 정말 미쳤다!

어느 저녁, 우리는 맥주를 가지고 천변으로 나갔다. 읍내에 나간 기오성이 포장해 온 피자를 들고. 교수는 마을 노인들이 안 좋게 본다며 담배는 물론이고 술도 못하게 했다. 순식간에 맥주와 피자를 먹어치운 우리는 좀 느긋하게 앉아서 큰고니들이 내려앉은 하천을 바라보았다.

"여름에 왜 고니가 있지?"

"그러게요, 겨울 철새 아닌가."

기오성의 말에 내가 동의하는 동안 강선은 말이 없었다.

"그래, 넌 어디서 왔니?"

기오성이 그렇게 말하며 물수제비를 떴고 조약돌은 얼마 가지 않아 잠겨버렸다.

"페퍼로니에서 왔어."

강선이 피자 박스를 구겨 접으며 말했다. 그러자 우리는 웃었는데, 강선이 웃을 일이 아니라 자기는 한국에 돌아와 애들이 자꾸 그렇게 물어서 그런 대답을 했다고 했다. 페퍼로니피자는 강선이 제일 좋아하는 음식이었다. 해가 지면서 새들은 점점 더 흐릿해졌다. 그들의 두 발 아래로 물이 조금씩이라도 흐르지 않았다면, 그렇게 해서 시간의 전진을 알게 하지 않았다면, 우리는 꿈을 꾸고 있다고 여겼을지도 몰랐다. 다시 별로 중요하지 않은 화제로 몇 마디 나누고 각자 생각에 잠겼는데, 강선이 나란히 앉아 있는 나와 기오성 편으로 고개를 돌리더니 마치 혼잣말처럼 눈빛 좀 봐, 라고 중얼거렸다. 언니를 보는 기오빠 눈빛에 사랑이 가득해.

이상한 것은 그 말을 한 뒤 강선의 표정이었다. 강선은 약간 이마를 찡그린 것 이외에는 아무런 감정의 표현 없이 메마른 얼굴이었다. 마치 저기 밭에서 누가 쓰레기를 태우나봐, 라든가 이 우산은 버려진 건가? 할 때처럼. 그러니까 누군가의 연애 감정을 눈치챈 사람들이라면 으레 내비치게 되는 멋쩍음이나 장난기 없이, 아주 잠깐의 자기인식이 표현된 이후에는 문이 닫히듯 냉랭하게 무심해지는. 그날 고택으로 돌아가 잠에 드는데 문 앞의 발을 밀며 밤바람이 불었고 대나무 소리가 들렸다. 사.랑.이.가.득.해.가.득.해.사.랑.이.가.득.해. 그렇게 강선이 텅 빈 얼굴로 말한 건 전혀 기대하지 않은 일이 일어났기 때문일지도 모른다고 그때의 나는 생각했다. 어쩌면 그 가엾은 아이가 천변에서 소외감을 느꼈을지 모른다고. 강선은 어린 시절을 미국에서 보내고 중학생 때 한국으로 돌아왔지만 끝내 학교에 적응하지 못했다고 했다. 어느 날 사모가 흘린 말이었다. 지금 이 년째 유학을 준비하는 것도 대학이 아니라 고등학교라고.

그날 이후 강선에게 더 잘해주고 싶었지만 기회가 없었다. 강선이 SSAT 모의시험을 본다며 서울로 갔고 그애가 돌아왔을 때는 사촌에게 일이 생겨 내가 집에 가 있어야 했다. 엄지손가락이 위험하게 갈리는 사고를 당한 것이었다. 네 시간 넘는 접합수술을 받는 동안 이모가 자꾸 울면서 남들 다 가는 대학을 보내지 못해 이런 일이 생겼다고 한탄했다. 그러면 엄마가 따라서 울고 대기실은 어둑하게 불행해졌는데 정작 수술실에서 나온 사촌은 씩씩했다. 영화 고마 찍어라, 하는 말로 슬픔에 잠긴 이모를 위로했다. 그리고 어른들이 다 가고 나면 그제야 두렵고 걱정되는 얼굴로 산재 처리 똑바로 해주겠지, 수습이라고 안 해주는 거 아니겠지? 하고 내게 물었다. 요즘 같은 세상에 그럴 리가 있겠냐고, 정말 그러면 조져야지, 하고 내가 말하자 사촌은 “맞아, 월드컵 4강도 가는 나라가 그럴 리가 없지” 하고 농담하며 희미하게 웃었다.

회사에서 과장이 나와 산재 처리는 물론 입원 기간이 수습 기간으로 인정된다고 안심시키자 병실 분위기는 나아졌다. 사촌은 깁스를 해서 뚱뚱해진 엄지손가락을 치켜올리며 내가 큰 따봉 날릴게, 알바 잘하고 온나, 하고 고택으로 가는 나를 배웅했다. 예상치 못한 눈물이 터진 건 시외버스 안에서였다. 병원을 나올 때만 해도 다행이고 잘되었다 여기며 버스에 올랐는데 어깨가 후드득 떨리도록 외롭고 슬퍼졌다. 나는 어쩌면 육인실에 혼자 남은 사촌도 나처럼 울고 있을지 모른다고 생각했다.

며칠 만에 만난 강선은 나를 보자마자 공판장에 가서 아이스크림을 사 먹자고 했다. 내가 선배도 같이 갈까, 했더니 강선은 오빠는 없어도 돼, 라고 답했다. 더구나 지금은 교수와 함께 지역 유지를 만나러 가서 없다고. 내가 거기는 왜 갔느냐고 묻자 “족보 팔러 갔겠지” 하고 냉소했다. 그리고 아이스크림을 먹는 사이 강선은 내가 없는 동안 기오성과 천변에서 캠핑을 했다고 했다. 저녁까지 텐트를 쳤나보구나 했더니 집에 들어왔다가 여전히 더워 자기가 다시 천변으로 갔고 어쩌다보니 밤을 새워 새벽이 되어 있었다고.

“뭐 할 게 있었어?”

"응, 아주아주 딥한 얘기들을 했어요."

그러자 내 안의 무언가가 기우뚱하는 것을 느꼈다.

"마을 사람 누가 보면 교수님한테 걱정 들으려고."

"언니, 그 밤에 누가 있어요? 우리는 밤새 우리에 대해서만 이야기했어."

평소에 좋아하는 바닐라콘이었지만 나는 그것이 녹아서 손등으로 물이 뚝뚝 떨어져내릴 때까지 몇 입 먹지 못했다. 강선은 그새 화제를 바꾸어 이번 서울행에서 유학 컨설턴트에게 들었다는 말을 전했다. 폴라포의 얼음 알갱이를 오독오독 씹어먹으면서 그런 인간들이란 사실상 현지의 지라시 수준의 정보를 가공해서 전달하는 장사치에 지나지 않는데 그의 말에 휘둘리는 부모들이 한심해서 자기는 입을 딱 닫아버렸다고.

"입을 닫았어?"

무슨 말이라도 해야 할 것 같아서 나는 그렇게 말을 따라 했다.

"그랬죠."

"그랬구나."

"언니, 우리 엄마 점도 봐요. 내 사주 가져가면 점쟁이가 얘는 어떤어떤 애라면서 공부를 이쪽으로 시키라고, 방 배치는 이렇게 하라고 안내를 한대."

"그런 게 있어?"

"있어, 나는 아주 그런 게 지겨워."

연신 지겹다고 하면서 강선은 다 먹은 폴라포 포장을 자근자근 씹었다. 먹을 것도 아니고 당연히 뱉어낼 거면서 종이에 침을 발라 불린 다음 조금씩 뜯어내는 일에 열중했다.

"언니, 나는 우리 부모랑 할아버지랑 달라요. 내 미국 친구들 보면 다 브루클린 이민자들이고 다들 굿 퍼슨이라고. 선택은 그런 자들이 받는 거야, 성경에 나오는 복자들이란 바로 그런 사람들이지."

그날 이후로는 피크닉에 갈 수 없는 시간들이었다. 작업 분량이 밀렸다는 핑계를 댔지만 일부러 피한 것이었다. 내가 없다고 피크닉이 중단되는 일은 없었다. 강선은 여전히 여름날의 더위를 견딜 수 없어했다. 챙이 넓은 모자를 쓰고 수건을 목덜미에 두른 채 강선이 천변으로 나가면 대개는 기오성이 동행했다. 안 되면 자기가 해줄 테니 나가자고, 좀 걷기라도 하라고 기오성이 마당에 서서 불렀지만 나는 괜찮다고 했다. 하나도 덥지가 않아요.

세보 작업은 생각이나 감정이랄 게 필요 없는 기계적인 일이었지만 그래도 그 미세한 혈관처럼 퍼져나가는 목록을 옮기고 있자면 나 자신도 어딘가 변해가는 기분이 들었다. 마지막까지 가장 신경썼던 작업은 집안의 기릴 만한 몇몇 인사들에게 붙인『행장行狀』이었다. 국문해석본을 붙여야 했기 때문이었다. 물론 학부생인 내게 해석을 맡긴 것은 아니고 노교수를 비롯한 문중 사람들이 번역한 원고를 원본과 대조하면서 교정해야 했다. 시력이 좋지 않아 잘 읽지 못하는지 아니면 부주의해서인지 인명이 틀리거나 표현이 맞지 않는 실수를 해놓곤 했다. 어쩌면 의도였을지도 모르는데 은근히 과장해놓는 경향이 있었기 때문이다. 나는 더위에 노곤하게 지쳐가다가 그 문장들을 손볼 때만은 비스듬히 기운 몸을 일으켜 집중을 해보곤 했다. 물론 그것은 단 며칠 만에 유수한 경전들을 깨우치고 백가百家를 넘나들며 지조가 결연하고 미목이 깨끗하고 풍의가 훤칠한, 거기서 거기인 상찬들이었지만 그래도 그 천편일률의 문장들 속에서 아 슬프다, 오호애재嗚呼哀哉 같은 한문을 옮길 때면 이 슬픔에 대해 고백하기 위해 그 오랜 복기가 필요했구나 싶었다.

강선은 태도의 변화가 없었다. 자기 말이 내게 주었을 영향은 의식하지 못하는 천진한 아이처럼, 오히려 나와의 관계에 더 애착을 보이며 어느 밤에는 내 방으로 와서 자고 갔다. "이제 언니랑은 헤어질 때가 멀지 않았으니까, 일주일도 남지 않았으니까." 새벽에 문득 깨서, 강선을 바라보면 걔는 아주 무방비로 잠이 들어 마치 죽은 사람 같았다. 나는 저 몸에 무엇이 찾아들면 강선이 되나, 하고 생각했다. 창호를 바른 문으로 어느 순간 들어선 빛에 아침이 시작되듯, 찬 공기에 콧속이 열리고 창공이 높아지면 불현듯 여름이 종료되듯 사람에게도 그가 사람이게 하는 시작점이 있을까.

며칠이 지난 밤, 기오성이 문자메시지로, 잠깐 산책을 할 수 있을까? 하고 물었다. 내가 얇은 점퍼를 꿰입고 나가자 기오성이 "잠 안 오는데 우리 큰길까지만 걷자" 하고 쾌활하게 말했다. 그는 크고 투박한 손전등을 챙겼고 툇돌에서 내려오면서는 발을 잠깐 헛디뎠다. 그때 그 얘기를 기오성에게 할 수 있었던 건 내가 가진 마지막 용기였을 것이다. 그것이 여기 와서 선배, 족보 작업만 한 건 아닌가봐요? 하는 비아냥이었을지라도. 아니, 어쩌면 순진함이었을까. 그렇게 입을 여는 순간 우리가 쌓아올린 모란시장에서의 시간이 돌이킬 수 없이 훼손되리라는 것을 예상하지 못하는. 기오성은 걷는 내내 말이 없다가 대문까지 다 와서야 그러니까 너는 내가 그런 사람이라고 생각했다는 거지? 물었다. 내가 그렇다고 하자 그는 고개를 끄덕였고 그래서 며칠 동안…… 하고는 상황이 이해 간다는 듯 다시 고개를 끄덕였다. 나는 기오성이 내 말을 부인하거나 설명하려 들지 않아서 입안이 바짝 말랐다. 그렇다면 나는 정말 이런 이해의 밖으로는 나올 수가 없으니까.

"은경아, 너는 바라는 게 있어서 그러겠지만 내가 지금 아무 말도 안 나온다. 나는 지금 내일부터 당장 강선이 얼굴을 어떻게 봐야 할지도 모르겠고."

그는 고개를 숙이고 몇 번이나 자기 신발로 나무둥치를 치더니 나 산책 좀 하고 들어갈게, 하고 왔던 길을 되짚어 어둠으로 사라졌다.

마지막날, 사모는 점심으로 냉면을 해주었다. 이번에는 정말 꿩으로 육수를 냈다고 강조했는데, 내가 어떻게 구하셨어요? 묻자 시장에서 샀지요, 하고 답했다. 교수는 우리의 노고를 여러 번 치하했고 역사에 남을 만한 중요한 역할을 한 것이라고 했다. 그러니 장래가 창창하게 복을 받을 거라고. 기오성이 짐 정리를 다 못했다며 다음 버스를 같이 타자고 했지만 혼자 광주를 빠져나왔다. 그는 내 얼굴을 보지 않고 잘 가, 라고 했고 나도 비스듬히 시선을 비켜 이라크 잘 다녀와요, 라고 했다. 그리고 언니와 헤어져서 어쩌느냐고, 울 듯이 하는 강선을 아주 거짓이지는 않게 완력에 가깝게 꽉 끌어안았다.

*

그가 운영했던 '잡어탕평'이라는 팟캐스트를 들어보면 이런 일화가 나온다. 그가 이라크로 갔을 때는 추가 파병이 논의되는 가운데 한국인 피살 사건이 일어난 직후였다. 한국군은 오지 마라, 나는 살고 싶다. 희생자가 남긴 말이 한국에서 도하로, 도하에서 요르단으로, 거기서 고속도로를 통해 바그다드로 들어가는 내내 기오성을 누르고 있었다. 그는 스물일곱의 청년이었고 배낭에는 아이들과 그릴 물감과 스케치북을 가지고 있었지만 그걸 풀어볼 기회도 없었다. 어렵게 도착해보니 이미 캠프는 다시 요르단으로 나갈 준비를 하고 있었다. 한국군 파병이 결정되자 다국적으로 구성되던 구호단체에서 빠져달라는 요구를 받았다. 그것은 미리 조심하자는 취지였지만 달라진 이라크인들의 분위기와도 관련이 있었다.

점령군. 단체 사람들이 자주 가던 식당의 이라키는 파병 결정을 듣고 그렇게 말했다. 너희가 점령군으로 온다면 우리는 너희를 쏠지도 몰라. 그렇게 겨우 이틀 머문 바그다드의 2004년 7월을 기오성은 길게 복기하지 않고 한 꼬마 도둑에 대해서만 이야기한다. 테이블 위에 놓았던 담배를 한 꼬마가 훔쳐 쥐고 달아난 것이었다. 기오성은 꼬마를 따라갔는데, 그건 담배가 아깝거나 화가 나서가 아니라 그렇게 도둑질로라도 이라크에서의 자신을 일별해준 누군가를 애타게 쫓아가본 것에 불과했다. 그런 열의 없는 기오성의 추적을 눈치챘는지 꼬마가 담장 너머로 훌쩍 넘어간 뒤 더는 달아나지 않고 대치하면서, 기오성에게 어디서 왔냐고 물었다. 한국이라고 말할 수 없는 여러 압력들이 생각난 그는 당황했고, 꼬마가 재차 묻고 나서야 페퍼로니에서 왔어, 라고 답을 했다고 했다. 페퍼로니가 뭐였는데요? 함께 출연한 게스트가 묻자 그는 글쎄요, 하더니 잠시 말을 끌었다. 그러고는 결국 아무데서도 오지 않았다는 뜻이 아니었을까요, 라고 했다.

그때 나는 교육대학원을 졸업하고 노량진에서 임용고시를 준비하고 있었다. 이미 두 번 고배를 마셨고 시험을 볼 수 있는 기회는 이제 마지막이 아닐까 생각하고 있었다. 학원 아르바이트를 병행하느라 재수에만 집중할 수가 없었고 하는 수 없이 엄마에게 올해만 공부에 전념하겠다고 양해를 구한 상태였다.

엄마는 내가 임용고시에 매달리는 것을 이해하면서도 안 되면 임시로라도 일하다가 결혼하면 되는 것 아닌가 생각했다. 그때마다 나는 결혼할 계획이 없다고 선을 그었는데, 그러면 엄마는 혹시 자기가 알지 못하는 깊은 상처가 있나 걱정하는 듯했다. 엄마가 그렇게 걱정하면 나 역시 내게 상처가 있나 돌아봤고 기오성이 떠올랐다. 그게 뭐라고, 연애랄 것도 없는 일인데 싶으면서도 뭔가 그렇게 넘길 수만은 없는 대목이 있었다. 팟캐스트를 통해 페퍼로니에서 왔어, 라는 말을 들은 밤, 나는 여름 이후 몇 번인가 걸려왔던 기오성의 전화를 받지 않은 일에 대해 생각하다가 충동적으로 문자메시지를 보냈다. 이틀 후 그가 전화를 걸어왔다. 대체로 내 근황을 물었고 아직 임고생으로 지내고 있다고 하자 "은경아, 그런 얘기 우리 스튜디오에 나와서 해줄 수 있겠어?" 하고 물었다. 내 얘기를? 나의 어떤 얘기를? 의아해하는 내게 그는 자기는 지금 특정 정당을 지지하거나 누구를 밀려는 것이 아니라 정책 수립에 청년들 목소리가 반영되어야 한다는 입장이라고 했다.

"지금 우리가 힘들잖아, 백만 백수 시대잖아."

"그렇죠. 형편없어요."

"형편없지. 사실 나도 백수나 다름없다. 공무원시험 준비생들도 엄밀히 말하면 거기 들어가고. 우리가 그때 족보 작업한 알바도 계약서 한 장 안 쓰고 한 거고."

"맞아, 알바비도 세 달이나 지나서 입금됐잖아. 기억나요?"

"나지. 차는 뭐로 샀어?"

"못 샀어요. 병원비로 쓸 일이 있어서."

"그런 일이 있었구나."

"말이 안 됐어요."

"안 되지, 안 돼. 그때는 그렇게 총체적으로 말이 안 되는 일들이었어."

그는 학생 때나 그때나 언변이 좋았는데, 가장 큰 장점은 허심탄회하게 말한다는 느낌을 준다는 것이었다. 그렇게 해서 사람 마음을 열고 방어하지 않게 해서 자기와 비슷한 동의를 끌어내는 방식이었다. 하지만 만날 약속을 하고 전화를 끊고 나자 나는 말이 안 되는 일이었다는 그 여름에 대한 그의 평가가 마음에 걸렸다. 말이 되지 않는다는 것은 무엇에 대한 부정일까. 그것은 발생한 감정에 관한 것일까, 그 임시적인 노동에 관한 것일까.

스튜디오는 홍대 근처에 있었다. 철문이 굳게 닫혀 있어서 나는 여기가 약속 장소가 맞나 싶어 여러 번 근처를 돌았다. 전화를 받고 나온 기오성은 전보다 뭐랄까, 더 단단해진 얼굴이었다. 갈색 리넨 셔츠를 입고 비슷한 톤의 안경을 맞춰 쓰고 있었다.

안내를 받아 내려간 지하는 생각보다 컸고 여러 개의 스튜디오로 나뉘어 있었다. 그는 그 방들을 지나면서 몇몇 유명한 팟캐스트들을 여기서 녹음한다고 알려주었지만 내 귀에 익은 건 하나뿐이었다. 내가 그 명칭을 아는 것도 임용고시 학원의 젊은 문학 강사가 가끔 언급했기 때문이었다. 마지막 스튜디오로 들어가자 한 여자가 앉아 있다가 활달하게 나를 맞았다. 기오성은 그를 본명인지 별명인지 모르겠지만 달이, 라고 불렀다.

"제가 보내드린 질문지 받으셨죠?"

진작 보내겠다던 질문지는 그 전날 밤에야 도착했지만 나는 잘 받았다고, 답변을 이렇게 적어보았다고 가방에서 꺼냈는데, 여자는 그냥 편하게 하시면 됩니다, 하고 상냥하게 종이를 되돌려주었다. 그리고 기오성과 내가 몇 년간의 공백을 불식할 몇 마디 말조차 제대로 하지 않고 스튜디오로 들어갔을 때 나는 과연 이런 재회가 괜찮은가 생각했다. 세팅을 하는지 밖은 부산했지만 그 소리는 우리에게는 들리지 않았고 미리 쓰고 있던 헤드셋에서 쎄— 하는 대기음만 들려왔다. 기오성은 메모한 종이들을 들춰보며 침묵을 지켰고, 나는 이 고립과 소음만은 그래도 어느 시절을 환기한다고 생각했는데, 그건 고택 주위의 모든 살아 있는 것들이 만들어내던 상시적인 소음들이었다. 준비되어 있지 않고 기대하지 않았던 시절에도 탄생하던 그 많은 발생들.

말주변이 없는 나는 소극적으로 방송에 임했다. 기오성이 물으면 단답형으로 동의하는 식이었다. 삼십 분도 채 걸리지 않은 녹음이 어떻게든 끝나자 살 것 같았다. 이제 기오성과 대화란 걸 할 수 있겠지, 생각했는데, 기오성이 내게 조금만 기다려달라고 했다. 2주차 방송 분량을 녹음하느라 게스트 한 명이 더 있다는 것이었다.

"제가 시간이 그렇게 많지는 않아서요."

나는 휴대전화로 시간을 확인하며 상한 기분을 드러냈다.

"미안해, 나도 빼보려고 했는데 가능하지가 않았어. 얼른 할게."

그가 가버리려는 나를 잡듯이 한 손을 내밀며 말해서, 하는 수 없이 녹음 부스 밖 의자에 앉았다. 아까부터 스튜디오를 들락거려 스태프인 줄 알았던 젊은 남자가 그날의 또다른 게스트였다. 영상 촬영이 없는데도 남자는 마치 면접생처럼 정장을 차려입고 있었다. 자기소개를 하라고 하자 남자는 "청년실업에 우는 88만원세대"라고 답했다. 그는 처음에는 담담하게 백 번 넘게 이력서를 썼지만 실패를 거듭한 구직 경험을 얘기하다가 오 년 전, 보수적인 아버지를 설득해가며 새롭고 젊은 대통령을 뽑을 때 했던 기대와 이후의 낙담에 대해 말하며 감정이 격해졌다. 울먹이기 시작했고 이윽고 눈물을 터뜨렸다. 인터뷰의 가장 중요한 내용은 말이 아니라 그 눈물인 것 같았다.

나중에 팟캐스트를 확인했을 때 나는 우는 상황이 편집되지 않고 그대로 올라와 있는 데 놀랐다. 내 말들은 쓸 만한 것이 없었는지 임용고시 학원들이 현금결제를 유도한다는 얘기만 길게 남아 있었다. 나는 팟캐스트에서 남자의 울음, 억울함과 분노, 절망으로 깎여나가는 말들을 길게 들었다. 엄마가 "누군데 이렇게 우니?" 하며 방문을 잠깐 열어보았다가 "진짜인 줄 알았네" 하고 다시 닫을 때까지.

청년의 눈물을 당시 야당에서 홍보하고 나서면서 기오성의 팟캐스트는 화제의 중심에 섰다. 야당은 현정부 경제 실책의 피해자들 목소리라고 했고 여당 지지자들은 청년의 말에 과장과 거짓이 들어가 있다고 했다. 이윽고 검증의 바람이 불었다. 그의 가난과 그의 곤란, 불행과 좌절이 과연 그럴 만한가 검열하는 식이었다. 기오성은 출연할 경우 익명을 보장하겠다고 했지만 몇 번의 검색만으로도 그가 누구이며 어느 대학을 졸업했는지, 성적은 어땠는지, 구직 활동 경험이 과연 사실인지 하는 얘기들을 찾을 수 있었다. 나는 기오성이 이제 사과를 하고 청년을 위해 변명에 나서고 최후에는 더이상 팟캐스트를 진행하지 않겠구나 싶었지만 그런 일은 일어나지 않았다. 기오성은 팟캐스트를 계속 운영하다가 대선과 총선을 거친 뒤에는 청년의 눈물을 적극적으로 옹호했던 보수정당에 들어가 정치인의 길을 걸었다.

우리가 마지막으로 얼굴을 봤을 때 거기에는 달이, 라고 하는 그 여자애가 함께 있었다. 나중에 식당에 와서야 나는 그애의 별

칭이 달이, 다리도 아닌 달리, 라는 것을 알았다. 미술가 달리에서 온 닉네임인 줄 알았는데 "달리 해볼 도리가 없다"라는 말에시 왔다고 했다. 고깃집에 앉아 있는 동안 달리는, 기오성이 말할 때마다 주로 유행어로 답하곤 했다. "삼!겹!살 아니죠! 항!정!살! 맞습니다!" 하는 식이었다. 술이 들어가자 우리 사이에는 이제 어떻게 돼도 상관없다는 식의 느슨한 방기와 방심이 찾아왔는데, 그건 내게도 마찬가지였다. 은경이 너 이렇게 술을 잘했니? 하는 기오성의 물음을 선배가 나에 대해 뭘 안다고 그래? 하는 은근한 시비로 받았다.

"그래도 우리가 석 달 숙식을 같이했잖아."

기오성이 약간 방어하듯 말했고 달리가 "숙식을요?" 하고 눈을 동그랗게 뜨며 물었다. 그리고 동거? 하면서 입모양으로 물었는데 우리는 아무 답도 하지 않았다. 고기를 다 먹고 일어나자 차분해지면서 마치 마음이 없는 것처럼 느껴졌다. 앞으로 기오성에 대해서는 생각하지 않을 듯했고, 그 시절을 망가뜨린 것이 내가 아닐까 하는 죄책감과 혹시 경솔했을지 모른다는 자책에서도 벗어날 수 있을 것 같았다. 그래도 궁금한 점은 남았고 그건 강선에 관한 것이었다. 기오성은 자기도 세보 출간을 기념하는 행사에서 마지막으로 봤을 뿐이라고 했다. 우리가 그 일을 마치고 일 년이나 지나서였는데, 강선은 고택에 여전히 머물고 있었다고.

"미국으로 가지 않았어요?"

"가지 않은 것 같았어."

"그랬구나."

내가 고개를 끄덕이자 기오성은 "어딘가 좀 불안한 애였어"라고 말했다. 나는 불안, 하고는 잡고 있던 담배를 손가락으로 쳐서 재를 떨궜는데 그런 기오성의 평가에 동의하고 싶은 마음은 들지 않았다. 하지만 페퍼로니에서 왔다는 강선의 말로 시작된 그 여름에서 오늘까지의 동선을 희미하게 그려보고 있었다.

"나는 그냥 강선이 누구를 기다리는 사람 같던데."

"누구를?" 기오성이 물었다.

"뭘 기다리는지는 모르지만 그냥 그렇게 혼자 자꾸자꾸 뭔가를 기다리고 싶어하는 사람."

방향이 같아서 달리와 나는 함께 택시를 타고 갔다. 가는 동안 자꾸 달리가 "선생님, 기선배랑 친한 분이라서 방송에 오시게 된 건가요? 출연료도 없는데 감사해요"라고 했다. 좋은 경험이었다고, 재미있었다고 하면 다시 "기선배가 누구 아는 사람을 데리고 온 건 처음이라서 그런데 많이 가까우신가보죠, 사실 공사 구분이 확실한 편이라서 지인을 본 적은 없는데요, 출연 감사드려요" 하는 식이었다.

"저희 그렇게 안 친해요."

내가 말하자 달리는 아, 친구가 아니신가요, 하면서 왜 그런지 나를 멀찍이 바라봤고 그러면 애인이신가요, 라고 말끝을 흐렸고 내가 "애인이었으면 이렇게 어떻게 만나요? 왜 만나요?" 하고 차갑게 받자 "아……" 하고 약간 말을 끌더니 "이건 친구도 애인도 아니여" 하는 유행어로 말을 마쳤다. 나는 그 순간 들은 말이 그 상황에서도 웃겨서 택시에서 내릴 때까지 웃다가, 차에서 내려서도 집으로 바로 가지 않고 가을잎이 떨어져내린 나무 앞에 한참을 서 있었다.

오래전 그 여름날에 나는 사촌이 쓰는 고향말의 뜻을 정확히 알지 못했다. 예를 들어 '엉기'라는 단어가 그랬다. 그것은 진저리라는 뜻의 경북 지역 말이었는데 나는 한동안 의지나 악착같음으로 오해하고 있었다. 그래서 사촌이 엉기가 난다며 대도시 사람들이 지니는 어떤 면을 거북해하는 말이, 에너제틱하다거나 열정이 있다는 뜻으로 와전되곤 했다.

그 시절 연애 감정이란 흔하게 시작되었다가 이런저런 이유로 사라졌지만 그래도 내가 강선에게 그날의 이야기를 듣자마자 왜 모든 사정을 자세히 확인하지 않았는지는 오랜 시간 숙제처럼 남았다. 오해를 풀겠다는 의욕을 보이지도 않았고, 강선의 태도에 질려하지도 않은 채 어떤 맥락에서든 '엉기'란 별로 없었던 것에 대해. 혹시 그건 그렇게 해봤자 손에 쥘 게 없다는 가난한 체념이었을까. 그래서 그 한시적인 여름의 노동과 감정과 상태란 그냥 지나가면 그만이라고 여기려 했던 걸까.

광주에서 돌아온 뒤 나는 피디에게 다시 이메일을 받았다. 그는 수신확인 기능으로 내가 이메일을 읽었다는 것을 알고 희망을 가진 듯했다. 인터뷰의 일부라며 파일을 보내주었고 재생하자 한 남자가 오성이 형, 이라는 호칭을 쓰며 이야기하고 있었다.

"사람들이 형을 '수구 변태'라고 하잖아요? 변절했다고도 하고. 요즘은 형이 춘천 어디에서 양어장 주인 됐다는 썰도 돌더라고요. 형이 한 팟캐스트 이름에 잡어가 들어가잖아요. 그 잡어가 그 잡어도 아닌데 그게 웃긴가? 사람이라는 것도 어떻게 보면 닳는 것 같아요. 그렇게 믿고 따르던 형인데 지금은 어디서 살았는지 죽었는지도 모르고 인터넷 짤로만 남아서 정치 게시판을 떠도는데 그렇게 형이 닳는 거예요. 이제 그런 형만 남는 거예요.

여기 나와서 무슨 얘기 할까. 기억을 되짚어보니까 이런 게 있어요. 형이 연락 안 되기 시작한 게 세월호 있고 2015년 즈음해서잖아요? 그 근처에 우리 평화모임 사람들이랑 서초에 한번 모였어요. 맥주 한잔하고, 집에 들어가려고 택시를 잡는데 형이 물어보는 거예요. 다들 어디 사냐고. 수색요, 미아동요, 부천요, 그러는데 형이 갑자기 야이 씨, 어떻게 강남 사는 놈들이 하나도 없냐! 그러는 거예요. 야, 어떻게 그러냐. 그러면서 우리가 웃었는데, 그때 형의 얼굴이 생생하죠. 그렇게 울 듯 웃을 듯 서 있는 게."

*

이사를 마치고 문경에 갔을 때는 십일월이었다. 문경에 왔으면 안 들를 수가 없다며 사촌은 나를 끌고 등산을 갔지만 거기에는 이미 고속버스에 실려온 어마어마한 등산객들이 있었다. 한 사극 드라마의 촬영지였다는 세트장을 돌며 어색하게 사진을 찍다가 아무리 운동을 싫어해도 옛날 과거길이었다는 문경새재를 그냥 지나칠 수 있냐며 우리는 도립공원으로 들어갔다.

"니도 옛날로 치면 과거 보러 안 갔겠나."

"무슨 과거를 보니, 임고도 떨어지는 내가."

"어마, 자기를 너무 낮추어서는 안 돼, 우리 형님이 아직 얘기한다. 우리 결혼식날 부주계에서 한자 척척 읽던 사돈아가씨 잘 있냐고."

사촌의 결혼식날 부주계에 앉을 사람이 나밖에 없었다는 건 우리 가계의 내력 같은 것을 보여주는지도 몰랐다. 거기에는 양복 정장을 입고 앉아 있을 남자들도 별로 없었고, 한자로 이름을 적어내는 하객의 축의금 봉투를 읽을 사람도 없었다. 없다고 생각하면 그것만 없지 않았다. 사촌의 업무가 애초에 지시된 것과 달랐다는 이유로 재해보상금이 오랫동안 미지급 상태인 것을 두고 나서서 싸워줄 부모가 우리에게는 없었고, 그 긴 공방 동안 융통할 만한 돈도 충분하지 않았다. 내가 고택에서 받은 돈은 그렇게 해서 중고차가 아니라 사촌에게로 흘러들어가야 했다. 그러는 동안 여러 번 괘안타, 라고 말했지만 정말 괜찮은 적은 사실상 없었다는 것. 어디에서 왔는지도 알 수 없고 어디로 가야 할지도 모르겠어서 울고 싶은 기분으로 그 시절을 통과했다는 것. 그렇게 좌절을 좌절로 얘기할 수 있고 더이상 부인하지 않게 되는 것이 우리에게는 성장이었다.

사촌의 바람과 달리 나는 그 선비의 길을 충분히 걷지 못했다. 고속버스 기사가 전화를 걸어 우리 차를 빼달라고 했기 때문이었다. 차는 분명히 정해진 주차 라인 안에 두었고 불법을 한 것도 아니었는데 고속버스 기사는 자기 차가 길어서 뺄 수가 없다고 다른 차는 연락을 받지 않아 정말 곤란하다고 사정을 했다. 하는 수 없이 우리는 얼마 걷지 못한 산길을 되돌아 주차장으로 갔는데, 어떻게 뺐는지 고속버스는 이미 가버린 뒤였다. 화가 난 사촌이 기사에게 전화를 걸었지만 그쪽에서는 이미 원하는 바를 이루었으니까 전화를 받지 않았다. 요즘 세상이 이런 세상이라고, 아주 엉기가 난다고 사촌은 화를 내다 가다가 사고나 나라, 하고 불쑥 말했고 곧이어 우리는 그 말이 연상시키는 비극에 대해 생각하면서 아이다, 취소다, 취소, 하고 손을 저었다.

사촌은 기억하고 나는 알지 못하는 어린 시절의 그날 이후로 나는 사과밭을 봐도 사실 별다른 감흥이 일지 않았다. 시간이 지나면 꽃의 시절이 있었는지도 기억나지 않을, 온전히 열매를 위해서 존재하는 풍경일 뿐이었다. 사촌의 농장에서는 적당히 꽃을 따서 사과가 잘 열리게 해야 했다. 그러니 자기가 제거하기 전에 내려와서 보라고 재촉한 것이었다. 너는 지금 슬픔에 잠겨 있으니까. 무뚝뚝해서 살가운 말을 좀처럼 하지 않는 사촌이 그렇게까지 말하고 한참이 지나서야 나는 사과밭에 섰다.

꽃은 없었고 머무는 날 중 아주 추운 날에는 가지 끝에 서리가 내려앉았다. 어느 밤, 그렇게 흰 가지를 보고 있는데 바람이 불었고 어딘가에서 누가 종이 같은 것을 태웠고 한동안 잊고 있었던 소리들이 연상되었다. 기대와 상관없이 발생하고 의식이 수면 아래로 가라앉으면 저절로 소멸했다가 다시금 떠오르던 어떤 것들이. 그렇게 해서 복기한 밤의 소리는 엄마의 투병으로 한동안 나를 쥐고 있던 죽음의 세계와는 전혀 다른 것이었다. 슬프게도 그것이 사실이었다.

나는 연속적으로 환기되는 오래전 여름들에 대해 생각하다가 휴대전화를 열어 채은경입니다, 라고 문자메시지를 보냈다. 그리고 할 수 있는 말과 하고 싶은 말 가운데 문장을 고르다, 하고 싶은 말이 있습니다, 라고 적어 보냈다.

* 기오성이 방문한 2004년의 이라크 상황은 그 당시 인터넷 기사와 인터뷰 등을 참고했다.

| 작가노트 |

나 좋은 사람 아닌데요

쓰는 사람에게 타인은 마치 공기와 같아서 인식조차 못하는 사이, 들이쉬었다 뱉어냈다 하면서 소설의 뼈가, 근육이, 붉은 뺨이나 주름이나 머리카락이 만들어진다고 생각한다. 오래전 연암 박지원의 산문을 읽었던 어느 강의실에서처럼. 고전문학을 담당한 그 은사의 수업을 나는 좋아했고 모든 커리큘럼을 따라 들었다. 기억이 맞는다면, 그는 중간고사 문제로 시험 보러 오는 동안 본 가장 인상적인 것을 쓰라는 문항을 내는 사람이었다. 한국의 설화들을 여성주의적 시각으로 짚으면서 여우누이가 실상은 재능 있는 한 여성으로, 그를 쫓아서 끝내 처형하는 오라비들은 그 능력을 시기하고 제거하고 싶어하는 가부장이라는 분석을 해준 사람이었다. 그뿐 아니라 그는 일생 자신의 의식주(이를테면 가사노동)를 타인에게 맡기며 사는 이들의 무책임함, 인간으로서의 미숙함, 최종적인 비루함에 대해서도 알려주었다. 매순간 깨어 있는 듯했고 나 자신이 여우누이가 되어 가시덤불과 깊은 물을 넘어 불길 앞으로 내달리는 기분이었다. 그렇게 나아가다보면 무엇이라도 붙들 수 있을 듯했다. 붙들 수 없다 해도 숨이 턱에 차오르도록 달리는 두 다리의 근육과 바람의 속도 따위는 얼마든지 느낄 수가 있었다. 플롯상에서 누이는 영영 요망한 여우가 되어 사라지지만 적어도 읽은 이들의 기억 속에서 그런 제거는 가능하지 않았다.

첫 장편을 내고, 몇 년간 왕래가 없던 은사에게 책을 보냈다. 읽기를 바란 것은 아니었고 그저 나의 현재를 보여주고 싶은 마음에 가까웠다. 그후로 몇 달 지나 은사에게서 이메일이 도착했다. 발끝이 찌릿할 정도의 긴장이 일었다. 은사는 책에 관한 자신의 느낌을 말하면서 그 작품이 채 넘지 못한 한계에 대해서도 언급했다. 대체로는 응원의 맥락이어서 나는 은사에게 이메일이 아니라 꼭 손편지로 감사를 전하리라 다짐했다. 아주 아름다운 편지지를 사야지, 혹은 카드를. 그후로 틈이 날 때마다, 심지어 외국 여행중에도 은사에게 보낼 만한 무언가를 찾았다. 하지만 마음에 드는 것은 끝내 찾지 못했고 결국 나는 그 애정어린 격려에 답조차 하지 않은 사람이 되었다. 그렇게 해서 좋지 않은 사람이 되어버렸다고, 조금은 나쁜 사람이 되었다고 때로 자책했다.

「우리는 페퍼로니에서 왔어」를 쓴 뒤 다행히 자책은 방향을 틀었다. 그 일은 사람들 사이에 쉬이 일어나는 오해나 서운함 같은 것이 아니라, 좋은 의도로 전해졌으나 청자의 사정으로 끝내 나

뺀 기별이 되고 만 그런 일이 아니라, 오히려 어떤 시절의 무게를 깨닫게 하는 일이었다는 쪽으로. 때론 너무 중요해서 당장은 보낼 수 없는 응답도 있는 법이니까. 여기서 그 인사를 대신하자면 그 시절 당신과 함께 읽은 "그러면 도로 눈을 감고 가라"는 말을 아주 무겁게 받아 안아왔다고 전하고 싶다. 그때 나는 당신이 내 답을 정정해주던 그 순간에조차 받아들이지 않았지만 그 거부만큼이나 오래도록 생각해왔다고. 그날 당신이 아주 청량하게 부인한 "우리"라는 말에 대해서도.

지금 나는 일상에서나 글에서나 우리라는 말을 자주 쓰는 사람이고, 심지어 그것은 내게 있었던 어떤 일이나, 감정을 떠올릴 때에도 그렇다. 그것을 내가 아니라 '우리의'라고 고쳐 부를 때야 비로소 피어오르는 당신들에 관한 무수한 기억들. 아무리 장악하려 해도 제멋대로 흘러가 결국 강선, 고택, 칼만두, 대나무와 사과꽃, 택시, 가로수, 겨울밤이 돼버렸던, 그렇게 내 것만이 아니라고 할 때야 손에 닿던 '진실'이라는 흔한 말. 소설은 그런 내 부족함을 통과해 완성되었다. 집을 찾을 수 없어 우는 마음으로 떠올렸던 과거의 장면들은 그렇게 내가 눈을 다 감고 나서야 소설에 알맞은 자리로 안착했다.

시간이 지나 지금, 내가 작품에서 가장 집중하고 있는 장면은 문제의 수업 부분도, 제목의 의미가 발화되는 부분도 아닌 강선을 와락 한 번 안고 헤어지는 그해의 마지막날이다. 팔을 벌리고 한 발 나아가면, 무언가를 향한 '추구'와 울분과 어떤 무구함과 유약함 사이에서 여름 매미처럼 진동하던 강선이 내게 달려와 안긴다. 그 장면을 아주 거짓이지는 않게, 라고 쓸 수 있었던 것이 좋다. 그렇게 해서 각자의 페퍼로니에서 온 우리를 진짜처럼 느낄 수 있었던 것이. 거기에 "처럼"이라는 간극이 끼어 있다 하더라도 상관없고 당연히 나쁘지 않다. 나 좋은 사람 아닌데요, 하며 내놓는 그 치기어린 고백조차도.

| 리뷰 |

사랑의 발생학

김화영(불문학자 · 문학평론가)

사람들은 애써 진흙을 빚어 항아리를 만든다. 그러나 항아리가 만들어지면 실제로 쓰이는 것은 그 항아리가 품고 있는 빈 공간이다. 김금희의 소설 「우리는 페퍼로니에서 왔어」를 읽는 동안 왜 이런 『도덕경』의 은유가 머릿속에 어른거렸을까? 작품이 전형적인 액자소설의 형식을 갖추고 있어서 그랬을까? 김금희는 두 폭의 아름답고 적막한 밤의 장면들 사이에 흘러간 젊은 날의 사랑과 좌절, 즉 삶의 시간을 펼쳐놓는다. 그 '비어 있는 공간'으로서의 과거, 그리고 현재의 삶이라는 '항아리'는 상호작용에 의하여 서로에게 생명을 부여하며 살아 움직이게 한다.

첫 장면: 어느 봄날 밤, 시골 사는 사촌이 전화기 속에서 흰 꽃 무더기들 환하게 매달린 사과밭으로 화자를 초대한다. "그래, 문경 한번 온나, 사과꽃 다 지기 전에 한번, 꼭."

마지막 장면: 화자는 십일월에야 비로소 그 사과밭에 가 선다. "서리가 내려앉"은 "흰 가지"만 바람에 흔들린다. "한동안 잊고 있었넌 소리들이 연상"된다. 그 "밤의 소리"는 화자에게 "기대와 상관없이 발생하고 의식이 수면 아래로 가라앉으면 저절로 소멸했다가 다시금 떠오르던 어떤 것들"을 "복기"하게 만든다.

소설은 그 꽃 피는 봄날 밤 사과밭과 서리 내린 늦가을 사과밭 사이, 즉 "그해 여름"에 아무런 "기대"도 없이 찾아온 사랑의 "발생"과 분화, 그리고 노화 혹은 소멸을 이야기하는 김금희표 발생학의 한 견본이다. 사전은 발생학을 "생식세포의 형성과 수정, 난할, 낭배형성, 기관형성, 개체 형성과 생장, 성숙, 그리고 노화와 죽음 즉 생활 주기 전체를 연구대상으로 한다"고 정의한다. 물론 이 소설에서 잠재 상태로부터 현실화로 옮겨가는 "발생"의 주체는 "사랑"이다. 삶의 열기가 술독처럼 끓어오르는 어떤 현실, 가령 젊음과 여름의 시장은 발생을 가능하게 하는 최적의 조건을 제공한다. 화자는 말한다. "우리는 와글와글한 인파와 소음 속에 합류했다. 삶의 뭉근한 긴장 속으로. 그것은 확실히 발생이라는 말이 어울리는 날들이었다. (……) 나는 푸성귀며 고기며 생선과 화초가 뒤섞여 있는 시장 어딘가에서 자주 웃었고 사랑이 발생했다고 생각했다."

이 건조하고 까칠한 세상에서 아직도 연애소설이 가능하다고 설득해주는 이 정치한 작품은 물론 많은 연애소설이 그러하듯 한 편의 성장소설, 즉 '잃어버린 환상'의 이야기다. 발생학은

개체 형성만이 아니라 그 노화와 죽음, 즉 생활 주기를 드러내기 때문이다.

"마흔이 가"까운 독신 여성 채은경은 미래가 불확실한 "기간제교사"다. "사과꽃 다 지기 전"인 어느 봄날, 단둘이 살던 어머니가 입원 투병 끝에 사망하자 참으로 "혼자"가 된다. 그녀는 "식당을 하는" 어머니와의 공동생활을 마감하고 새로운 독립적 삶의 '장소'를 물색한다. 이 상실과 미래를 향한 공간 이동은 동시에 그녀가 지나간 젊은 시절을 돌아보고 결산할 지점에 이르렀음을 말해준다. 그 계기는 바로 그녀가 받은 어떤 인터뷰 요청 "이메일"이다. 그래서 "끝"과 시작을 인터넷이라는 동일한 매체상에 접속시키는 이 소설의 시작은 의미심장하다.

> 엄마의 사십구재가 끝나고, 기오성에 대해 인터뷰해달라는 이메일을 받았다. 나는 더이상 엄마가 없는 영종도를 떠나야겠다고 생각하고, 옮길 곳을 인터넷으로 찾는 중이었다.(9쪽)

종결된 과거와 미래를 향한 화살표를 따라가며 독자는 화자와 기오성이 보낸 뜨거운 "여름"이 봄의 꽃과 서리 맞은 늦가을 가지가 교차하는 항아리 속에 피어올랐다 시들고 사라지는 과정을 목도하게 된다.

그녀는 꽃 피는 봄과 뜨거운 여름을 다 보내고 익은 열매를 다 따고 난 십일월 어느 날, 새집으로 이사하고 나서, 빈 사과밭에서 흘러가버린 이십대의 젊은 날을 회상하며 어떤 잠정적 결산

혹은 확인에 닿는다.

균형미와 역동성

앞에서 언급한 『도덕경』의 항아리와 그 비어 있는 공간은 이 소설의 액자 형식에 대한 은유일 수 있다. 그러나 항아리의 진정한 쓰임새가 그 비어 있는 내부라 하더라도 작품으로서의 항아리는 그 자체의 정교한 형태와 구조를 통해서만 비로소 그 빈 공간을 살아 숨쉬게 할 수 있다. 「우리는 페퍼로니에서 왔어」의 정교한 형식적 구조적 장치들은 작품 도처에 숨어 있는 대칭, 대조, 대립 혹은 균형이라는 이원적 관계에 의존한다.

1) 시작과 끝의 만남: 1장의 늦은 봄밤, "사과꽃 다 지기 전에 한번 꼭" 오라는 문경 사촌의 전화 속 권유와 마지막 5장의 십일월 늦가을 밤에 "꽃은 없었고 (……) 가지 끝에 서리가 내려앉"은 늦가을 사촌 집 과수원에서 복기하는 "밤의 소리"는 정확하게 대칭구조를 이루며 액자소설의 전형적 구조를 선보인다.

2) 발생과 소멸의 명명작용: 기오성, 화자, 강선의 삼각관계가 암시되는 3장을 사이에 두고 2장과 4장에서 각기 사랑의 "발생"과 "소멸"을 확인하는 것 같은 두 인물의 '명명작용'('태초의 말씀'이나 소월의 "그립다 말을 할까 하니 그리워"의 경우처럼 불확실하고 유동적인 내면의 풍경에 이름을 붙임으로써 사실로 존재하게 하는 언어의 고착기능)식 발언 또한 암시적 대칭구조를

보인다; 2장의 밤의 강가에서 세 사람이 나란히 앉아 있을 때 문득 "언니를 보는 기오빠 눈빛에 사랑이 가득해"라고 내뱉는 강선의 한마디는 잠재적 상태의 사랑이 현실화하는 발생 선언이다. 반면에 팟캐스트에 게스트로 출연하여 기오성을 마지막으로 만나고 돌아오는 택시 안에서 제삼의 인물 '달리'는 화자와 기오성의 관계를 두고 "이건 친구도 애인도 아니여"라고 유행어를 빌려 그 사랑의 소멸을 암시한다.

3) 구세대와 신세대: 광주 고택의 노교수, 사모 등 구세대와 알바에 동원된 신세대 두 남녀의 대조는 '당동벌이'에 대한 두 세대 간의 서로 다른 태도, 혹은 강의실에서 읽은 박지원의 짧은 산문 속 서화담의 일화에 대한 두 세대의 해석에 그대로 반복 투영된다; 조용한 시골마을 "유서 깊은 고택"의 고여 있는 풍경과 "여름 볕에 붉게 익은 상인들"이 분주하게 움직이는 도시, "이미 다 죽어버린 사람들의 이름을 옮겨 쓰"는 반복된 노동과 모란시장의 살아 있는 "현장성"의 대조; "세세연년의 족보 정리"에 집착하는 노교수와 목사가 된 그의 아들(강선의 아버지)의 "만날 사이가 안 좋"은 관계 등은 이 소설 속에 숨어 있는 대립 대조의 장치들이다.

연애소설에서 성장소설로

그러나 이런 다소 기계적이고 정태적인 대조는 고택의 "대청마루를 사이에 두고" 화자와 기오성이 "문자를 주고받"는 구체적 행동에 이르면 그 역동적 매력을 마음껏 드러낸다. 낮시간 노동의 공간인 "사랑채"와 밤시간의 휴식과 내면적 성찰의 공간인 "안채"의 대립적 공간 구조도 주목할 만하지만 같은 "안채"에서 "생활"하는 두 젊은이의 내면에 자신도 모르게 일어날 수 있는 친화력을 제어하는 동시에 그만큼 더 촉발 자극할 수 있는 "간격"으로 기능하며 가로놓인 "대청마루"에 고풍스러운 "물푸레나무 머릿장"을 배치하고 "이 집안 누군가가 쓴 사혜련의 「설부雪賦」 족자"를 걸어놓은 발생학적 인테리어 설계는 특히 음미할 만한 대목이다.

그러나 이 소설 전체를 떠받치는 균형과 대조는 서로를 거울속에 비추듯 상호 조응하며 어떤 문답이 반복적으로 초래하는 부조리극과 같은 상황에서 찾아야 할 것이다. 「우리는 페퍼로니에서 왔어」라는 작품의 기이한 제목 자체가 그 반복되는 문답들을 적시하고 있다.

광주 고택에서 족보 작업이 계속되던 어느 저녁, 화자, 기오성, 강선 세 사람은 더위를 식히기 위하여 마을 앞 천변에 나가서 쉰다(3장). 그때 철 아니게 하천에 내려앉은 고니를 보고 기오성이 말한다. "그래, 넌 어디서 왔니?" 이 질문에 대한 강선의 동문서답, "페퍼로니에서 왔어." 페퍼로니피자는 강선이 제일 좋아하는 음식이다. 이 부조리한 대답은 사실 응답하는 쪽이 처한 소외적 난국 자체의 표현이다. 미국에서 어린 시절을 보내고 돌연 뿌리가 뽑혀 한국으로, 그것도 광주의 "고택"으로 돌아온 "신라 6부 촌장의 후손", 노교수의 "큰손녀"의 입장이 그렇다. 그녀는 "한국에 돌아와 애들이 자꾸 그렇게 물어서 그런 대답을 했다고 했다."

같은 문답은 그후 기오성이 이미 광주의 작업 때부터 계획했던 이라크 방문을 실현하는 일화 속에 등장한다(4장). 시민운동의 일환으로 스물일곱 살의 기오성이 평화의 꿈을 그리려는 듯 "아이들과 그릴 물감과 스케치북"을 배낭에 담아 지고 어렵사리 바그다드에 도착한 2004년 7월은 불행하게도 "점령군"으로 비쳐지는 한국군 파병 결정과 관련해 한국인 피살 사건이 발생한 미묘한 시기였다. 현지에서 겨우 이틀을 체류하고 서둘러 떠나야 했던 기오성은 그때의 자신이 처한 난국과 혼란을 어떤 일화로 요약한다. 그의 담배를 훔쳐 도망가던 한 이라크 "꼬마 도둑"이 기오성에게 어디서 왔냐고 물었다. "한국이라고 말할 수 없는 여러 압력들이 생각"나서 당황한 그는 재차 받은 질문에야 겨우 대답한다. "페퍼로니에서 왔어." 그 대답의 의미를 스스로 설명해 본다. "아무데서도 오지 않았다는 뜻이 아니었을까요"?

어떤 면에서 이 소설은 하나의 질문에 대한 대답의 시도라고 할 수도 있다. 나는, 너는, 그리고 우리는 '어디서 왔는가?' 화자와 기오성과 강선이 서로 만나게 된 계기는 노교수의 "종택"에서 문중의 숙원사업이었던 "족보 정리"다. 이야말로 '우리는 어디서 왔느냐?'에 대한 가장 오래된, 고전적이고 보수적인 대답의 방식이다. 그러나 이런 대답은 젊은 화자나 기오성에게는 "노동"에 불과하다고 할 만큼 별 의미가 없다. 다음으로 화자에게 인터뷰 요청을 한 피디가 던지는 질문 역시 동일하다. 즉 "정치논객 기오성"이라는 제목으로 "참여정부에서 촛불정국까지 청년정치의 현주소"를 되짚는 것이 목적이다. 말을 바꾸면 그 역시 '우리는 어디서 왔는가?'라는 질문이다. 화자는 그런 요청에 응하지 않는다. 그는 이메일을 "삭제"한 다음 "휴지통을 비"운다. 이제 화자에게는 일개 "노동"이나 "다큐" 제작에 불과한 그 질문에 대한 대답보다는 자기 스스로에게 던지는 질문이 더 중요할 것이다. 지난날 강의실에서 지목받은 기오성의 해석처럼 "나임"과 "너임", 궁극적으로는 "우리임"을 찾아야 한다면 그 질문은 이렇게 던져질 것이다. 나는 어디서 왔는가? 너는 어디서 왔는가? 그리고 우리는 어디서 왔는가?

1) 강선: 노교수의 큰손녀로 태어난 강선은 유서 깊은 가문의 장녀로서는 기이하게도 목사의 딸로 어린 시절을 미국에서 보내고 중학생 때 한국으로 돌아왔지만 끝내 학교생활에 적응하지 못하고 이 년째 미국 유학을, 그것도 고등학교 유학을 준비하며 SSAT 모의시험을 치르기 위하여 서울에 다녀오지만 내면에서 "사명처럼 들끓"던 말들과 직설적이고 비판적이며 거침없는 행동에도 불구하고 소외감을 감추지 못한 채 미국에 가지 않고 여전히 "고택에 머물고 있"다.

2) 사촌: 화자와 어린 시절의 문경 과수원의 추억을 공유하고 있는 이 인물은 "그해 여름" 대학에 진학하지 못하고 전자회사에 취직하여 기숙사에 들어가기 전까지 화자와 같은 집에 동거한다. "첫 월급을 받으면 학점은행제를 운영하는 사설 교육기관에 다닐

계획"이다. 그러나 작업중 사고로 "육인실에 혼자 남아" 수술을 받은 후 산재 처리 문제로 재해보상금이 오랫동안 미지급 상태가 되자 화자의 아르바이트 비용에 의존하게 된다. 그리고 결국 문경 과수원으로 되돌아간다.

3) 기오성: 화자의 학과 선배로 1977년생. "약해 보이는" 체구의 인물로 "우리"의 문제에 관심이 깊어 시민단체에서 활동하는데 "대책 없는 이상주의자는 아니"다. 알바비를 받으면 시민구호단체 활동의 일환으로 이라크에 갈 계획이었지만 바그다드 체류 이틀 만에 돌아온다. '잡어탕평'이라는 팟캐스트를 운영하나 "백수나 다름없다". 이 정치논객은 현재 행방불명으로 요즘은 "춘천 어디에서 양어장 주인 됐다는 썰"도 들린다.

4) 나, 채은경: 광주 고택에서 족보 정리 일로 만난 기오성과 헤어져 혼자 광주를 떠난다. 세 달 늦게 받은 입금은 사촌의 "병원비"로 쓰고 계획했던 중고차는 사지 못한다. 그때, "우리가 쌓아올린 모란시장에서의 시간"들, "한시적인 여름의 노동과 감정과 상태란 그냥 지나가면 그만"일까? 하고 자문한다. 그러나 팟캐스트를 통해 기오성의 활동을 알자 그에게 문자메시지를 보낸다. 이틀 후 그는 그녀에게 전화를 걸어와 출연을 요청하고 또 그녀가 요청에 응하면서 그들은 마지막으로 다시 한번 만나게 된다. 여러 차례 임용고사에 낙방하고 독신 기간제교사로 생활, 어머니가 사망하자 다른 곳으로 이사한다.

이상이 '우리는 어디서 왔는가?'라는 질문에 대한 각 개인과 한 세대의 대답이다. "우리는 페퍼로니에서 왔어"는 그러므로 어떤 좌절의 인정이기도 하지만 또한 어떤 성장의 확인이다. 여기서 김금희표 연애소설은 성장소설로 발전한다.

작품의 끝에서 화자는 결론 맺듯이 술회한다. "어디에서 왔는지도 알 수 없고 어디로 가야 할지도 모르겠어서 울고 싶은 기분으로 그 시절을 통과했다는 것. 그렇게 좌절을 좌절로 얘기할 수 있고 더이상 부인하지 않게 되는 것이 우리에게는 성장이었다." 그렇다면 이 소설은 단순한 좌절, 즉 '잃어버린 환상'의 기록, 혹은 우울한 김금희표 『감정교육』일까?

아마도 그것만이 아닐지도 모른다. 화자는 이 소설의 마지막에 하나의 빈칸을 남겨둔다. 그 빈칸을 메우는 것이 바로 독자의 몫이다. 세월이 경과하여 마흔이 가까운 나이에 이른 채은경은 "오래전 여름들"에 대해 생각하다가, 문득 휴대전화를 열어 "문자메시지"를 보낸다. 그러나 화자는 메시지의 수신자를 명시하지 않고 있다. 기오성일까? 이미 앞에서 채은경은 "충동적으로" 그에게 문자메시지를 보낸 적이 있다. 그도 전화로 응답했다. 그러나 기오성은 현재 "행방불명" 상태라고 한다. 그녀에게 인터뷰를 요청한 피디에게 보낸 "문자메시지"일까? 그러나 그와 채은경 사이의 통신 수단은 "이메일"로 한정되어 있다.

그렇다면 적어도 "하고 싶은 말이 있습니다"라는 문자를 읽은 가장 분명한 수신자는 이 소설의 독자일 것이다. 그 시점에서 채은경이 "하고 싶은 말"이란 대체 무엇일까? 그것은 아마도 "너는 어디서 왔니?"라는 질문에 "나는"이 아니라 일인칭 복수의 "우리는 페퍼로니에서 왔어"라는 대답을 제목에 올려 한 세대의 열정, 사랑, 좌절 그리고 그 좌절을 통한 성장을 증언하고 확인하는 이 아름다운 소설 그 자체일지도 모른다.

은희경

우리는 왜 얼마 동안 어디에

작가노트

의심을 찬양하는 의심

리뷰 | 하성란

우리가 아는 사람, 우리가 아는 시간

은희경

1995년 동아일보 신춘문예 중편소설 부문에 「이중주」가 당선되어 등단. 문학동네소설상, 이상문학상, 한국일보문학상, 이산문학상, 동인문학상, 황순원문학상 등 수상. 소설집 『타인에게 말 걸기』 『행복한 사람은 시계를 보지 않는다』 『상속』 『아름다움이 나를 멸시한다』 『다른 모든 눈송이와 아주 비슷하게 생긴 단 하나의 눈송이』 『중국식 룰렛』, 장편소설 『새의 선물』 『마지막 춤은 나와 함께』 『그것은 꿈이었을까』 『마이너리그』 『비밀과 거짓말』 『소년을 위로해줘』 『태연한 인생』 『빛의 과거』가 있다.

우리는 왜 얼마 동안 어디에

영화와 사진 속에서 그 도시는 언제나 빌딩이나 공원에 둘러싸여 있었다. 높고 현란한 전광판이 몇 겹으로 겹쳐져 있기도 했고 전 세계에서 모여든 수많은 사람들이 복잡한 지하철 계단을 바쁜 걸음으로 오르내렸으며 야외 분수대 앞에 거리 공연이 펼쳐졌다. 누군가 그 도시를 여행했다고 말하면 대개는 경찰차와 노란 택시들, 멋진 공원과 수준 높은 공연장, 베이글이나 스테이크 식당, 미술관과 박물관, 엠파이어스테이트 빌딩과 증권거래소, 이런 것들에 대해 물을 것이다. 어쩌면 도심 한가운데의 소란스러운 작은 술집들 혹은 화려한 다리의 야경 등에 대한 끊임없는 자랑을 듣게 될지도 모른다. 그러나 승아에게서는 그중 어떤 이야기도 들을 수 없을 것이다. 승아가 그 도시에 대해 말할 수 있는 것은 끔찍한 더위, 가로막힌 창문들, 저녁 거리에 쌓여 있는 검은 쓰레기

봉투의 냄새, 시간을 지키지 않는 우편물과 길고양이들, 그리고 친구네 집 벽에 걸린 통근용 자전거 같은 것이었다.

1. 토요일

그 도시에 가기 위해서는 비행기를 열네 시간이나 타야 했다. 두 번의 기내식을 먹고 날짜변경선을 지나고 갖가지 형태의 구름과 검은 밤과 황금빛 여명 속을 통과하는 긴 시간 동안 승아는 계속해서 깨어 있었다. 실내등이 꺼진 뒤 와인을 청해 마셔보았지만 끝내 잠은 오지 않았다. JFK공항에 내렸을 때는 약간 몽롱하면서도 긴장된 상태였다.

입국심사대를 통과하는 일은 걱정했던 것보다 쉬웠다. 이민국 공무원은 예상대로 세 가지 질문을 던졌다. 왜, 얼마 동안, 어디에. 승아는 친구를 방문하러 왔으며 열흘 동안 그녀의 집에서 지낼 거라고 준비된 대답을 했다. 이국의 공항에서 영어로 말하고 있는 자신을 의식하자 그제서야 떠나왔다는 것이 실감되었다. 하지만 이 여행을 위한 승아의 준비는 거기까지였다. 영어도 서툴렀고 길눈도 어둡고 돈도 별로 없었다. 사실은 아무런 계획도 세우지 않은 채 막연한 기대만으로 떠나온 셈이었다. 수하물을 찾아 세관을 통과한 그녀는 백팩 속에서 명품 로고가 선명한 선글라스를 꺼내 썼다.

게이트 앞에 서 있는 마중객들 속에서 승아는 민영을 쉽게 찾아냈다. 구겨진 민소매 셔츠에 평범한 검은색 슬랙스. 언제 잘랐는지 긴 머리가 단발로 바뀌었는데 앞머리가 눈을 가릴 만큼 흘러내려와 있었다. 인스타그램에서 보았던 자유롭고 들뜬 듯한 모습과는 달리 표정도 건조하고 피곤이 느껴졌다. 오랜만이다. 민영이 다가와 담담한 목소리로 인사를 건넸다. 응. 머리 위로 흔들던 손을 아래로 내리며 승아도 짧게 대꾸했다.

둘이 마지막으로 만난 건 재작년 여름, 민영이 대학원 과정을 마치고 유학생으로서 마지막 방학을 보내러 서울에 왔을 때였다. 승아는 민영을 서촌에서 만나 길게 줄이 늘어선 떡볶이집으로 안내했고 한 그릇에 만이천원이나 하는 빙수 카페에도 데려갔다. 그때 민영은 남의 나라에서 취업을 준비하는 어려움과 수모에 대해 이야기했다. 아이비리그를 졸업해도 외국인은 어쩔 도리가 없다고 말하는 민영은 이미 수없이 많은 거절을 당해 기운이 빠진 것 같았다. 한국은 맛있는 것도 많고 모든 게 빠르고 편리하고 사람들도 다 세련되고 능력 있어 보인다는 말도 했다. 하지만 한국에 돌아오고 싶은 마음은 조금도 없어 보였다. 취업에 집착하는 이유도 독립을 위해서라기보다 거기에 계속 머무르려면 그 방법밖에 없기 때문인 듯했다. 그리고 지금 민영은 전 세계의 문화와 사람과 돈이 모여든다는 이 도시의 직장인이었다.

그거 이리 줘. 민영이 캐리어 위에 올려놓은 승아의 백팩 쪽으로 손을 내밀었다. 괜찮아, 안 무거워. 그래 그럼. 등을 돌려 걸음을 옮기기 시작하는 민영을 뒤따르기 위해 승아는 급히 목베개가 달랑거리는 백팩을 메고 캐리어를 밀기 시작했다. 게이트를 빠져나오니 건물 밖에는 여름 한낮의 햇살이 하얗게 내리쬐고 있었다. 승아가 처음 만나는 이 도시의 햇빛과 공기였다. 민영은 도심으로 가는 공항열차를 탄 다음 지하철로 갈아탈 거라고 말하면서 햇빛 때문에 눈을 찡그렸다.

지하철에는 빈자리가 많았다. 자리에 앉자마자 민영은 피곤한 듯 눈을 감았다. 두어 정거장쯤 지났을까. 다시 눈을 뜨더니 승아를 바라보며 말했다. 네가 진짜 올 줄은 몰랐어. 왜? 다들 바쁘니까. 바쁘긴 하지. 민영의 말에 애매하게 대꾸한 다음 승아는 창밖으로 시선을 돌렸다. 잠시 뒤에 민영이 승아의 팔을 가볍게 건드렸다. 다음에 내려. 민영은 그 지역이 그리스 이민자들이 정착한 동네라 지중해식 음식점이 많다고 말한 뒤 거기서 이스트강을 건너면 맨해튼이라고 짧게 덧붙였다.

민영의 집은 지하철역에서 세 블록 떨어져 있었다. 신호등을 여섯 번 건너고 모퉁이를 네 번 꺾어 도는 그리 길지 않은 동선에서도 승아는 민영을 놓칠세라 캐리어 손잡이를 붙잡고 종종걸음을 쳐야 했다. 샌들끈 사이로 햇볕에 노출된 발등이 금세 따가워졌고 등에서는 땀이 흘러내렸다. 그 거리의 풍경에 민영의 인스타그램에 등장하는 하늘을 찌르는 빌딩숲이나 공원을 배경으로 한 브라운스톤 건물은 없었다. 좁은 길 양쪽으로 드문드문 잡화점과 식료품점과 작은 식당들이 들어섰고 지나다니는 사람들의 모습도 승아의 머릿속 뉴요커와는 거리가 있었다.

승아는 신도시 아파트에서 성장하고 푸드코트와 영화관이 갖춰진 대학교를 다니고 논현동의 고층 건물에 있는 잡지사에서 일했다. 그녀의 눈에는 이 거리의 모든 것이 낡고 칙칙하고 구닥다리이고 영세했다.

민영의 집이 있는 사층 아파트 역시 지은 지 백 년은 넘었을 만한 모습이었다. 시멘트 벽의 갈라진 틈으로 잡초가 비어져나왔으며 계단 옆의 손바닥만한 앞마당에는 녹슨 재활용 쓰레기통 몇 개와 망가진 소파가 놓여 있었다. 숄더백에서 묵직해 보이는 열쇠꾸러미를 꺼내 그중 한 개를 현관문의 구멍에 꽂으며 민영이 말했다. 사층이야. 아래층에 관리인 할머니 사니까 캐리어 소리 내지 말고 조용히 올라가.

엘리베이터는 없었다. 더러운 카펫이 깔린 그 집의 좁고 어두운 계단을 올라가는 동안 승아는 세 번이나 계단참에 캐리어를 내려놓고 헐떡이는 숨을 진정시켜야 했다. 가까스로 꼭대기 층에 닿았을 때 비행기에서 내리기 전 프랑스제 핸드크림을 꼼꼼히 발랐던 손은 갈퀴 모양을 유지한 채 한동안 펴지지가 않았다.

아파트는 생각보다 좁았지만 밝고 깨끗했다. 들어서자마자 새로 페인트칠을 한 깔끔한 주방이 나타났고 그 너머 거실에는 이인용 패브릭 소파와 크림색 책장이 놓여 있었다. 유리 갓을 씌운 스탠드 등과 관엽식물 화분 몇 개가 아늑한 분위기를 더해주었다. 벽에 걸린 마티스 액자는 모마에서 산 프린트이고 아즈텍 조각상은 멕시코 여행의 기념품임을 승아는 알아보았다. 출퇴근용으로 쓴다던 은색 자전거와 헬멧 역시 눈에 익은 물건이었다. 급히 청소를 마친 듯 구석에 청소기가 전기 코드가 꽂힌 채 놓여 있었는데 그것을 빼고는 모든 것이 'cozy'나 'my place'에 해시태

그를 붙여 인스타그램에 올린 사진 그대로였다. 민영은 아주 가끔 사진을 올렸지만 승아는 하나도 빠지지 않고 보고 있었다.

승아의 눈길은 뒷마당으로 나 있는 커다란 창을 향했다. 그곳으로 아낌없이 햇빛이 쏟아져들어와서 마룻바닥과 벽과 책꽂이의 책등 하나하나까지 골고루 환하고 편안한 느낌을 만들어주었던 것이다. 그러나 민영이 다짜고짜 창으로 다가가 커튼을 닫아버렸으므로 그 빛은 금방 차단되었다. 저 새끼들, 또 저러네. 민영에게서 처음 들어보는 거친 말투였다. 건너편 창가에 담배를 피우면서 이쪽을 염탐하는 남자들이 있다고 말하는 민영의 이마에 세로 주름이 깊게 새겨졌다. 청소 땜에 열어놨는데, 집에 있을 땐 커튼을 닫아야 해. 특히 너 혼자 있을 때. 총이라도 쏘는 거니? 그건 아니지만, 재수가 없으면 별일이 다 생기는 데니까. 승아가 던진 어설픈 농담에 민영은 뜻밖에도 진지하게 대답했다.

민영이 새로 이사갈 집에 페인트칠을 하는 사진을 인스타그램에 올린 건 한 달쯤 전이었다. 지금 살고 있는 집의 임대 기간이 한 달 가까이 남아 있는데도 새집이 마음에 들어 이사를 앞당기게 되었다는 글과 함께였다. 룸메이트가 없어서 결정하기 쉬웠다고도 쓰여 있었다. 이 도시의 높은 월세를 생각한다면 그것은 새집이 좋다는 뜻이기도 하고 동시에 민영이 그만큼 경제적 여유를 갖췄다는 의미이기도 했다. 그 두 가지 모두 승아를 자극했다. 집 좋다. 당장 갈 테니 내 자리 비워놔. 누군가가 달아놓은 댓글 아래 민영은 환영! 이라고 답을 달았다.

회사 앞 스타벅스에 팀원들의 커피를 사러 나왔던 계약직 사원 승아는 진동벨이 울리기를 기다리는 동안 SNS에 접속했다가 그 글을 보았다. 그녀는 핸드폰 액정 속의 환영이라는 단어를 한참 동안 바라보았다. 너무 흔하고 일상적인 말이었지만 그때의 승아에게는 왠지 그냥 지나칠 수 없는 승인과 호의가 담긴 유의미한 단어로 여겨졌다. 눈앞에서 문이 닫히더라도 그게 끝이 아니고 어딘가에 환영이라고 적힌 다른 문이 있다. 그것이 마치 어떤 계시처럼 느껴졌던 승아의 눈에는 그 문이 활짝 열려 있는 것으로 보였다.

시차를 계산해본 승아는 민영이 잠 깰 무렵까지 열 시간을 기다렸다가 문자를 보냈다. 나 진짜 갈까. 답장을 받은 것은 다시 하루가 지난 뒤였다. 잠자리가 불편할 텐데 괜찮아? 방이 하나뿐이라. 그걸 읽자마자 물론 상관없다고 곧바로 답문자를 보냈다. 전자여권은 이미 갖고 있었다. 지금 생각하면 사탕발림이었지만 회식 자리에서 편집장이 기회가 되면 해외출장에 데려갈 수도 있다고 한마디 던진 뒤 바로 만들어놓은 것이었다. 항공권이 급했지만 여행사에 다니는 친구에게 부탁하면 구할 수 있을 것 같았고 이 년 부은 적금도 깰 생각이었다. 그동안은 엄마의 성화에 억지로 끌어왔지만 어차피 계속 불입할 능력도 없었다.

승아도 알고 있었다. 그런 무분별한 추진력이었다면 남동생처럼 집안 눈치 보지 않고 어학연수를 보내달라고 졸랐을 것이고 어중간하게 몸을 사리다가 남자친구를 놓치는 일도 없었을 것이고 야근과 휴일 근무가 예사이면서 제대로 대우해주지 않는 회사를 진작에 박차고 나왔을 것이다. 그녀는 무책임한 낙관과 자기

연민에 빠진 비관 둘 다를 경계해왔다. 스스로를 현실주의자라고 생각하면서 주어진 조건에 순응해왔다. 그러나 이제야말로 언제까지나 그런 사람만은 아니란 걸 보여줄 필요가 있었다. 다른 누구보다도 자신에게. 열흘이나 휴가를 낼 수 있냐고 민영이 물어왔을 때 승아는 안 쓴 월차를 합하면 얼추 맞출 수 있다고 거짓말을 했다. 다음주면 계약 기간 이 년을 채우게 되고 정규직으로는 채용되지 않을 테니 쫓겨날 게 뻔했지만 그것까지는 말하고 싶지 않았다.

민영이 미리 얘기한 대로 방은 하나였다. 사철 옷이 걸린 행어 한 개와 거울이 얹혀 있는 단출한 서랍장이 놓였고, 그에 어울리지 않는 커다란 침대가 방 한가운데를 차지하고 있었다. 결혼하는 친구가 줬는데, 이 방에 좀 크긴 해. 민영은 변명하듯이 말한 다음 침대에 걸터앉는가 싶더니 시트 위에 그대로 몸을 눕혔다. 승아는 침대와 서랍장 사이 바닥에 캐리어를 펼쳤다. 겨우 한 사람이 지나다닐 만한 공간밖에 남지 않았다. 그제서야 승아는 잠자리가 불편할 거라는 민영의 말이 무슨 뜻인지 깨달았다. 승아와 달리 민영은 유치원 때부터 자기 방이 따로 있었고 누구와도 한 침대에서 자지 못했다. 아무리 침대가 커도 마찬가지일 것이다.

열어젖힌 캐리어의 맨 위에 민영에게 줄 선물이 놓여 있었다. 승아는 그걸 사기 위해 몇 시간 동안 포털에서 '유학생 선물'을 검색하고 눈알이 빠지도록 인터넷 쇼핑몰의 후기를 뒤졌다. 그러나 농축시킨 뒤 말려서 가루로 만든 사골 국물과 유기농 해물 다시팩 따위를 민영이 반기지 않으리라는 걸 이제는 알았다. 조금 전

주방이 깨끗하다는 승아의 말에 민영은 지난주부터는 요리를 전혀 하지 않는다고 대답했던 것이다.

승아가 샤워를 마치고 방으로 들어왔을 때 민영은 이불을 덮고 잠들어 있었다. 서랍장 위에 개켜져 있던 담요와 여름 이불을 가져와 바닥에 깔고 승아도 자리에 누웠다. 잠든 민영을 건드릴까 봐 침대 위에 놓인 여분의 베개 대신 목베개를 벴다. 한참을 뒤척이긴 했지만 워낙 오랜 시간을 깨어 있었으므로 결국 잠들 수 있었다.

다시 눈을 떴을 때는 해가 한참 기운 시각이었다. 민영은 침대 위에도 거실에도 화장실에도 없었다. 그리고 한 시간이 넘도록 돌아오지 않았다. 배가 고파왔으므로 하는 수 없이 승아는 싱크대 아래 칸에서 냄비를 찾아 사골 가루를 물과 함께 끓이기 시작했다. 냉장고 안에서 플라스틱 포장 용기에 담긴 파스타를 발견했지만 언제부터 거기 들어 있었는지 알 수 없게 말라붙어 있었다. 즉석밥을 국에 말아 배를 채운 승아는 다시 거실 소파로 가서 앉았다.

책장의 책은 모두 영어였고 텔레비전도 없었다. 방전된 핸드폰을 가져와 전원을 연결했지만 로밍을 하지 않은 탓에 할 수 있는 건 사진 파일 열어보기와 다운로드된 게임뿐이었다. 그런 일로 시간을 때울 만큼 느긋한 기분은 아니었다. 그렇다고 무턱대고 혼자서 집밖으로 나가는 일은 엄두가 나지 않았다. 조금씩 어두워져가는 실내에서 승아는 자신이 왜 커튼조차 열 수 없는 이국의 낯선 방에 혼자 앉아 있는지 곰곰이 생각했다. 떠나오기 전 그녀는 주변의 모든 것이 자신을 밀어낸다고 생각했다. 그리고 그들에게서 떠나온 지금은 이 도시에서 유일하게 아는 사람인 민영에게 거부당하는 기분이었다.

민영이 돌아온 것은 밤 열한시가 넘어서였다. 소파에서 잠깐 잠이 들었던 승아는 문 여는 기척에 곧바로 눈을 떴다. 너 진짜 잘 자더라. 샌들의 고리를 풀며 민영이 말했다. 첫날 안 자고 버텨야 시차 적응 빨리 하는데. 민영은 손에 들고 있던 종이봉투를 식탁 위에 내려놓았다. 몇 시간은 들고 다닌 듯 심하게 구겨져 있었다. 멀리 나갔다 왔니? 응, 뭐 잠깐 전해줄 게 있어서. 민영은 대수롭지 않게 대꾸하며 봉투를 가리켰다. 베이글이랑 수프야. 그리스 식당에서 사 온 거야? 아니, 그리니치빌리지에서. 승아는 이 도시에 대해 그다지 정보가 없었지만 그곳이 레스토랑과 카페가 모여 있고 재즈바 '블루 노트'가 있는 맨해튼 도심이란 것 정도는 알고 있었다. 그러고 보니 민영의 옷차림은 공항에 나왔을 때와 달랐다. 목이 파인 블라우스와 산뜻한 시폰 스커트 차림이었다. 넌 안 먹어? 민영의 등뒤에 대고 승아는 다시 말을 붙여보았다. 먹고 왔어. 그 말을 끝으로 민영은 욕실로 들어갔다.

그날 밤 민영은 꿈이라도 꾸는지 자주 뒤척이고 이따금 낮은 신음소리까지 냈다. 그 소리를 들으며 한참을 누워 있었지만 승아에게 더이상의 잠은 남아 있지 않았다. 핸드폰 검색으로 한국 시간이 오후 세시인 것을 확인하고는 그대로 자리에서 일어나버렸다. 그러고는 한밤중 식탁에 앉아서 이 도시의 첫 음식을 먹었다. 수프는 고기 냄새가 느끼하고 짰다. 뉴욕 베이글 역시 소문과 달리 딱딱하고 퍼석했는데 서울에서 새벽배송으로 받는 빵보다 훨씬 맛이 없었다.

속도가 느리긴 했지만 민영이 와이파이를 연결해주었으므로 승아는 이제 할일이 전혀 없진 않았다. 그녀는 그토록 떠나고 싶었던 곳의 뉴스와 친구들의 SNS를 몇 시간 동안이나 들여다보면서 날이 밝기를 기다렸다. 그리고 민영이 침대에서 몸을 일으킨 일요일 정오 무렵에는 또다시 깊이 잠들어 있었다. 이번에도 민영은 승아를 깨우지 않았다.

2. 월요일

출근 준비를 하며 민영은 승아에게 열쇠 두 개를 주었다. 하나는 일층 현관문, 다른 하나는 집 열쇠였다. 랜드로드 할머니가 손님 오는 걸 싫어해. 쓰레기통 옆에 소파 봤지? 거기 앉아서 드나드는 사람 다 감시하거든. 혹시 서블렛을 줬나 의심하는 거야. 승아의 얼굴이 불안해졌다. 갑자기 문 따고 들어와보는 거 아냐? 민영이 고개를 저었다. 세입자한테 미리 연락 안 하고 들어오면 불법이야.

승아는 민영이 냉장고에서 식빵 두 장을 꺼내 그 사이에 땅콩잼을 두껍게 바른 뒤 누런 종이봉투에 담는 모습을 가만히 바라보았다. 텀블러에 커피를 따라서 함께 숄더백에 넣는 걸 보니 도시락인 모양이었다. 승아의 머릿속에 점심시간마다 메뉴를 바꿀 수 있었던 회사 근처의 맛집 식당들이 스쳐갔다. 이곳의 점심시간이 짧다고 듣긴 했지만 땅콩잼만 바른 샌드위치라니.

아침은 먹었어? 승아의 물음에 민영이 무표정한 얼굴로 대꾸했다. 원래 안 먹어. 저기 커피 내려놨고, 봉투에 베이글도 남았어. 승아는 현관까지 민영을 따라 나갔다. 신발장에서 굽이 닳은 단화를 꺼내 신던 민영은 승아의 배웅이 어색한 듯 뒤를 돌아보았다. 오늘 어디로 나가볼 거니? 글쎄, 너 집에 오면 몇시쯤 돼? 난 좀 늦을 것 같아. 응, 알았어. 승아는 고개를 끄덕이고는 애써 무심한 표정으로 벽에 걸린 자전거의 프레임을 만졌다. 오늘은 자전거로 출근 안 해? 안 해. 민영의 대답은 짧고 빨랐다.

민영이 나간 뒤 승아는 무력한 기분으로 식탁 앞에 서 있었다. 이곳에 온 지 사흘째인데 아무것도 한 게 없었다. 어제 하루는 어디로 사라진 걸까. 승아가 어제 오후 늦게 눈을 떴을 때 민영은 식탁에서 커피잔을 옆에 두고 랩톱 모니터를 바라보고 있었다. 비몽사몽 화장실에 다녀오니 민영은 손지갑과 커다란 자루를 양손에 든 채 현관에서 슬리퍼를 신는 중이었다. 당장 다음날부터 깨끗한 팬티를 입기 위해서는 귀찮지만 빠뜨릴 수 없는 일요일의 일과라며 코인런드리에 간다고 했다. 오는 길에는 동네 명물이라는 도넛을 포장해 왔다. 승아의 입맛에 조금 달았지만 따뜻해서 그런대로 맛이 있었다.

그리고 또 뭘 했더라. 몹시 더운 날이었고, 전자레인지 크기의 에어컨은 방에만 있었고, 그 방에서 유일하게 승아의 자리라고 할 수 있는 바닥의 담요 위에 엎드려 인터넷에 접속했다. 그사이 민영은 몇 번인가 집밖을 들락날락했는데 그때마다 핸드폰을 들어 보이며 통화를 하고 오겠다고 말했다. 승아는 영어로 하는 대화는 어차피 못 알아듣는다고 말하려다 그만두었다. 민영이 나갔다 올 때마다 담배 냄새가 났기 때문이었다. 그것이 일요일에 대한 기억의 전부였다. 시간조차 승아를 제쳐놓고 혼자 앞으로 달려나가는 것 같았다.

승아는 소파에 가서 앉았다. 핸드폰에 구글 지도를 다운받아놓았고 민영에게서 지하철 타는 법도 들었다. 그러나 낯선 도시를 혼자 돌아다니는 일은 여전히 망설여졌다. 지하철을 타든 가게에 들어가든 일상적인 시스템 하나하나가 달랐고 그걸 따르려면 다른 언어를 사용하는 낯선 사람들의 호의를 구해야만 했다. 승아가 가장 두려워하는 일이었다. 뭔가 내키지 않거나 어려운 결정을 해야 할 때의 습관대로 승아는 눈앞에 있는 사물을 물끄러미 바라보았다. 그리고 책장에 책이 아닌, 두 쪽짜리 사진액자 하나가 접힌 채로 꽂혀 있는 걸 발견했다. 그녀는 곧바로 그것을 책꽂이에서 빼냈다.

액자 한쪽은 한국에서 찍은 듯한 네 칸짜리 스티커 사진들이었다. 재작년 서촌에서 승아와 함께 찍은 것도 있었다. 엄마와 찍은 사진도 있었는데 친밀한 모녀답게 마치 자매처럼 보였다. 다른 가족의 사진은 없었다. 민영이 대학원을 졸업하던 해에 부모가 이혼한 것은 승아도 알고 있었다. 승아는 액자의 다른 쪽을 보았다. 하이킹 복장으로 자전거에 올라탄 네 명의 남녀가 숲을 배경으로 찍은 사진이었다. 민영을 빼고는 모두 백인이었다. 승아는 사진 속 민영의 얼굴을 한참 동안 바라보았다. 승아의 눈에 익은 명쾌하고 자신만만한 민영의 웃음. 그리고 어깨동무를 하고 있는 옆의 남자와는 남자친구로 보일 만큼 얼굴이 가까웠다.

3. 민영의 목요일

민영은 지난 목요일에 마이크를 그리니치빌리지에서 만났다. 보통은 금요일에 약속을 잡았지만 민영이 토요일 오전에 공항으로 승아를 마중나가야 했기 때문이었다. 마이크도 다음주 출장 준비로 토요일인데도 출근을 한다고 했다.

마이크는 맨해튼의 회사에 다녔고 애스토리아의 원 베드룸 아파트에 혼자 살았다. 민영이 집을 구한다고 하자 자기가 사는 동네를 추천했을 뿐 아니라 가깝다는 이유로 집을 보러 갈 때마다 따라가주었다. 새집의 페인트칠도 함께했다. 이사를 도운 것은 물론이고 가구 배치에서부터 커튼을 달고 액자를 걸고 전구를 새로 끼우는 것까지 이 집 구석구석 그의 손길이 닿지 않은 곳이 없었다. 그는 또 민영의 자전거를 분해해서 안장과 스템과 프레임, 휠과 체인까지 전용 클리너를 뿌려 꼼꼼히 닦은 다음 벽의 랙에 걸었다. 랙의 방향을 바꿔가며 몇 번이나 나사를 풀었다 조였다 반복하더니 자전거가 단단히 걸린 걸 확인하고 비로소 안심이라는 듯 민영을 향해 엄지손가락을 쳐들어 보이는 그의 표정은 더

이상 학회 세미나에서 알게 돼 이따금 안부를 전하는 동료의 것만은 아니었다.

에어컨 설치를 도와주기 위해 주말에 다시 들렀을 때 그는 새로 들여놓은 민영의 침대를 보고 여기 누워보고 싶지 않은 사람은 전 세계에 한 명도 없을 거라고 농담을 던졌다. 더이상 악몽도 꾸지 않을 테니 자기가 선물한 드림캐처도 필요 없겠다고 말하면서 민영의 어깨를 다정하게 토닥이기도 했다.

그날 마이크는 다른 하이킹 친구들과 함께 왔고 그들이 이사 기념으로 사 온 와인 두 병을 비우는 동안 마치 집주인이나 되는 듯이 카프레제 샐러드를 만들고 서빙을 도맡았다. 친구들이 돌아간 뒤에는 민영과 함께 주방 정리를 마치고 냉장고에 남아 있는 맥주를 비웠다. 커피까지 내려 마시고는 공구 박스를 든 채 밤길을 여섯 블록이나 걸어서 집으로 돌아갔다.

민영이 자전거를 타기 시작한 것도 마이크가 권했기 때문이었다. 민영은 운동 부족이라 그런지 변비가 심하다고 무심코 말해놓고 자기들이 그 정도의 TMI까지 털어놓을 사이는 아닌 것 같아 후회했지만 오히려 마이크는 그 주말에 자신이 아는 자전거 가게로 민영을 데려갔다. 신중하게 여러 모델을 살펴보며 선택을 도와주었고 민영의 집까지 가는 첫 주행에 자신도 자전거로 함께 달려주었다. 가는 도중에 사람이 많지 않은 공원에 들러 고등학생 때 이후 자전거를 타보지 않은 민영의 운동신경을 점검하고 또 격려하는 것도 잊지 않았다.

그로부터 얼마 지나지 않아 민영은 마이크의 친구들과 어울려

주말 하이킹을 다니기 시작했다. 그때부터 둘은 본격적으로 가까워졌다. 민영이 끼어들기 전까지 남자 둘 여자 둘이었던 그 그룹은 남자 둘에 여자 셋이 되었다. 그들은 모두 직장인이었다. 주말 하이킹 외에도 이따금 주중에 맨해튼의 식당이나 바에 모여 술잔을 기울였는데 언제부터인가 여자 한 사람이 나오지 않아서 다시 멤버는 남자 둘 여자 둘이 되어 있었다. 그러다가 민영과 마이크를 뺀 남녀가 사귀기 시작했다. 그 둘이 유난히 스킨십을 즐겼으므로 넷이 함께 모여 있으면 그들은 누가 보기에도 사이좋은 두 이성 커플처럼 보였다. 다른 커플이 종종 따로 데이트를 하기 시작하면서 자연스레 민영과 마이크도 둘만 만나 밥을 먹고 술을 마시는 경우가 생겨났다.

그렇지만 마이크는 민영의 남자친구는 아니었다. 주말을 함께 보내는 날이 많고 생일에 꽃과 와인을 선물하고 레스토랑 위크가 되면 점찍어둔 식당을 예약해뒀다 함께 가고 새로 무대에 오른 뮤지컬을 나란히 앉아 보지만 남자친구는 아니었다. 어째서일까. 민영도 알고 싶었다.

그것을 빼고는 민영은 마이크에 대해 많은 것을 안다고 생각했다. 민영은 마이크가 워싱턴주립대를 졸업하고 이 도시로 왔으며 지금의 직장에 정착하기 전에 다른 두 군데 회사에서 인턴을 거쳤고 아버지가 공무원이고 어머니는 항공사에서 일하며 변호사인 형과 아직 대학생인 여동생이 있다는 걸 알았다. 어릴 때 치아 교정을 했고 장난이 심해 다리가 두 번이나 부러졌으며 대학 신입생 때 기숙사에서 첫 대마초를 피웠다는 것도 알았다. 개를 좋아해서 동물구조대 봉사를 한 적이 있고 교환학생으로 스페인에 다녀온 덕에 세비체와 가스파초를 잘 만들고 시애틀 출신답게 언덕 주차를 잘하지만 대도시에서의 운전은 좋아하지 않는다는 것, 그리고 목공과 바이올린 연주를 배운 적이 있다는 것, 헤어진 여자친구와의 기억 때문에 그랜드센트럴역에 있는 오이스터바를 싫어하고, 브루클린 식물원과 루스벨트섬에 데이트의 추억이 있다는 것까지. 식성과 알레르기, 옷 치수와 신발 사이즈, 다음주의 출장 행선지까지 알았다. 또한 마이크는 민영이 말하기 전에 언제나 현관에서 신발을 벗었고 김치와 냉면을 좋아했고 건강 간식으로 김을 즐겨 먹었다. 그만하면 민영은 마이크에 대해 잘 안다고 할 수 있었다. 그러나 그것은 지난 목요일까지의 생각이었다.

목요일 만남은 민영과 마이크 둘만의 약속이 아니었다. 전에 하이킹 모임에서 빠졌던 여자도 온다는 건 그날 오후 마이크의 문자로 알게 되었다. 마이크는 그 여자와 함께 바에 들어왔다. 그날 마이크는 술을 한 잔밖에 마시지 않았다. 자전거 때문이기도 했지만 감기 기운이 있다고 했다. 민영은 느린 속도로 석 잔을 마셨다. 민영 역시 자전거를 타고 왔고 그 집의 술값이 싸지 않았기 때문이었다. 언제나처럼 더치페이였으므로 민영은 머릿속으로 자신이 마신 술값을 합산해가며 술을 주문했다.

여자는 좀 과하게 마시는 듯했다. 그녀는 종잡을 수 없는 태도로 민영을 대했다. 특히나 같은 사무실에서 근무하는 한국인 여성에 대해 지나치게 오래 얘기했다. 자신이 잘못해서 일을 망쳐놓고는 귀여운 표정을 지으며 어떡하지 어떡하지 하면서 남의 도움으로 해결하려 드는가 하면 힘들거나 곤란한 일이 생길 때마다 입으로만 미안해 미안해 할 뿐 결국 다른 사람에게 미루고 빠져 버린다는 거였다. 여자는 같은 말을 두 번씩 반복하는 말버릇과 어린애 같은 몸짓을 과장되게 흉내내 보였다. 그런 다음에는 민영이 다른 한국인 여성들과는 다르게 독립적이고 책임감이 강하다고 칭찬하는 식이었다. 술이 들어갈수록 여자는 점점 속마음을 드러냈다. 제삼세계의 온갖 사람들이 몰려드는 뉴욕은 더이상 미국이 아니라거나 자신의 출신지인 아이오와 같은 중부만이 진정한 미국문화의 순혈성을 지키고 있다고 떠들어댔다.

민영은 반박해주기를 바라는 마음으로 마이크 쪽을 흘끗 바라보았다. 민영의 경험상 이런 경우에 분위기가 깨지지 않으려면 본인이 나서기보다 제삼자가 편견을 지적해주는 게 옳았다. 하지만 그는 한 손으로 턱을 괸 채 여자의 말에 귀를 기울일 뿐이었다. 그러는 동안 여자는 한 잔을 더 마셨고 무리한 주장을 펼치기 시작했다. 그중에는 고양이가 개보다 더 산책을 좋아한다는 억지 주장도 있었다. 마이크의 출장 기간 동안 민영이 그의 아파트에 들러 고양이를 돌봐주기로 했다는 말을 들은 다음부터였다. 여자는 전에 자기가 키우던 고양이가 하네스 목줄을 맨 채 매일같이 센트럴파크를 몇 바퀴씩 돌곤 했다며 이번에도 성급한 일반화의 근거를 댔다. 고양이는 반드시 산책을 시켜줘야 하며 스스로 집을 찾아올 수 있도록 DNA에 프로그래밍돼 있다고 계속 우겼다. 여자가 왜 그런 말을 하는지 민영은 도무지 짐작이 가지 않았다.

술자리는 다른 날보다 일찍 파했다. 마이크가 점점 열이 오른다며 더이상 앉아 있기 힘들다고 말했기 때문이었다. 왜 이러지? 목도 좀 붓는 느낌이야. 민영이 근심스러운 표정으로 물었다. 혹시 알레르기 아냐? 오늘 뭐 먹었는데? 또다시 여자가 나서서 민영의 말을 가로막으며 자기주장을 폈다. 자신이 위생학 수업을 들어서 잘 아는데 발진이 나타나지 않으면 절대로 알레르기가 아니라는 거였다. 마이크는 민영과 여자를 번갈아 바라보다가 알레르기 약을 먹든 휴식을 취하든 일단 집에 가야겠다며 자리에서 일어났다.

자전거는 술집 앞에서 조금 떨어진 이면도로 거치대에 매여 있었다. 민영이 만류했다. 이 상태로 자전거를 탄다고? 어두운데 다리도 건너야 하고, 가다가 목이 더 부어서 기도라도 막히면 어쩌려고 그래. 그러지 말고 나랑 같이 택시를 타자. 곧바로 여자가 끼어들었다. 자전거를 이런 데 두고 간다는 거야? 여기는 이민자와 도둑들의 도시야, 몰라?

대학 시절 자전거를 도서관 앞에 묶어두었다가 도둑맞은 경험이 있는 마이크는 여자와 같은 의견이었다. 그는 다음날 자전거를 찾으러 다시 이곳에 올 시간도 없다며 그냥 타고 가겠다고 우겼다. 그러나 벌겋게 부어오른 마이크의 얼굴에서 눈을 뗄 수 없었던 민영에게 그것은 너무 위험한 결정 같았다. 평소와 달리 민영이 쉽게 의견을 굽히지 않자 결국 마이크도 지하철을 타기로 마음을 바꿨다. 민영도 함께 지하철로 가고 싶었다. 그러나 또다시 여자와 실랑이를 벌일 걸 생각하니 한 가지 양보를 얻어낸 것만으로도 충분히 피곤하다는 느낌이 들었으므로 자신은 자전거로 집에 돌아왔다. 여기까지가 마이크가 목요일에 혼자만 자전거를 잃어버리게 된 경위였다. 금요일 퇴근 뒤에 가봤을 때 마이크가 본 것은 텅 빈 자전거 거치대, 그리고 바닥에 떨어져 있는 끊어진 자물쇠 와이어뿐이었다.

마이크가 전화로 그 소식을 알려왔을 때 민영은 일찍 퇴근해 있었다. 민영에게도 그 소식은 마이크가 느끼는 것 못지않은 충격과 손실로 다가왔다. 내가 지금 거기로 나갈게, 라는 민영의 어조는 당황스럽고 다급했다. 그러나 뜻밖에도 마이크는 그럴 필요 없다고 차갑게 대꾸하는 것이었다. 분명 화가 난 목소리였다. 그가 그런 식으로 말하는 것은 처음이어서 금방 알 수 있었다. 왜? 내가 뭘 잘못한 거야? 자신에게 화낼 일은 아니라고 생각했기 때문에 어쩔 수 없이 따지는 듯한 말투가 되었다. 아니. 마이크는 그렇게만 대꾸했다.

평소의 마이크라면 혹시라도 민영이 미안해할까봐 먼저 그 점을 강조했을 것이다. 안 좋은 일을 당했지만 네 잘못은 전혀 없다고. 이 일은 사고였다. 민영은 그 사건 어디에 자신의 잘못이 있는지 알아낼 수 없었다. 다시 똑같은 상황이 벌어진다 해도 그녀의 판단은 다르지 않을 것이다. 전날 밤 무사히 집에 도착한 마이크가 알레르기가 맞는 것 같다며 약을 먹었더니 열이 가라앉았다고 전화로 알려준 것만 봐도 그 판단에 오류는 없었다. 그런데도 마이크가 화를 낸다는 사실이 믿기지 않았다. 지하철을 타고 급히 집에 간 덕분에 다음날 컨디션을 회복한 것은 맞지만 그와 별개로 자전거를 놓고 간 일 또한 민영의 판단이었으니 분실에 책임이 있다는 걸까. 그렇게 모든 일을 하나씩 다른 사안으로 분리해서 손익을 따지고 책임 소재를 묻는 것은 대체 어떤 사회적 맥락과 가치구조에서 비롯된 사고방식일까. 분명 민영이 알고 있는 사고체계는 아니었다.

Bye. 잠깐의 침묵 뒤에 마이크가 먼저 말했고 민영도 마지못해 대꾸했다. Bye. 전화가 끊어지자 민영은 갑자기 캄캄한 벽이 눈앞을 가로막는 기분이었다. 조금씩 뒷걸음질치던 마이크가 그 벽 뒤의 자기가 속한 세계로 퇴장해버린 느낌마저 들었다. 그동안 내가 마이크에 대해 안다고 생각했던 것은 무엇이었을까. 그 또한 마이크와는 다른 나의 사고체계 안에서의 자의적인 해석이었을까. 민영은 하루종일 자신과 마이크를 가르는 사고방식의 차이를 생각했고 한편으로 마이크가 다시 전화를 걸어오리라는 기대를 밤늦게까지도 포기하지 않았다. 연락은 끝내 없었다.

민영은 어릴 때부터 나쁜 꿈을 많이 꾸었다. 주로 낭떠러지 같은 데에서 떨어지는 꿈이었다. 엄마는 크는 과정이라며 꿈속에서 낭떠러지에 닿으면 떨어지기 전에 먼저 날개를 펴는 상상을 하라고 말해주었다. 한 번도 성공한 적은 없지만 떨어지지 않을 방법이 있다는 것만으로도 두려움이 약간은 덜어졌다. 다시 악몽을 꾸기 시작한 것은 대학원 졸업을 앞두고 수십 장의 이력서를 쓸 무렵부터였다. 길을 잃거나 쫓기거나 시험장에 끌려가는 꿈이라면 차라리 나았다. 얼굴이 보이지 않는 남자가 침대로 다가와 몸을 굽혀서 민영을 내려다본다든가 엘리베이터 안에서 모르는 남자가 몸을 밀착시켜오는데 온몸이 묶인 듯 꼼짝도 할 수 없는 꿈들이었다. 규칙적인 직장생활을 하게 되고 특히나 자전거를 타면서부터는 거의 악몽을 꾸지 않았다. 하지만 그날 밤은 잠이 들었다가는 분명히 악몽이 찾아올 것 같았다. 잠을 이루지 못하는 대신 생각이 꼬리를 물었다.

자전거의 가격이나 조립 사양, 무엇보다 마이크가 거기에 들인 정성에 대해서는 민영이 누구보다 잘 알았다. 마이크는 무엇이든 원하는 걸 갖기까지 신중하고 가진 다음부터는 소중히 관리하는 사람이었다. 그의 상실감은 짐작하고도 남았다. 하지만 자신의 부정적인 감정을 처리해야 할 때 편하다는 이유로 가까운 사람에게 그것을 전가하는 건 안이하고 옹졸한 태도였다. 민영은 또 생각했다. 나라면 어땠을까. 그러고 보니 자신은 그다지 아끼는 물건도 없었고 뭔가를 소중히해본 기억도 나지 않았다. 가장 비슷한 경험이라면 몇 달 전 핸드폰 사건 정도일 것이다.

지하철 안에서였다. 민영은 출입문 가까운 자리에 앉았고 그 남자는 민영의 앞에 손잡이를 잡고 서 있었다. 민영이 오 년 만에 바꾼 신형 핸드폰의 기능을 시험해보느라 정신이 팔려 있을 때 전동차가 멎고 문이 열렸다. 그 순간 남자가 민영의 손에서 핸드폰을 낚아채 밖으로 내달렸다. 민영은 반사적으로 일어나 닫히려는 문으로 뛰어들었고 그것을 가까스로 통과해서 남자를 뒤쫓아갔다. 민영의 추적은 필사적이었다. 그에 비하면 남자의 도주는 얼마쯤 장난기가 섞인 충동적인 시도였을 것이다. 지하철을 기다리던 주변 사람들의 시선이 일제히 그들이 벌이는 추격전에 모아졌다. 마침내 남자는 가쁜 숨을 내쉬며 걸음을 멈출 수밖에 없었다.

핸드폰을 돌려주면서 남자는 민영을 향해 자신이 가난하고 불쌍한 사람이라고 호소했다. 평생 가져보지 못할 그 물건이 너무 탐나서 순간 그릇된 충동이 일었다며 자기 잘못이 아니라 이 나라가 너무 불공평한 탓이라는 거였다. 온몸이 땀으로 젖은 채 여전히 숨을 헐떡이며 민영은 그 남자에게 잘 가라고 말했다. 그것은 민영 쪽의 충동이라고 할 수 있었다. 그 이야기를 주변에 전하면서 민영은 그러나 그 충동이 코트 주머니에서 지갑을 꺼내 자신이 갖고 있던 현금 모두를 남자에게 건네주는 데까지였다는 건 차마 말할 수 없었다.

그 얘기를 들은 마이크는 민영에게 대뜸 이렇게 물었다. 그 남자 흑인이었어? 민영이 끝내 대답을 피했던 것은 마이크로 하여금 자신이 겪은 일을 의도적인 통계에 포함시켜 편견을 강화하게 하고 싶지 않아서였다. 더 솔직히 말한다면 마이크의 편견이 드러나기 시작하면 그가 그밖에 어떤 편견을 갖고 있을지 따져보게 될 테고 그 결과는 결코 민영이 원하는 방향이 아닐까봐 불안했다. 말 안 하는 거 보니 흑인 맞네. 그건 이 일과 상관없잖아, 누구라도 그럴 수 있는 거니까. 민영은 이쯤에서 이야기를 끝맺고 싶었으므로 포괄적으로 결론을 내렸다. 마이크는 동의의 뜻으로 고개를 끄덕였지만 한번 더 주의를 주는 건 잊지 않았다. 어쨌든 다시는 뒤쫓아가지 마. 너무 위험한 짓이었어. 다음번엔 총 가진 놈일 수도 있다구. 그러고는 싱긋 웃었다. 근데, 넌 그런 놈까지 방어해주기 위해서 나를 차별주의자 취급하는 거야? 마이크의 여유로운 웃음을 보는 순간 민영은 그 소매치기에게 돈을 모두 털어주었던 충동의 정체가 무엇인지 알 것 같았다.

4. 민영의 토요일

불면의 밤을 보내고 무거운 몸을 일으킨 민영은 진공청소기를 한 번 돌린 다음 공항으로 향했다. 민영은 당연히 승아를 환영했다. 친밀하게 지내다가도 어느 순간 갑자기 정체를 알 수 없게 되어버리는 관계가 호의라는 몇 개의 나무로 기둥을 세운 집이라면 성장기를 함께 보낸 친구와의 관계는 돌과 모래와 물, 거기에 몇 가지 불순물까지 더해서 오래 굳힌 시멘트 집일 것이다. 그러나 지금은 환영은 해도 환대는 할 수 없는 상황이었다. 자기 나름의 목적을 갖고 떠나온 친구에게 자신의 문제를 들이대며 징징거리기는 싫었다. 그리고 민영이 아는 승아는 상냥함이 지나쳐 남의 일에 관심도 과한 편이었고 글을 잘 쓰는 만큼 제멋대로 맥락을 만드는 데도 소질이 있었다. 반면 민영은 자신에게조차 혼란스러운 일을 타인과 공유할 만큼 개방적인 성격이 아니었다.

민영은 먼발치에서부터 그녀를 알아보았다. 긴 비행으로 지쳐 보이긴 했지만 등뒤에서 목베개를 달랑거리며 검은 선글라스 너머로 쉴새없이 주변을 둘러보는 모습. 민영을 발견한 다음에는 가까이 다가갈 때까지 계속 위아래로 차림새를 훑어보는 게 느껴졌다. 승아의 눈에 지금 나의 모습은 어떻게 비칠까. 그것은 공항으로 엄마를 마중나올 때마다 느꼈던 기분이기도 했다. 초라하거나 위축돼 보이지 않을까 늘 긴장을 했었다. 그러고 보니 엄마를 빼고 이 도시로 민영을 만나러 온 것은 승아가 처음이었다.

집까지 오는 동안 거리 풍경을 훑어보느라 한눈을 팔던 승아는 도착한 뒤에도 집안 구석구석을 살펴보며 논평을 붙였다. 주방이 시원하다든지 책장이 반대쪽에 있는 게 좋지 않을까라든지 텔레비전이 있다면 저 자리에 놓아야 할 것 같다든지. 퀸 사이즈의 침대를 유심히 바라보는 건 당연한 일이었다. 어쩔 수 없이 민영은 타인의 시선으로 자신의 공간을 재구성하게 되었다. 그리고 자신이 왜 무리를 해가며 이 집을 구했는지를 떠올리자 착잡하고 불편한 마음이 되었다.

잠깐 눈을 붙이고 일어난 민영은 승아가 깨어나기를 기다렸다. 식당에 가기 위해서 옷도 조금 산뜻해 보이는 것으로 갈아입었다. 그러나 승아는 좀처럼 눈을 뜨지 않았다. 나가서 먹을 것을 사오는 편이 나을 것 같았다. 현관문을 잠그고 나오며 민영은 마트의 음식 코너에서 파스타와 샐러드를 포장하기로 마음먹었다. 승아가 한국 음식을 원할지 모른다는 생각이 잠시 스쳐갔지만 오늘 같은 날씨에 창문 없는 부엌에서 조리를 한다는 건 스스로를 찜닭으로 만드는 짓이었다.

마이크에게 문자를 보내야겠다는 생각이 스친 것은 마트에 거의 도착해서였다. 손지갑이 있는지 확인하기 위해 숄더백을 뒤적이다가 바닥에서 마이크의 아파트 열쇠를 발견했고 고양이를 돌봐달라는 그의 부탁이 아직 유효한지 의문이 들었던 것이다. 물론 지나친 생각이란 건 민영도 알았다. 하지만 확인은 해봐야 하지 않을까. 이미 직장 동료나 또는 하이킹 친구 중 누구에겐가 부탁했다면 원치 않게 마주칠 수도 있으니까. 만약의 경우 열쇠를 돌려줘야 할지도 몰랐다. 억지스러운 핑계 같았지만 민영은 힘들게 스스로를 납득시킨 뒤 마이크에게 문자를 보냈다. 출장 준비는 다 했어? 답장은 없었다.

그녀는 눈앞에 보이는 마트 간판을 그대로 지나쳐서 길 건너 지하철역으로 들어갔다. 그리고 그리니치로 가는 노선의 전동차를 기다려 탔다. 딱히 무슨 작정이 있었던 것은 아니었다. 자전거가 묶여 있던 자리를 직접 보아야겠다든지 아무튼 뭐라도 하지 않으면 견딜 수 없는 기분이었다. 그 자리에 남아 있을 리 없지만 끊어진 와이어 조각이라도 눈으로 봐두어야만 자신 역시 그 사건의 피해자라는 인정을 받을 것만 같았다. 언제나 그랬듯이 그녀는 마이크와 같은 편에 있었고 당연히 피해자였다. 이제 그것은 일종의 승인받아야 할 권리처럼도 생각되었다. 그 권리를 찾기 위해 그녀는 목요일에 갔던 바에 다시 갔고 그리 유쾌하지 않았던 그 밤의 순간들을 복기하듯 똑같은 순서로 술을 석 잔 마셨고 그러는 동안 마이크에게 화가 난 것인지 마이크와 멀어질까봐 두려워하는 것인지 모호해지는 동시에 완전히 녹초가 되어버렸다. 그리니치의 역 근처에서 산 베이글과 수프를 끝까지 챙긴 것이 그날 밤 민영이 할 수 있는 최대치의 정상 행동이었다. 아마 승아는 민영에게 그런 어리석음과 흐트러짐이 있다는 걸 이해할 수 없을 것이다.

5. 월요일

내세울 만한 스펙이 별로 없는 승아는 자기소개서를 쓸 때마다 글솜씨로 곧잘 자신을 포장하곤 했다. 그녀가 내세우는 장점은 주로 성실성과 적응력이었다. 그런데 무언가가 있다고 강조하는 건 원하는 다른 것이 없다는 사실을 감추기 위해서이기 십상이다. 승아가 생각할 때 그것은 도전 정신과 창의력 같은 것이었다. 그녀는 주먹을 불끈 쥐고 할 수 있어! 라고 하기보다는 고개를 끄덕이며 할 수 없지, 라고 받아들이는 쪽이었다. 이해심이 많은 건 결코 아니지만 자기합리화의 유연함이 있었다. 사실 성실과 적응력의 조합도 풀어 말하면 주어진 자리에서 최선을 다한다는 뜻일 것이다.

승아는 마음을 정했다. 이 도시에 올 때 자신은 도장 깨기 같은 관광이나 세계 제1도시 체험을 원했던 것이 아니었다. 그럼 무엇을 원했나. 거기에 대해서는 아직 답을 찾지 못했지만 일단 떠나온 것만으로도 첫번째 목적은 이뤘다고 생각하기로 했다. 그렇다면 다음 단계는 이 도시 사람처럼 일상을 보내보는 일이 아닐까. 이 동네 사람처럼 그리고 이 집의 주인인 것처럼. 승아의 머릿속에는 그 결정을 승인해주는 제목도 떠올랐다. 낯선 도시에서의 열흘, 현지인처럼 살아보기. 여성 매거진 경력 이 년이 헛발질만은 아니었다는 생각이 들자마자 승아는 핸드폰 메모 어플을 켜고 아이템 회의를 준비할 때처럼 머릿속에 떠오르는 항목을 입력했다. 생활공간 파악하기, 마트에서 장보기, 동네 산책, 카페와 식당

체험, 이웃에게 인사.

공간을 제대로 파악할 겸 먼저 집안 청소부터 하기로 했다. 승아는 잠옷을 벗고 자신이 좋아하는 디즈니 캐릭터 실내복으로 갈아입었다. 커튼을 활짝 열어젖히는 순간 햇빛이 쏟아져들어왔다. 그녀는 창문을 열고 서서 그리 신선하다고 할 수 없는 공기를 마음껏 들이마셨다. 책장과 화분과 마티스 액자를 배경으로 셀카도 몇 장 찍어두었다.

민영의 구식 청소기는 무겁고 소음이 요란했다. 코드 길이가 짧아서 방에서 마루, 주방으로 옮겨갈 때마다 매번 콘센트를 찾아 다시 플러그를 꽂아야 했다. 작년 말 승아가 회사 송년회의 경품 추첨에서 중국제 로봇청소기를 받아 오기 이전에도 승아네는 무선 청소기를 썼다. 승아의 이마 위에서 땀이 줄줄 흘러내렸다.

욕실 청소도 쉽지 않았다. 누렇게 변색한 욕조의 긁힌 자국은 세제로 여러 번 닦아도 소용없었다. 높은 곳에 고정돼 있는 샤워기의 줄이 빠지지 않았으므로 대야에 따로 물을 받아서 뿌려가며 청소를 해야 했다. 깨진 타일에 하마터면 손을 베일 뻔도 했다. 승아는 욕조 가장자리에 놓인 샴푸와 린스, 바디클렌저 병도 하나하나 꺼내서 닦았다. 모두 한국 마트에서도 흔히 볼 수 있는 상표의 대용량 제품이었다. 욕실장 안에 있는 바디로션과 비누 역시 싸고 실용적인 것들이었다. 그러고 보니 민영이 출근한 뒤 살펴본 서랍장 위의 화장품들도 마찬가지였다. 가장 기본적인 것만 갖춰져 있었고 한국식으로 말하면 모두 로드숍 제품이었다. 승아에게 그것은 좀 의외였다.

어릴 때부터 민영은 외국여행이 잦은 아빠와 세련된 엄마의 취향 덕분에 고급 물건들을 갖고 있었다. 민영의 부모는 외동딸에게 가방과 필기구, 립밤과 핸드크림까지 고급 브랜드로 갖춰주었다. 승아는 엄마가 남동생의 학원비를 번다며 백화점에서 주부사원으로 일할 때 용돈을 받으러 갔다가 구경해본 물건들이었다. 지금 승아는 마트 제품을 쓰지 않았다. 샴푸나 화장품은 프랑스 약국에서 비싸지 않게 직구 하는 방법을 알았고 바디 제품도 친환경 브랜드의 제품을 썼다. 상품권이 생기면 백화점에서도 물건을 구입했다. 피부과와 피부관리숍에 들락거리는 주변 사람들에 비하면 그다지 유난스러운 것도 아니었다. SNS에 올라온 광고를 보고 에코백이나 양말 같은 걸 자주 사는 승아에게 엄마는 돈 낭비라고 잔소리를 했지만 푼돈을 아껴봤자 절대 목돈이 되지 않는다는 게 승아의 평소 생각이었다.

욕조 위쪽으로 난 작은 유리창을 닦으려던 승아는 창문이 열리지 않는다는 걸 알았다. 밖에서 열지 못하도록 누군가 창틀에 못을 쳐서 단단히 고정해놓았던 것이다. 다른 것들이 모두 녹슬거나 깨지고 변색한 데 비하면 못은 새로 박은 듯 은색이 선명했다. 누가 해준 것일까. 불현듯 그 사진 액자가 떠오르면서 왜 그것이 책장에 숨겨져 있었는지 궁금증이 일었다.

주방 청소를 시작하기 전에 승아는 먼저 싱크대와 서랍을 하나하나 열어보았다. 그릇은 모조리 크기와 재질이 달랐고 냄비나 팬도 코팅이 벗겨진 것뿐이었다. 조리도구도 변변한 것 하나 없었다. 임시 거처에서의 임시방편이었을 그 물건들은 오랜 유학생활의 흔적일 것이다. 페인트칠을 해서 깔끔해 보였을 뿐 주방은 구석구석 살펴볼수록 한심한 느낌이 들었다. 아무리 오래된 집이라지만 나무문이 달린 싱크대와 고풍스러운 놋쇠 손잡이라니. 하나뿐인 주방 등은 너무 어두워서 자칫하면 칼질을 하다 손을 다칠 것 같았다.

승아가 부모와 함께 사는 집은 얼마 전 입주한 새 아파트였다. 디지털 방범 시스템을 갖췄고 모든 전자제품이 센서나 리모컨, 음성 명령으로 조종되었다. 엄마가 특히 마음에 들어하는 주방에는 하이그로시 싱크대와 대리석 상판이 기본이었고 빌트인 텔레비전과 아일랜드식탁이 갖춰져 있었다. 가스가 아닌 전기레인지였고 물을 틀 때는 발로 페달을 밟았다. 승아는 학자금 융자를 갚을 때까지만 그 집에서 살기로 했다. 잔소리와 참견도 지겨웠고 매달 엄마에게 내는 생활비도 부담이 됐다. 독립을 하게 되면 묵은 짐은 다 버리고 북유럽 스타일로 미니멀하게 꾸미고 살고 싶었다. 변두리 지역의 작은 평수밖에 못 가겠지만 집은 되도록 신축이어야 했다. 민영이 이 집으로 이사하게 된 결정적인 이유가 전에 살던 집에 쥐가 들어와서였다는 것도 떠올랐다.

시간이 지나면서 집안은 점점 더 더워졌다. 햇빛이 마룻바닥을 한껏 달궈놓은 바람에 맨발로 밟기가 꺼려질 정도였다. 마지막으로 재활용 쓰레기를 정리하고 있는데 갑자기 벨소리가 울렸다. 소스라치게 놀란 승아는 얼른 현관 벽에 몸을 붙이고 숨을 죽인 채 바깥의 기척에 귀를 기울였다. 손님이 있는지 확인하러 온 관리인 할머니이거나 아니면 청소 소음에 항의하러 온 아래층 사람

일지도 몰랐다. 그러나 한참을 지나도 밖에서는 아무 소리가 나지 않았다. 승아는 조심스레 문을 열어보았다.

이 집에 들어온 이후 그 문을 여는 것은 처음이었다. 바닥에 떨어져 있는 봉투 하나가 눈에 들어왔다. 창봉투인 걸로 미루어 무슨 고지서 같았다. 그것을 집어든 승아는 마치 낯이라도 익히는 것처럼 복도와 계단 주변을 위아래로 천천히 훑어본 다음 문을 닫았다. 봉투는 식탁 위에 올려놓았다. 그러나 재활용 쓰레기를 버리러 가기 전에 생각을 고쳐 내용물만 꺼내 식탁 위에 놓고 찢어진 봉투는 쓰레기 더미에 합쳤다.

승아는 망가진 소파에 관리인 할머니가 앉아 있지 않기를 바랐다. 하지만 만약 마주치더라도 이웃답게 인사를 건네야 한다고 여러 번 다짐을 하며 계단을 내려갔다. 다행히 소파에는 아무도 없고 보도블록을 달구며 햇살이 하얗게 빛날 뿐이었다.

민영은 일찍 퇴근했다. 만나기로 한 사람에게서 연락이 안 와 일찍 집에 온 것이었다. 민영과 승아는 동네 그리스 식당에 갔다. 여러 식당 중에서 민영이 선택한 데는 정통 방식을 내세우는 곳으로 식당 앱인 엘프에서도 높은 점수를 받았다고 했다. 승아는 낯설고 두꺼운 메뉴판을 읽어볼 엄두도 나지 않았다. 민영이 주문하는 대로 차가운 수프와 꼬치구이, 가지와 양고기를 다져넣은 무사카, 포도잎으로 싼 돌마에 우조도 한 잔 곁들였다. 음식이 나올 때마다 사진을 찍긴 했지만 승아는 가로수길에서 먹어본 그리스 음식보다 낫다는 생각은 들지 않았다. 실내장식도 그쪽이 더

지중해 분위기가 났다.

음식을 날라오는 종업원 남자는 지나치게 말이 많았는데 그때마다 민영은 입꼬리를 올리고 활짝 웃으며 대꾸해주었다. 그러나 그가 자리를 뜨자 다시 평소의 얼굴로 돌아가서는 저 사람도 이 동네에 산다는 걸 보니 건너편 건물 창가에서 담배를 피우는 남자 중 하나일 수도 있다고 작게 말하는 거였다. 뒤끝 장난 아니네, 승아는 생각했다. 커튼을 안 쳤다고 자신을 비난하는 게 틀림없었다. 조금 전 집에 들어서자마자 열려 있는 커튼을 신경질적으로 쳐다보는 민영에게 청소를 했다고 변명해야 했던 것이다. 민영은 청소도 달가워하지 않는 기색이었다. 그럴 필요 없는데, 라는 말을 다소 차갑게 내뱉었다. 싱크대 선반을 열고 물컵을 꺼내려다 승아를 돌아보며 또다시 입을 열었다. 정리도 했구나. 위치가 다 바뀌었네. 그 역시 못마땅한 어조였다.

계산서를 가져온 종업원은 민영과 몇 마디 농담을 주고받은 후에야 카운터 쪽으로 돌아갔다. 승아는 계산서와 민영이 거기에 적어넣는 팁의 액수를 보았다. 가로수길 식당보다 세 배는 비싼 식사였다.

잠시 누그러졌던 승아의 마음이 다시 얼어붙은 것은 식탁 위에 올려놓았던 고지서 때문이었다. 고지서를 발견한 민영은 의아하다는 듯 그것을 집어들었다. 이게 왜 여기 있지. 아래층 우편물이잖아. 불안한 얼굴로 경위를 설명하는 승아에게 민영이 고지서 맨 위에 인쇄된 글자를 손가락으로 가리켜 보였다. 민영의 이름은 아니었다. 봉투를 버렸다는 말에 민영은 목소리가 조금 높아졌다. 뭐야, 그럼 어떻게 돌려줘. 이거 독촉장이라 집 앞으로 배달된 건데. 승아는 어차피 아무것도 안 적힌 흰색 창봉투인데, 라고 말하려다 그만두었다. 자신은 그냥 현관문 앞에 놓여 있는 봉투를 주워 온 것뿐이었다.

그날 밤 민영이 잠든 뒤 승아는 식탁 앞에 앉아 핸드폰으로 항공사 홈페이지에 접속했다. 그리고 Q&A 카테고리에 들어가 질문을 입력했다. 출발 날짜를 앞당기려고 하는데 항공권 변경 가능한가요? 빠른 답장 부탁드립니다. 내친김에 자주 묻는 질문과 답변 항목에도 들어가보았고 내일과 모레 출발하는 항공편 시간도 검색했다. 그날은 방에 들어가 누운 지 얼마 안 돼 잠이 들었다. 사흘째가 되자 드디어 시차에 적응한 모양이었다.

6. 민영의 화요일

마이크의 출장은 일요일까지였다. 그는 고양이가 사흘은 혼자 지낼 수 있다며 목요일이나 금요일 중 하루만 들러달라고 부탁했었다. 사료와 물을 새로 주고 화장실을 치우는 간단한 일이었다. 고양이가 숨어서 나오지 않겠지만 정서적 안정을 주기 위해 가능하면 집에 좀 머물러달라는 당부도 있었다. 하이킹 친구들과 그 집에 갔을 때 몇 번 쓰다듬어본 경험이 있었으므로 고양이를 돌보는 일은 어렵지 않을 것이었다. 마이크의 공간에 혼자 들어가는 것도 어색하지 않았다. 문제는 그래도 되냐는 거였다. 의심스러우면 안 하는 쪽이 자존심을 지키는 민영의 방식이었지만 그러다가 고양이를 오랫동안 방치하게 될까봐 불안했다.

마이크가 돌아오는 날짜를 다시 한번 확인하기 위해 핸드폰 달력을 연 민영은 다음주가 엄마의 생일이라는 걸 알았다. 메모를 해놓고도 깜빡했던 것이다. 더이상 집에서 돈을 받지 않게 되면서 정기적으로 연락할 일이 없어진 탓이기도 했다. 엄마를 만난 것도 이 년 전 졸업식이 마지막이었다. 취직이 안 되면 석 달 안에 이 나라를 떠나야 했으므로 그토록 힘들게 맞이한 졸업이 기쁘지만은 않았다. 취직에 대한 간절함은 엄마도 민영 못지않았는데 이혼 수속이 끝나면 민영의 뒷바라지는커녕 엄마 자신의 생계도 걱정해야 했기 때문이었다. 그럼에도 공항에 도착한 엄마는 여전히 화사하게 옷을 차려입었고 민영의 졸업 선물로는 신형 태블릿 PC를 사주었다. 이혼에 대해서는 한마디도 꺼내지 않았다.

아빠가 동부의 교환교수로 올 무렵에도 민영 부모는 이미 사이가 좋지 않았다. 엄마가 아빠의 반대를 무릅쓰고 기어코 이 나라로 따라온 것은 오직 민영 때문이었다. 민영을 사립학교에 유학시킬 형편은 안 되었고 공립학교에 보내려면 아빠의 J-1 비자가 필요했다. 엄마와 민영은 J-2 비자로 들어왔다. 아빠가 이 년 기한을 채우고 돌아갈 때 엄마는 함께 귀국해야 했다. 혼자 남은 민영은 온갖 아르바이트를 해가며 긴 유학생활을 견뎌냈고 엄마는 민영이 학업을 마칠 때까지 기다렸다가 아빠의 오래된 이혼 요구를 받아들였다.

졸업식 다음날이었던가 엄마와 함께 소호에 나가기로 했다. 닥

치는 대로 이력서를 넣고 면접을 보던 시절이라 그날도 오전에 공립도서관 부근에서 면접 약속이 잡혀 있었다. 민영은 근처 커피숍에 엄마를 기다리게 하고 면접 장소로 갔다. 면접관은 민영의 성적이며 이력서가 나무랄 데 없고 면접에서도 좋은 점수를 받았지만 외국인 신분 보장을 해주는 일이 회사에 부담이 되니 연락을 기다려보라고 말했다. 탈락이라는 뜻이었다. 천천히 걸어서 커피숍으로 돌아온 민영은 어쩐지 선뜻 안으로 들어갈 마음이 들지 않아 잠시 유리창 너머로 엄마의 모습을 바라보았다. 외국인들 사이에 불안한 표정으로 앉아서 문 쪽을 바라보고 있는 왜소하고 초조한 모습. 엄마가 초라해 보이기는 처음이었다. 조금 뒤에야 민영은 문을 열고 들어갔다. 민영이 다가오는 걸 바라보던 엄마는 이마를 살짝 찌푸리며 말했다. 옷이 좀 그렇네. 다려줄 걸 그랬다. 엄마는 한눈에 면접이 실패라는 걸 알았고 그래서 옷차림을 핑계 대는 거였다.

소호에서는 브런치를 먹고 작은 갤러리들을 구경할 계획이었다. 그러나 명품 브랜드의 매장 앞을 지나던 엄마는 갑자기 걸음을 멈추었고 진열장에 딱 한 벌 전시돼 있는 여성 정장을 바라보더니 그대로 문을 밀고 들어갔다. 그 안은 소름 끼칠 만큼 서늘하고 조용하고 좋은 냄새를 풍겼다. 거의 마네킹처럼 보이는 여성 판매원이 우아한 미소를 지으며 다가왔다. 그녀의 안내를 받아 엄마는 가죽소파에 앉았고 민영은 엄마가 진열장에서 본 정장을 입기 위해 거울이 달린 커다란 탈의실로 들어갔다. 옷은 지나칠 정도로 잘 맞았는데 그것은 판매원과 엄마와 민영 세 사람의 공통된 생각이었다. 가격은 민영이 지금 입고 있는 할인매장 옷의 스무 배가 넘었다. 민영과 엄마가 편히 상의할 수 있도록 자리를 비켜주며 판매원은 물을 마시겠냐고 물었다. 그리고 조금 뒤에 탄산수 두 병과 얼음이 든 유리잔을 메탈 쟁반에 받쳐 가져왔다.

민영은 그 옷을 사고 싶은 마음이 전혀 없었다. 그 옷을 입고 면접을 봐도 어차피 취직은 되지 않는다는 걸 엄마도 민영도 알고 있었다. 무엇보다 엄마에게는 그 옷을 사줄 능력이 없었다. 엄마 자신은 탈의실에서조차 입어본 적 없는 옷이었다. 그럼에도 사자고 우기는 이유는 단지 그 옷이 민영의 등뼈를 곧게 세우고 얼굴에 조명을 반사할 것이기 때문이었다. 지금까지 해온 힘든 뒷바라지의 정점에서 마지막으로 무리한 안간힘을 써볼 작정이었을 것이다.

하지만 한편으로는 민영이 그 옷을 사지 않겠다고 강력히 말해주기를 바라는 마음 또한 있지 않았을까. 사라고 우기는 자신의 모습을 각인시키는 데까지만 성공해도 그 옷은 어느 정도의 역할은 해내는 셈이었다. 서로가 알면서도 연기를 하고 그 연기에 진심으로 마음이 움직이는 것. 그런 기만이 필요할 만큼 둘 다 약해져 있었다. 그들은 끝까지 매뉴얼 친절을 잃지 않는 마네킹 여성의 작별인사를 뒤로하고 그곳을 나왔다. 씁쓸하고 또 창피하기도 했지만 엄마와 민영 둘 다 후회할 일을 저지르지 않아 안도하는 마음이 조금 더 컸다.

시간이 지난 뒤에도 민영은 이따금 그 옷을 생각했다. 부드럽고 편안한 감촉과 몸을 감싸는 가벼운 탄력, 윤택함이 배어나오는 간명한 선. 탈의실 안쪽의 거울 앞에서 민영은 스스로의 눈에도 사뭇 달라 보이는 거울 속의 자신을 향해 빙긋 웃음을 던져보았었다. 그런 당당하고 여유로운 모습이라면 정말로 면접에 합격했을 수도 있지 않았을까. 그때 민영에게 부족한 점수는 바로 그것이었을지도 모른다는 생각이 뒤늦게 들었다.

그날 밤 엄마와 함께 와인을 마셨다. 취기를 빌려 민영은 엄마에게 아무래도 이곳에서 자신을 받아주는 곳은 없을 것 같다고 말했다. 언제나 그랬듯 엄마는 민영이 얼마나 뛰어나고 철든 아이였는지 강조하며 민영을 격려했다. 순간 민영은 오랫동안 입안에서 맴돌던 말을 뱉고야 말았다. 엄마, 나 그냥 한국 돌아갈까. 엄마는 갑자기 침묵했고 손에 잡은 와인잔을 내려다볼 뿐 끝내 아무 대답도 하지 않았다. 민영은 의미 없이 눈을 깜박이며 한사코 입술을 깨물었다. 허공으로 발을 들어올렸는데 눈앞에는 막막한 어둠뿐이어서 어디에 그 발을 내려놓을지 모르겠다는 심정이었다. 무엇이 자신을 이곳으로 밀어붙이는지 돌아보지 않은 채 안간힘을 쓰며 달려왔다는 사실만이 아프게 마음에 새겨졌다.

그때 민영과 엄마는 둘 다 자기가 일궈놓은 세계로부터 거부당했고 삶이 임시 거처였고 돌아갈 곳은 없었다. 엄마에게는 남아 있는 기회마저 그다지 없었다. 일생을 두고 모두를 준 존재가 도움을 필요로 하는데 더이상 줄 수 있는 게 아무것도 없다는 사실만큼 그녀를 무력하게 만드는 건 없었을 것이다. 그러나 그때의 민영은 엄마의 생각처럼 뛰어나지도 철이 든 것도 아니었다. 그랬다면 하나뿐인 가족의 생일을 잊어버리는 일 따위는 없었을 것이다.

7. 화요일

민영이 출근한 뒤 승아가 항공사 홈페이지에 접속하니 밤새 답변이 올라와 있었다. 가능합니다, 고객님. 무료 상담전화로 문의하세요. 승아는 일단 핸드폰을 놓고 머릿속으로 날짜 계산을 해보았다. 당장 내일 떠나는 항공편은 없을지도 몰랐다. 출발은 모레 목요일쯤으로 잡는 편이 확실할 것 같았다.

그날 승아는 동네 산책을 시도했다. 이틀 뒤에 떠난다고 생각하니 계획 같은 것도 필요 없어 한결 홀가분했다. 나가기 전에 전화기 속의 지도와 번역기 앱을 시험삼아 작동시켜보았다. 열쇠와 지갑은 에코백에 넣어 어깨에 멨고 선글라스도 썼다.

첫날 민영과 걸었던 길을 떠올리며 지하철역까지 가는 데에 성공했다. 그곳에서 조금 더 갔더니 작은 교회 옆에 명물 도넛집이 나왔다. 그리고 그 너머 교차로 코너에 스타벅스가 있었다. 마치 고향 사람이라도 만난 듯 들뜬 걸음으로 승아는 그곳으로 향했다. 영어 주문이 긴장은 되었지만 일단 익숙한 메뉴판을 보니 용기가 생겼다. 마침내 휘핑크림이 잔뜩 얹어진 프라푸치노를 무사히 받아든 승아의 머릿속에는 그 성취감을 묘사하는 문장이 연달아 몇 개 떠올랐다. 서울의 스타벅스에 비한다면 놀라울 만큼 한적하고 소박했지만 그곳이 마음에 들었다. 내일도 여기에서 시간을 보내면 될 것 같았다. 구체적인 목표와 갈 곳이 있다는 데에 승아는 안도감을 느꼈다.

민영은 퇴근하는 길에 도넛과 쌍벽을 이룬다는 동네 명물 피자와 콜라를 사 왔다. 민영과 함께 그것들을 먹으며 승아는 몇 번이나 한국에 일찍 돌아가겠다는 말을 꺼내려고 했다. 그러나 민영이 계속해서 요즘 한국에서 유행하는 아이템이 뭐냐고 물어왔으므로 적당한 기회가 없었다. 아직 항공사에 상담전화도 걸어보지 못한 상태였다. 민영은 밤늦도록 식탁에 앉아 인터넷 쇼핑몰을 뒤지는 것 같았다.

승아가 자리에 누워 항공사 홈페이지의 Q&A와 항공권 출발 시간을 다시 한번 살펴보고 있는데 민영이 방으로 들어와 말을 건넸다. 나 뭐 하나 부탁해도 돼? 뭔데? 승아는 자리에서 일어나 앉았다. 민영은 엄마 생일이 다음주인데 제 날짜에 도착하도록 선물을 부치기에 너무 늦어버렸다고 말문을 뗐다. 민영이 주문한 선물을 한국으로 가져가서 민영의 엄마에게 전해주는 것. 그건 그리 어렵지 않은 일이었다. 그러나 그 물건을 받을 때까지 이곳을 떠날 수 없다는 건 승아의 계획에 차질을 빚었다.

배달이 언제 오는데? 비즈니스 데이로 이삼 일이라니까, 금요일쯤 올 거야. 뭐가 그렇게 늦어. 한국은 당일배송도 많은데. 승아가 투덜거린 진짜 이유를 민영은 알 턱이 없었다. 너 불편하면 그냥 소포로 보내도 돼. 그대로 방을 나가려는 민영을 향해 승아는 생일선물이라면서 날짜는 지켜야지, 라고 대꾸하고 말았다. 승아의 성실함에는 어떤 종류의 충성도 같은 게 포함돼 있었고 사실 자신이 뭘 원하는지 정확히 모른다는 게 더 근접한 이유였을 것이다.

8. 민영과 승아의 수요일

승아는 다시 현지인으로 살아보기 모드로 돌아갔다. 그렇다면 마트에 가는 게 순서일 것 같았다. 마트에 들어서자마자 승아의 얼굴에는 오랜만에 미소가 떠올랐다. 시원하고 쾌적했으며 지금까지 이 도시에서 본 것 중 가장 친근한 풍경이기도 했던 것이다. 한국의 슈퍼마켓과 비슷한 카테고리와 동선으로 진열된 물건들 앞에서 거의 해방감을 느낀 그녀는 거리낌없이 카트를 채우기 시작했다.

민영의 도시락 샌드위치에 넣을 햄과 치즈를 샀고 생수와 자몽맛 탄산수를 샀고 사과와 바나나와 초콜릿과 과자도 샀다. 토마토와 양배추, 당근, 브로콜리, 사과를 각기 봉투에 가득 담았는데 변비에 시달리는 민영을 위해 해독주스를 만들겠다는 야심찬 계획이 있었기 때문이었다. 그리고 가격이 너무 싸서 와인도 한 병 사지 않을 수 없었다. 와인 오프너와, 그 옆에 걸려 있던 감자깎이까지 카트에 넣고 계산대에 줄을 선 뒤에야 승아는 혼자 들고 가기에 너무 많은 양이라는 걸 깨달았다. 양손에 무거운 비닐봉투 네 개를 나눠 쥐고 또다시 땀을 비 오듯 흘리며 두 블록을 걷고 사층 계단을 올라가는 수밖에 없었다.

그다음부터는 본격적인 주방 일이 시작되었다. 사실 승아는 해독주스를 만들어본 적이 없었다. 엄마가 만드는 걸 곁눈으로 보았고 주는 대로 마시기만 했을 뿐이다. 게다가 그녀는 일주일분을 한꺼번에 만들어둘 계획이었다. 그 많은 재료들을 몇 번에 나눠서 씻고 모조리 깍두기 모양으로 자르는 데까지 한 시간이 넘게 걸렸다. 그것들을 익히는 과정은 더욱 힘들었다. 곰솥이 있을 리 없었으므로 작은 냄비로 몇 번이나 끓이고 덜어내고 끓이기를 반복해야 했다.

창문도 에어컨도 없는 주방에서 승아는 디즈니 실내복 윗도리를 벗어버리고 브라 차림으로 가스불 앞을 지키고 서 있었다. 인터넷 레시피에 있는 대로 야채 끓인 물과 건더기를 분리해 식혔는데 실내 온도가 너무나 높아서 시간이 오래 걸렸다. 플라스틱 통이란 통은 모조리 꺼내서 그것들을 모두 담아놓고 나니 손끝 하나 움직일 기력마저 남아 있지 않았다. 칼이고 도마고 냄비고 다 늘어놓은 채 소파에 쓰러져버렸다.

설핏 잠이 들었던 승아는 문 여는 소리에 눈을 떴다. 민영이었다. 몸을 일으킨 다음 순간 승아는 깜짝 놀랐다. 민영이 발소리를 쿵쿵 내며 다가와서 열려 있던 커튼을 거칠게 닫았던 것이다. 목소리도 약간 날카로웠다. 집이 왜 이렇게 덥니. 해독주스 좀 만들었어. 민영은 한숨을 내쉬었다. 고마운데, 오늘 같은 날 누가 가스불을 써. 집안이 완전 찜통이네. 민영은 주방에 가서 식탁에 늘어놓은 온갖 종류의 플라스틱통들을 바라보았다. 이렇게 많이 했어? 먹을지 안 먹을지도 모르는데, 물어보지도 않고. 그러고는 승아가 다가와 냉장고 안의 생수를 꺼내주는데도 이 도시의 탭 워터는 믿을 만하다며 구태여 수돗물을 그냥 따라 마셨다.

도대체 쟤는 왜 저러는 걸까. 민영은 생각했다. 왜 저렇게 한결같이 경계라는 게 없을까. 첫날부터 그랬다. 왜 남의 물건을 시찰

하고 뒤집어놓는 것일까. 마이크가 끝내 연락을 안 하고 출장을 떠나버려 가뜩이나 마음이 상한 민영에게 혹시 미국인 남자친구가 있냐고 묻는 품이 책꽂이에 넣어둔 사진 액자를 본 게 틀림없었다. 오늘만 해도 민영은 퇴근길 전철 안에서 몹시 우울했고 승아가 집에 있다면 함께 시원한 맥주라도 한잔하며 기분을 풀자고 스스로를 달랬다. 그러나 집안으로 들어서는 순간 덮쳐오는 열기, 난장판이 된 주방, 그리고 커튼을 열어놓은 채 브라 차림으로 잠들어 있는 승아의 모습을 보자 자기의 공간이 훼손이라도 당한 기분이었고 갑자기 피로가 몰려들었다.

사람은 변하지 않는다. 승아는 천진하다못해 눈치가 없었다. 돈가스냐 떡볶이냐 같은 사소한 일도 쉽게 결정 못해 일일이 민영에게 의지하는 한편으로 고집이 세고 인정욕구가 강했다. 민영이 유학을 떠날 때 승아는 퉁퉁 부은 눈으로 밤새 쓴 손편지를 건네주었는데 미국 친구가 생기면 자신처럼 평범한 소꿉친구 따위는 곧 잊어버릴 거라며 민영이 아니라는 말을 스무 번쯤 할 때까지 훌쩍임을 멈추지 않았다. 일주일분의 해독주스라니. 손편지처럼 고맙고 감동적이지만 그것을 영원히 간직하라는 말만큼이나 부담스러웠으며 또 궁금하지도 않았다. 친하다고 해서 비슷해질 필요는 없었다. 각자 자기의 자리에서 미소를 보내고 손을 흔들면 되었다. 민영은 그것을 납득시키면서 유지해야 하는 관계들이 피곤했고 적당한 기만으로 덮어두지 못하는 자신 역시 지겨웠다.

도대체 뭐가 문제일까. 승아는 생각했다. 쟤는 어쩌면 저렇게 변함없이 자기 위주일까. 집이 더운 것만 보이고 내가 그 더위 속에서 종일 일한 것은 보이지 않는 모양이지. 자기 집을 청소하고 자기를 위해 주스를 만든 것은 중요하지 않고 자기 방식과 다르다는 점만이 문제인 거지. 고생 좀 했나 싶더니 변한 건 하나도 없네. 그렇게 독립적이라면서 부모가 주는 학비로 공부하고 무슨 일이든 친구들보다 높은 점수를 따지 않으면 못 참고. 인스타그램에 올리는 사진도 결국은 자신 있는 답안지 제출과 스펙 과시 같은 거였나. 그 사진이 아니었으면 승아는 이 좁고 낡은 집과 더위에 갇혀 집안일을 하고 있지 않을 것이다. 그렇게 오랜 시간 민영의 이기심에 상처를 받고도 또 이렇게 당하고 있는 자신의 한결같은 성실과 적응력에 넌더리가 난 승아는 방으로 들어가서 행어에 걸어놓았던 자신의 옷과 마트에서 샀던 초콜릿이며 과자들을 캐리어 안에 쓸어넣었다.

9. 목요일과 금요일

다음날 늦잠을 자고 일어나보니 민영은 이미 출근한 뒤였다. 해독주스를 마시기 위해 냉장고를 열어본 승아는 민영이 도시락으로 햄치즈샌드위치를 싸 갔다는 걸 알았다.

그날은 스타벅스에서 시간을 보냈다. 환기가 잘되지 않는 집이라 더운 공기를 피하려면 자신이 빠져나오는 방법밖에 없었다. 승아는 핸드폰으로 사진을 찍기도 했고 노트를 펴놓고 뭔가를 끄적거려보기도 했다. 그냥 사람들을 관찰하는 일도 흥미로웠다. 외국인들 사이에 앉아 있는 일 역시 조금씩 자연스럽게 느껴졌다. 아무도 신경쓰는 것 같지 않았지만 승아는 자릿값으로 스콘을 하나 더 주문해 점심을 때웠다. 돌아오는 길에는 마트에 들러 구경을 하다가 허브캔디와 캔맥주와 그 옆에 걸려 있는 특이한 모양의 병따개를 샀다. 집에 들락거릴 때마다 신경이 쓰였지만 망가진 소파는 그날도 비어 있었다.

그러나 승아가 누렸던 느긋함은 계단을 올라 현관문에 붙어 있는 스티커를 보는 순간 사라졌다. 스티커에 인쇄된 글자를 대략 살펴보니 우편물을 전달하지 못해 도로 가져가니 우체국에 와서 찾아가라는 내용 같았다. 민영이 주문한 엄마의 선물이 배달되었던 모양이었다. 내일 온다고 하지 않았나. 무엇 하나 예상대로 되지 않는 나라였다.

회사에서 밤늦게 돌아온 민영은 대수롭지 않은 표정으로 물건을 좀 빨리 보낸 모양이라며 우체국에서 찾아오면 된다고 말했다. 물론 승아가 가야 할 것이었다. 승아가 사는 아파트에는 무인택배 보관함이 있었다. 아니더라도 경비실에서 받아주거나 편의점에 가서 찾아올 수도 있다. 그럼 직장인들은 어떻게 택배를 받니? 불편하지. 민영은 그렇게만 대꾸했다. 더이상 할말이 없었다. 승아가 스타벅스에 갔다고 하자 민영은 미국 애들이 일껏 해외에 나가서 맥도날드 찾는 거랑 비슷하다고 말했다. 미국 애들은 미국 밖으로 나가는 걸 그리 좋아하지 않고 책도 미국 저자의 책만 읽는다는 말과 함께, 근데 한국 사람들은 왜 그렇게 스타벅스를 좋아하는 거지, 라고 덧붙였다.

금요일에 승아는 동네 우체국을 향해 출발했다. 원하던 대로 구체적인 목표와 갈 곳이 확실히 생긴 셈이지만 전혀 반갑지 않았다. 어김없이 햇볕이 뜨겁게 내리쬐는 날씨였다. 버스를 타는 건 아직 자신이 없었으므로 핸드폰 속의 지도를 보면서 삼십 분 넘게 걸어야 했다.

우체국에 번호표 같은 건 없었다. 눈치껏 창구 앞에 줄을 서서 순서를 기다렸다가 미리 외워 온 대로 우편물을 찾으러 왔습니다, 라고 말하며 승아는 직원에게 스티커를 내밀었다. 그러나 스티커를 확인한 직원은 계속해서 한 손으로 뭔가 밀어내는 몸짓을 해보였다. 가라는 뜻일까. 왜 우편물을 주지 않는 걸까. 말은 빨라서 전혀 알아들을 수가 없었다. 승아의 울먹이는 듯한 표정에 마침내 직원이 마뜩잖은 얼굴로 한 단어씩 끊어서 발음해주었고 승아는 귀가 아닌 눈치를 통해서 우편물이 이미 배달 트럭에 실려 나갔다는 걸 알게 되었다.

뛰다시피 해서 헐레벌떡 집으로 돌아온 승아의 눈에 도롯가에 주차돼 있는 우체국 트럭이 보였다. 유니폼을 입은 배달원이 운전석에 타려 하고 있었다. 전속력으로 달려가보았지만 승아의 도착과 동시에 트럭은 떠나버렸다. 그리고 트럭이 떠난 자리에 망가진 소파가 나타났고 거기에는 민소매 원피스를 입은 뚱뚱한 할머니가 앉아 있었다. 할머니가 부르는 소리를 들은 것 같았지만 승아는 못 들은 척 재빨리 일층 현관문을 열고 들어갔다. 한달음에 사층까지 올라가보니 짐작대로 또다시 문에 스티커가 붙어 있었다. 이번에는 V자가 검은색이 아니라 붉은색 펜으로 표시된 스티커였다.

승아는 그것을 핸드폰으로 찍어 민영에게 보냈다. 이마에서 흘러내린 땀이 핸드폰 액정 위로 뚝뚝 떨어졌다. 곧바로 답장이 도착했다. 내가 지금 우체국에 전화해볼게. 뭔지 다급하고 책임감을 느낀 나머지 승아는 내일은 우체국 여는 시각에 맞춰 미리 가서 기다리고 있겠다는 문자를 보냈다. 조금 뒤 민영에게서 답문자가 왔다. 내일은 토요일이었다. 소포는 어차피 월요일에나 찾을 수 있었다. 그리고 화요일은 원래 예정된 승아의 출발일이었다. 승아가 냉장고의 생수를 꺼내 벌컥벌컥 마시고 있는데 핸드폰 액정에 새로운 문자가 떴다. 오늘 일찍 퇴근해. 사실 민영은 매일 저녁 일찍 집에 들어왔었다.

10. 금요일

민영이 샤워를 하고 옷을 갈아입는 동안 승아는 텀블러에 커피를 담고 생수도 한 병 챙겼다. 동네 공원일 뿐이지만 민영과의 외출은 처음이었다. 그리스 식당은 바로 집 앞이라서 외출 기분이 나지 않았었다. 걸어가기엔 좀 먼 거리라는데도 승아는 걷는 쪽을 택했다. 저녁 공기가 그런대로 쾌적했고 가는 길에 상가도 구경하고 싶었기 때문이었다. 그들은 빵집에 들러 저녁으로 먹을 바게트샌드위치를 사 갈 생각이었다. 잠깐 들를 데가 있는데 갔다 와도 되지? 민영이 물었다. 어딘데? 친구네 집. 고양이 밥을 좀 줘야 돼서. 민영은 승아에게 자기가 그곳에 가 있는 동안 공원에서 삼십 분 정도만 기다리면 된다고 말했다. 친구가 남자이긴 한데 남자친구는 아니야. 묻지 않은 것까지 설명해주었다.

민영 친구의 아파트는 공원 바로 옆이었다. 승아는 어두워져가는 공원을 혼자 산책했다. 수풀 사이로 넓은 잔디밭이 펼쳐져 있고 야외무대와 트랙이 보였다. 조금 안쪽으로 들어가자 광대한 하늘 아래 이스트강이 펼쳐져 있었다. 이따금 강 건너에서 산들바람이 불어와 수면과 승아의 머리카락에 작은 물결을 만들었다. 강기슭의 벤치에 앉아 승아는 해가 지는 것을 바라보았다. 푸른 하늘에 점점 붉은 구름이 퍼져가면서 청색과 흰색과 붉은빛이 뒤섞여 한순간 천지를 뒤덮었다. 붉은 강물이 켜켜이 결을 드러내며 조용히 흔들렸다. 승아는 강 건너편에 길게 늘어선 건물들에 어둠이 드리우는 걸 천천히 바라보았다. 민영의 말대로 아름다운 노을을 보기 좋은 위치였다.

민영은 약속한 시간보다 조금 늦게 돌아왔다. 벤치 옆자리에 앉는데 급히 왔는지 숨소리가 가빴다. 승아는 생수를 건네준 다음 종이봉투에서 샌드위치를 꺼내 반으로 갈랐다. 둘은 나란히 강 쪽을 바라보며 샌드위치를 먹기 시작했다. 조금 뒤 민영이 갑자기 승아 쪽으로 얼굴을 돌렸다. 내 눈 좀 봐줘. 왜? 나 사실 고양이 알레르기 있거든. 친구 집에 갈 때마다 약을 먹고 가는데 오늘은 깜빡했어. 승아가 자세히 보니 민영의 눈은 붉게 충혈되어 있었다. 알레르기 있는 거, 친구도 아니? 아니, 나중에 말하려고 했지. 언제? 글쎄, 걔한테 내가 고양이만큼 중요해졌을 때? 그 말을 한 뒤 민영은 갑자기 활짝 웃었다. 여기서 오래 혼자 살다보면 그냥 친절한 건지 특별한 감정인지 잘 구별 못하게 돼. 자기들끼리 선을 그어놓고 그 바깥에 있는 사람에게 친절하게 보이려는 사람들이 좀 있거든. 그건 어디 살든 마찬가지 아냐? 승아가 대꾸했다. 다음 순간 승아의 얼굴에도 웃음이 떠올랐다. 그럴 때면 말야. 왜 얼마 동안 어디에를 생각해봐. 거기에 대답만 잘하면 문을 통과할 수 있어. 민영은 아무 대꾸도 하지 않은 채 생각에 잠겨 있는 눈치였다. 둘은 묵묵히 강 건너를 바라보며 샌드위치를 씹었다.

노을이 사라진 하늘과 강에는 어둠이 깔려 있었다. 강 건너편 건물들은 마지막 빛에 의지하여 검은색 조형물처럼 변하더니 어둠이 더 깊어지자 점점 화려한 불빛을 드러내기 시작했다. 불빛의 그림자가 강물에 반사돼 어둠을 밀어내듯 더욱 아름다운 풍경을 이루었다. 근데 저기 건너편은 어디니? 승아가 물었다. 맨해튼. 여기에서 보아야 한눈에 볼 수 있어. 가까이 가면 너무 크니까. 승아는 머릿속으로 이 도시에서 남은 시간을 헤아렸다. 이틀은 더 맨해튼을 볼 수 있었다.

| **작가노트** |

의심을 찬양하는 의심

작년에 명동예술극장에서 연극 〈갈릴레이의 생애〉를 봤다. 공연 내내 '의심을 품는 것은 찬양할 만한 일이다!'라는 브레히트의 시구가 떠올라 집에 돌아오자마자 시집을 찾아보았다. 참으로 오랜만에 펼쳐본 1992년판 『살아남은 자의 슬픔』(한마당). 그런데 전에는 그리 의식하지 않았던 구절이 눈에 들어왔다. "절대로 의심할 줄 모르는 생각 없는 사람들을/ 절대로 행동할 줄 모르는 생각 깊은 사람들이 만난다./ 이 생각 깊은 사람들은 결단을 내리기 위해서가 아니라 결단을 피하기 위해서 의심한다."

불현듯, 그동안 내가 해왔던 의심들이 결단하지 못하는 나를 변명하기 위한 의심이 아니었나 하는 의심이 들었다. 그렇다면 내가 쓰는 소설 역시 어떤 의미에서 변명의 소설이었을까. 꽤나 의심스러웠다.

오늘 아침 친구가 문자 두 개를 보냈다. '팬데믹 시절이지만 집콕이 도움이 되는 창작자들은 크게 괴롭지 않을 듯.' '잘 읽히는 소설 추천 좀 해줘. 몰입도 높은 소설 없나.' 늦은 오후가 되었는데도 나는 답신을 보내지 못하고 있다. 그녀는 언젠가 내가 썼던 호기로운 글을 안 읽은 게 분명하다. "사람들이 오해하고 있다. 소설가는 행복할 때 소설을 잘 쓴다. 기고만장하면 더 잘 쓴다고 본다." 집에 틀어박혀 지내는 건 그리 괴롭지 않다. 그러나 무엇에도 집중할 수가 없고 재미를 못 느낀다. 읽기와 쓰기 둘 다에 무기력해진다. 내가 가진 이야기들이 이 힘든 시기에 들려줄 만한 이야기인지 생각을, 아니 의심을 좀 해보려는데 그만 해가 지고 있다. 잘 읽히는 소설이 뭔지도 아직 못 알아냈다.

「우리는 왜 얼마 동안 어디에」는 장편소설을 쓴 이후 처음으로 발표한 소설이다. 내가 서툴다고 생각되어서 얼마간 간곡한 마음으로 쓴 것 같다.

사실은 쓰고 싶은 이야기가 따로 있었다. 하지만 그 서투름과 간곡함이라는 두 개의 팬을 불안으로 달구며 번갈아서 나를 들볶다보니 시간이 흘러가버렸다. 이번 소설은 망했구나. 흠이 너무 두드러지지 않게 단순하게 쓰자. 그런데 자꾸만 길어지는 거다. 뭐야, 바로 이 이야기를 하고 싶었던 거잖아. 아닌가? 나는 단지 내가 길을 찾아 가까스로 진입해들어간 이 이야기의 세계가 끝나지 않기를 바라는 것일까.

단순하게 쓰려면 더욱 정확해야 한다는 깨달음이 오고, 그러나 그 깨달음은 다음 소설을 쓸 때 아무 소용도 없어지리라는 것. 그러니 또 쓸 수 있어서 얼마나 다행인가. 고마운 일이라고 또 생각했다.

지난 이월 이 소설을 끝낸 뒤 뉴욕에 갔다. 그곳에 아직 팬데믹이 밀려들기 전이라서 많은 곳을 돌아다녔다. 이 소설에 나왔던 장소들도 당연히 동선에 포함되었다. 각별한 소회 같은 건 없었지만 어쩐지 그 장소들에 대해 쓸 이야기가 더 남아 있다는 생각이 들었다. 그 거리에 흩어져 있는 나의 이야기들. 그 안의 인물들이 위축되고 불안한 가운데에서도 스스로를 방치하지 않으며 타인에게 공정하려고 애쓰기를 바란다. 고독 속에서 연대하기를 바란다.

예전에 나는 소설을 쓸 때 책상 앞에 '낯설게' '거의 지독하게'라고 써붙여놓았는데 요즘은 '담백하게' '간명하게' 그리고 이따금 '슬프지 않게'라고 쓴다. 내가 약해져서인가. 아닐걸. 소설을 쓸 때만은 나도 약하지 않다. 나에게 소설은 여전히 불편한 탐색과 이탈의 여정이다. 하지만 이제 나에게는 슬픔이 흔해져서, 슬프지 않은 소설을 쓰려고 하는 마음이 오히려 새로운 결기가 되었다.

당분간은 마지막이라고 생각해야 할 이번 뉴욕 여행에서 입국심사대의 젊은 관리는 내게 '왜 얼마 동안 어디에'를 묻지 않았다. 대신 케이팝 팬이라며 서툰 한국말 대화를 시도했다. 이 소설에 오래 붙들려 있었던 마음이 그때 조금 덤덤해졌다. 그것 역시 미약하나마 소설을 쓰게 만드는 의심이었으면 했다.

| 리뷰 |

우리가 아는 사람, 우리가 아는 시간

하성란(소설가)

승아는 소꿉친구 민영이 이따금 인스타그램에 올리는 사진들을 하나도 빠뜨리지 않고 보아왔다. 'cozy'나 'my place'라는 해시태그가 붙은 민영의 일상은 그야말로 뉴요커의 삶처럼 보인다. 한 달 전 민영은 새로 이사갈 집에 페인트칠을 하는 사진을 올렸다. "당장 갈 테니 내 자리 비워놔"라는 누군가의 댓글에 민영은 '환영!'이라는 답을 달았다. 평소라면 "너무 흔하고 일상적인" 말일 그 말이 승아에게 특별하게 다가온 건 "다음주면 계약 기간 이 년을 채우게 되고 정규직으로는 채용되지 않을 테니 쫓겨날 게" 뻔하기 때문이다. "눈앞에서 문이 닫히"고 끝이라는 느낌이었는데 "어딘가에 환영이라고 적힌 다른 문이" 활짝 열리는 느낌이었다. 충동적으로 뉴욕행을 결심한 승아가 준비한 건 입국심사대를 통과할 때 이민국 공무원이 물을 세 가지 질문에 대한 답이다.

왜. 얼마 동안. 어디에.

JFK공항에서 만난 민영은 "자유롭고 들뜬 듯한" 인스타그램 속 얼굴과는 달리 피곤하고 건조한 표정으로 승아에게 말한다. "네가 진짜 올 줄은 몰랐어." '환영'이라는 말은 SNS 속의 사교적이고 세련된 응대 방식에 불과할 뿐이었다는 걸 그제야 깨닫는다. 인스타그램 속 일상도 과장에 불과하다는 걸 깨닫는 데 그리 긴 시간이 걸리지 않는다. 민영의 집까지 걸어가는 동안 "하늘을 찌르는 빌딩숲이나 공원을 배경으로 한 브라운스톤 건물은 없었"고 스치는 사람들도 승아의 머릿속 뉴요커와는 너무도 동떨어져 있다. 낡고 오래된 아파트에는 엘리베이터가 없다. 사진에서 봐 낯이 익은 자전거와 헬멧, 마티스 액자 등도 빛을 잃었다. 일상의 한순간을 포착해 공개하던 민영은 정작 건너편 창가에서 자신의 집을 염탐하듯 들여다보는 남자들의 시선이 두려워서 무더운 날씨에도 집의 창을 커튼으로 막아두었다.

승아는 아무도 없는 방에서 혼자 눈을 뜬다. 커튼조차 열 수 없는 이국의 낯선 방에서 그녀는 이 도시에서 유일하게 아는 사람인 민영에게 거부당하는 기분이 든다. 서울을 떠나오기 전 승아는 주변의 모든 것이 자신을 밀어낸다고 생각했다. 그녀가 이국의 방에서 할 수 있는 일이란 "그토록 떠나고 싶었던 곳"의 뉴스를 검색하고 SNS를 통해 그곳 친구들의 일상을 들여다보는 일이다.

친밀하게 지내다가도 어느 순간 갑자기 정체를 알 수 없게 되어버리는 관계가 호의라는 몇 개의 나무로 기둥을 세운 집이라면 성장기를 함께 보낸 친구와의 관계는 돌과 모래와 물, 거기에 몇 가지 불순물까지 더해서 오래 굳힌 시멘트 집일 것이다. 그러나 지금은 환영은 해도 환대는 할 수 없는 상황이었다.(84쪽)

승아의 이야기가 뉴욕으로 향하는 토요일부터 시작되었다면 민영의 이야기는 그 전주 목요일부터 시작된다. 이미 두 사람의 이야기는 시작점부터 어긋나기 시작한 것이다. 이것은 이 소설의 또다른 복선으로, 한 공간에 있으나 서로 가닿지 못하는 관계를 설득력 있게 보여준다. 그 목요일 민영은 가깝다고 생각한 마이크와의 관계에 대해 종잡을 수 없게 되었다. 잘 안다고 생각했지만 마이크와 "Bye"라고 인사를 하고 전화를 끊었을 때, "캄캄한 벽이 눈앞을 가로막은 기분"이 되었다. 승아는 다를 거라고 생각하고 있지만 "자기 나름의 목적을 갖고 떠나온 친구에게 (……) 징징거리기는 싫었"고 게다가 남의 일에 관심이 과한 승아에게 말하는 게 주저된다.

공항에 도착한 승아는 민영의 엄마가 그러듯이 선글라스 밖으로 민영의 차림새를 위아래로 훑어보았고 민영은 혹여 자신이 "초라하거나 위축돼 보이"는 것이 아닐까 긴장했다. 아니나다를까 승아는 집안 구석구석을 살펴보며 논평을 붙였다. 민영은 어쩔 수 없이 타인의 시선으로 자신의 공간을 재구성하게 되었고, 그러자 왜 무리를 해가면서 이 집을 구했는지 떠올랐다. 그 집을 구하는 데 결정적인 계기가 된 마이크와의 관계도.

「우리는 왜 얼마 동안 어디에」는 SNS의 속성을 간파하면서 승아와 민영의 입장을 교차 시점으로 간명하게 드러낸다. 두 사람의 입장차는 좀처럼 좁혀들지 않는데 이런 그들의 모습이 특별해 보이지 않는다. 어딘가 낯익고 충분히 공감되는 그들. 그들은 바로 우리가 아는 사람이다.

이 어긋남은 소설 속 제때 도착하지 않는 소포로 커다란 힘을 얻는다. 엄마의 생일을 잊은 민영이 뒤늦게 물건을 주문하고 귀국하는 승아 편에 그 선물을 전달하려 하지만 온다는 날보다 하루 앞서 도착하는 바람에 승아는 소포를 그대로 놓쳐버리고 만다. "다른 언어를 사용하는 낯선 사람들의 호의를" 구하는 일은 승아가 가장 두려워하는 일이었으나 그녀는 우체국으로 소포를 찾으러 간다. 하지만 소포를 실은 트럭은 방금 떠난 뒤다. 이번에도 승아는 간발의 차로 소포를 찾지 못하고 만다. 이제 이곳은 승아에게 "무엇 하나 예상대로 되지 않는 나라"이다.

"나는 오랫동안 소설이란 유의미한 현실을 재현하고, 또 그 과정을 도움닫기 삼아 순간이나마 위로 날아서 현실을 다시 한번 조망해보는 것이라고 생각했다. 마지막에 착지하는 지점이 글쓴 자의 시야가 된다고. 요즘 그 생각이 조금 바뀌었다. 재현, 그러니까 보여주는 데에서부터 이미 쓰는 자의 조망이 시작되는 게 아닐까"라고 은희경은 개정판 『아름다움이 나를 멸시한다』(창비, 2020)의 새로 쓴 작가의 말에서 밝힌 바 있다. 초판과 개정판 사이에 십삼 년이 흘렀다.

이 소설에서 은희경이 공들여 재현하는 것은 바로 우리가 아는 사람이다. 원하지 않는 일을 하면서도 정규직이 될 가망이 없는 승아는 계약직의 특성상 이 년짜리 정기적금을 부을 여력도 없다. 남의 나라에서 취업을 준비하는 어려움과 수모, 외국인에 대한 차별과 무시, 그래서 자신의 핸드폰을 강탈해서 도망가는 남자를 끝까지 쫓아가 잡아놓고도 자신의 지갑을 털어 돈을 주고만 민영의 마음을 알고 있다. 자신이 일궈놓은 세계로부터 거부당하고 지금의 삶은 임시 거처로서 돌아갈 곳이 없다는 것, 무엇보다 창 너머 외국인들 사이에 불안한 표정으로 앉아 자신을 기다리고 있는 왜소하고 초조한 엄마의 모습을 바라보는 민영의 막막함도 우리는 헤아릴 수 있다.

승아와 민영의 금요일, 두 사람은 맨해튼이 한눈에 보이는 동네 공원에 나란히 앉는다. 민영이 "여기서 오래 혼자 살다보면 그냥 친절한 건지 특별한 감정인지 잘 구별하지 못하게 돼. 자기들끼리 선을 그어놓고 그 바깥에 있는 사람에게 친절하게 보이려는 사람들"에 대해 털어놓을 때 승아는 "그건 어디 살든 마찬가지 아냐?"라고 진심을 말할 수 있게 된다.

강 건너 맨해튼은 "노을이 사라진 하늘과 강에는 어둠이 깔"리고 "어둠이 더 깊어지자 점점 화려한 불빛을 드러내기 시작"한다. 너무도 커서 어느 정도 거리를 둔 그곳에서야 한눈에 감상할 수 있다. 이후로 승아가 이 "도시에 대해 말할 수 있는 것은 끔찍한 더위, 가로막힌 창문들, 저녁 거리에 쌓여 있는 검은 쓰레기봉투의 냄새, 시간을 지키지 않는 우편물과 길고양이들, 그리고 친구네 집 벽에 걸린 통근용 자전거 같은 것"들이겠지만 지금 이 자리에 앉아 있는 동안만큼은 잠시 평화롭다. 아직 이틀은 더 맨해튼을 볼 수 있다는 승아의 마음은 "주어진 조건에 순응"하거나 "자기합리화의 유연함"만은 아닐 것이다. 소포는 무사히 도착할 것이며 민영의 바람대로 승아는 민영의 어머니에게 선물을 전달하게 될 것이다.

재현에서부터 시작되는 조망. 무슨무슨 경향에서 벗어나 있으면서 그 모든 것을 아우르는 조망. 냉소도 위악도 버리고 은희경은 우리 곁에 와 있다. 우리들 안에 서서 우리가 아는 사람의 일상을 맨눈으로 직시하고 있다. 우리가 잘 아는 사람이기에 "그럴 때면 말야. 왜 얼마 동안 어디에를 생각해봐. 거기에 대답만 잘하면 문을 통과할 수 있어"라고 승아가 아무렇지도 않게 말할 때 그 말과는 달리 "갈퀴 모양을 유지한 채 한동안 펴지지" 않을 만큼 주먹을 꼭 쥐고 있을 거란 것도 알 수 있다. 그 안간힘을 알고 있다. 아이러니하게도 은희경은 강 건너 불빛에 불과한 맨해튼의 모습을 인스타그램에 올릴 사진 한 장처럼 멋지게 그려낸다. 해시태그를 달고 싶을 만큼 아름답지만 너무도 쓸쓸한 한순간이다.

권여선

실버들 천만사

작가노트

이번 한 번

리뷰 | 류보선

위태로운 삶과 동행의 힘

권여선

1996년 장편소설 『푸르른 틈새』로 상상문학상을 수상하며 등단. 오영수문학상, 이상문학상, 한국일보문학상, 동리문학상, 동인문학상, 이효석문학상 등 수상. 소설집 『처녀치마』 『분홍 리본의 시절』 『내 정원의 붉은 열매』 『비자나무 숲』 『안녕 주정뱅이』 『아직 멀었다는 말』, 장편소설 『레가토』 『토우의 집』 『레몬』, 산문집 『오늘 뭐 먹지?』가 있다.

실버들 천만사

1

채운에게서 전화가 걸려왔을 때 반희는 발톱을 들여다보고 있었다. 왼쪽 둘째 발톱 끝이 탁한 우윳빛을 띠고 있었다. 노화 때문일 수도 있고 무좀 초기 증상일 수도 있었다. 체육관에서 반희는 운동화를 신고 일했고 샤워실과 탈의실을 청소할 때에도 슬리퍼를 신었다. 앞이 트인 슬리퍼라 문제였을까. 반희가 왼발을 가까이 당겨 들여다보다 멀리 놓고 보다 하는데 휴대전화 벨이 울렸다.

뭐해? 채운이 물었다.

그냥 있어. 너는?

반희의 물음에 채운은 곧바로 대답하지 않았다.

기분 안 좋아?

요즘 항상 기분이 별로야.

밖에 못 나가서 그런가보다. 다들 우울하다더라.

채운은 다시 잠자코 있었다. 반희 생각에 이건 그냥 안부전화가 아니라 할말이 있어 건 전화 같았다. 반희는 채운이 말을 꺼내기를 기다리며 발톱을 내려다보았다. 아무래도 무좀이 맞나. 탈의실의 축축한 발깔개를 디뎠을 때 깔개가 머금고 있던 물기가 슬리퍼의 트인 부분으로 스며들고 습기 속 세균이 양말에 침투해서……

원래 이번주 토요일이…… 목이 잠긴 채운의 목소리가 들려왔다. 무슨 날이었어요.

반희는 이게 무슨 말인가 싶었다. 아니, 무슨 이런 말이 있나 생각했다. 이번주 토요일은 아직 오지도 않았는데 채운은 이미 지나간 날처럼 무슨 날이었어요, 라고 했다. 그것도 평소에 잘 안 하는 존댓말로. 반희는 이번주 토요일이 무슨 날인지 생각해보았다. 채운의 생일도, 명운의 생일도, 병석의 생일도 아니었다. 채운이 알 리 없지만 그들 부부가 결혼한 날도 이혼한 날도 아니었다. 그러니 그게 무슨 날이든 반희 자신과는 아무 관련이 없는 날일 것이다.

그런데 취소됐어.

아. 그제야 반희는 이해가 되었다.

생일이나 기념일처럼 정해진 날이 아니라 무엇을 하기로 예정한 날이었다가 취소가 되어 무슨 날이었던 것이 된 것이다. 요즘은 다 그랬다. 뭐든 취소되고 뭐든 문을 닫았다. 반희가 일하던 구립 체육관도 무기한 휴관에 들어갔다. 휴관하기 전까지 체육관은 코로나19가 아닌 무좀과의 전쟁을 벌이고 있었다. 주민들로부터 체육관 이용 후에 발톱 무좀에 걸렸다는 항의가 빗발쳤다. 그때만 해도 코로나19는 먼 위협이었고 발톱 무좀은 코앞의 적이었다. 관장의 특별 지시가 떨어진 후 헬스 팀장은 조회 때마다 질병관리본부의 용어를 모방해 밀접 접촉이 어떻고 감염 경로가 어떻고 떠들어댔고, 틈만 나면 청소미화원들을 붙들고 고충을 늘어놓았다. 여사님들, 우리가 뭐 진단 키트가 있는 것도 아니고 감염자들을 무슨 수로 잡아내요? 무좀에 걸린 인간들이 버젓이 체육관에 와서 운동하고 샤워하고, 거기까진 좋아, 발을 아무데나 비비고 그 발을 손으로 만지고 그 손을 수건에 닦고 그 손으로 드라이어 만지고 드라이어를 발톱에 대고 말리고, 이게 참 공동생활 수칙을 위반해도 너무 심하게 위반한 건데 아무리 써붙여놔도 안 지키기로 작정한 인간들은 안 지킨다고. 그런데 여사님들은 진짜 무좀균의 진원지가 뭐 같아요? 대여하는 수건이나 운동복은 별 문제가 없는 걸로 나왔는데 탈의실 발깔개가 진짜 문제일까나? 그걸 당장 없애고 싶어도 그러면 또 손님들이 미끄러져 뇌진탕에 걸리네 어쩌네 하니까 내가 미치겠는데, 그걸 플라스틱 발깔개로 바꾸면……

그날이 무슨 날이었는지 엄만 모르지?

채운의 말에 반희는 정신을 차렸다. 아, 토요일.

모르지.

결혼식 날이었어요.

반희는 가슴이 턱 내려앉았다. 또 존댓말이었다. 채운의 나이 스물다섯, 비록 반희가 눈치채지 못했어도 채운에게 사랑하는 사람이 있고 둘이 차근차근 준비를 해왔다면 이번주 토요일에 채운이 결혼 못할 이유는 코로나19 외에는 없었다. 반희 자신도 병석과 스물다섯에 결혼했다. 문득 반희는 자신이 채운에게 어떤 존재일까, 무엇을 기대하거나 요구할 자격이 있을까, 생각했고 그런 생각과 동시에, 스스로를 달래려는 건지 뭉개려는 건지 모를 생각들, 채운이 결혼을 하든 말든 그게 무슨 상관인가, 채운의 삶은 오로지 채운의 것일 뿐인데, 하는 생각도 했다. 하지만 이번주 토요일이 결혼식 날이었다는 말에 반희가 눈앞이 흐릿해질 만큼 충격을 받은 건 사실이었다. 발톱 모양도 잘 보이지 않았다.

누구 결혼식이었는지 안 물어봐?

누구? 반희는 애써 밝은 목소리로 물었다. 설마 채운이 너니?

나? 미쳤어? 어떻게 내 결혼식 날을 엄마가 모를 수가 있어?

채운이 펄쩍 뛰는 바람에 반희는 기뻤고 대번에 여유를 찾았다.

음, 그럼 누굴까?

채운이 아니라면 누구여도 상관없었다. 설사 명운이라 해도.

아빠!

웃음이 터졌다. 이번주 토요일에 이병석이 결혼을 하려 했구나. 그런데 하필 이런 재난 탓에 취소가 되다니.

웃는 거야? 엄마는 이 상황이 웃겨?

그래, 엄마는 이 상황이 웃기다.

이렇게 말하고 반희는 자기도 모르게 입술을 깨물었다. 뱉어놓은 말을 얼른 치우려고, 그래, 나는 이 상황이 웃기다, 라고 정정해 말했다. 채운은 또 침묵을 지켰다. 채운이 요즘 항상 기분이 별로라고 한 게 병석의 결혼 때문이었을까. 그러니 반희가 두 번이나 웃긴다고 말해서는 안 되는 거였을까.

잠시 뒤 채운이 엄마, 하고 불렀고 반희가 응, 했다.

상황은 좀 안 좋아도…… 여행, 갈까?

여행은 무슨? 식도 못 올렸는데 여행은 더 무리지.

뭐라고?

나중에 상황 가라앉으면 천천히 식 올리고 가겠지.

아니, 아빠 말고 우리.

우리? 반희는 숨이 약간 가빠졌다. 우리 둘이 여행 가자고?

엄마도 쉬고 나도 쉬고 이런 날이 또 언제 오겠어? 한적한 데 가서 가만히 숨만 쉬다 오면 괜찮지 않을까?

나는…… 글쎄…… 채운아…… 글쎄……

더듬거리는 반희와 달리 채운은 갑자기 말이 빨라졌다. 강원도 깊은 산골에 자기가 아는 펜션이 있다고, 차 몰고 갔다 차 몰고 오면 된다고, 거기서는 밥도 해먹을 수 있어서 밖에 나올 일이 없다고, 거기 꼭꼭 숨어서 아무도 안 만나고 그 근처만 산책하고 그렇게 딱 하루만 지내다 오면 괜찮지 않겠느냐고 했다.

딱 하루만?

응, 딱 하루. 그러니까 일박 이일.

생각해볼게.

전화를 끊고 반희는 여행에 대해서보다 자신이 전화로 한 말들을 먼저 돌아보았다. 너무 많은 말을 한 건 아닌지, 아니면 너무 적게 하려고 애써서 채운을 서운하게 한 건 아닌지, 혹시 쓸데없는 말을 하지는 않았는지. 반희는 다른 사람들과의 관계에서는 이런 점검을 하는 자신이 싫었고 하지 않으려 노력했다. 하지만 채운에게는 그러지 않았고 그러지 못했다. 자꾸 살피게 되었다. 채운이 알지 모르지만, 반희가 자신을 '엄마'라고 칭하지 않고 채운을 '딸'이라고 부르지 않는 것도 그런 살핌의 일종이었다. 가끔 오늘처럼 실패하기는 해도.

반희는 채운이 자신을 닮는 게 싫었다. 둘 사이에 눈에 보이지 않는 닮음의 실이 이어져 있다면 그게 몇천 몇만 가닥이든 끊어내고 싶었다. 그래서 결국 둘 사이가 끊어진다 해도 반희는 채운이 자신과 다르게 살기를 바랐다. 그래서 너는 '너', 나는 '나'여야 했다.

2

차를 몰고 주택가 골목으로 접어들던 채운은 대로변에 서 있는 낯익은 실루엣을 발견했다.

뭐야, 엄마야?

이미 꺾은 터라 좁은 골목에서 차를 돌리기가 힘들었다. 채운은 옆 건물에 차를 붙여 세우고 차창을 내렸다.

엄마!

반희가 두리번거렸다.

엄마! 여기!

채운이 차에서 내리며 소리치자 그제야 반희가 알아보고 다가왔다. 양손에 무거워 보이는 짐을 들고 있었다. 채운이 트렁크를 열고 반희가 들고 온 짐을 받아 넣었다.

뭐 이렇게 무거운 걸 들고 나와 서 있어?

여기 길이 좁으니까. 거기 작은 봉지는 넣지 말고 나 줘.

작은 봉지에서 고소한 참기름향이 났다.

길이 좁으면 뭐? 차 못 들어가는 길이야?

마주 오면 비키기 힘들 때 있어. 근데 이 차는 못 보던 차다.

렌트했어. 거기 펜션 들어가는 길이 좀 빡센 비포장이라서.

채운은 운전석에, 반희는 작은 봉지를 들고 조수석에 탔다. 채운은 반희가 안전벨트 매기를 기다렸다가 새끼손가락을 내밀었다.

엄마, 출발하기 전에 우리 몇 가지 약속을 하자.

반희는 묻지도 않고 순순히 새끼손가락을 걸었다.

첫째, 여행 내내 폰 꺼놓기.

그거 좋다. 반희가 새끼손가락을 까딱 움직였다.

둘째, 서로 친구처럼 무슨 씨 무슨 씨 하고 이름 부르기.

채운씨 이렇게?

응. 나는 반희씨 이렇게.

그것도 좋다. 또 까딱.

엄마가 좋아할 줄 알았어. 아니 반희씨가…… 채운은 헛기침을 하고 말을 이었다. 셋째, 이게 마지막인데, 맛있는 거 많이 해

먹기.

좋다, 좋아. 두 번 까딱 까딱.

내가 운전하니까 요리는 반희씨가 더 많이 해야 할 거야.

그러지 뭐.

새끼손가락을 풀고 채운이 차를 출발시켰다. 좁은 골목을 ㄷ자로 돌아나와 대로에 합류할 때 반희가 짐짓 예의바르게 말했다.

차가 큰데도 운전을 잘하시네요, 채운씨.

이게 그야말로 눈물겨운 훈련의 결과입니다, 반희씨.

차 몰 일이 그렇게 많아요, 채운씨?

내가 막내니까 늘 내가 몰지요.

뭐? 아빠랑 명운이 놔두고 맨날 니가 몬다고?

그게 아니고 일할 때, 일할 때.

아.

우리 팀에서 내가 막내거든. 이쪽이 차 몰 일이 좀 많아? 헌팅 갈 때는 엄청 빡센 길도 가고 촬영 갈 때는 이것보다 엄청 큰 차도 몰아.

그렇구나.

내가 공부는 못해도 몸 쓰는 일은 좀 하잖아? 근데 반희씨, 조금 전에 화내려던 거 맞지?

맞아.

아빠랑 오빠 괜히 억울하겠다.

음, 이번엔 좀 미안하네.

우리 있잖아, 아빠랑 오빠도 이름 부를까? 병석씨, 명운씨 이렇게.

그러자. 그래야 내가 흥분해도 감정의 거리가 생길 것 같네.

세상 모든 사람에게 공평해지는 게 좋지.

반희가 채운을 보았다. 채운은 반희가 바라보는 시선을 느끼고, 내가 좀 멋진 말을 했나 싶어 어깨가 으쓱했다. 톨게이트를 빠져나오고 얼마 지나지 않아 반희가 손을 들어 오른쪽을 가리켰다.

저기 봐봐. 참 예쁘지, 채운씨?

와, 죽인다.

오른쪽 도로변이 온통 벚꽃 천지였다. 채운은 힐끔 왼쪽을 보았지만 그쪽엔 벚꽃이 없었다.

근데 왜 엄마 쪽에만 폈을까. 아니, 반희씨 쪽에만.

내 쪽에만 펴서 분해?

아니, 불공평하잖아.

내 생각에는 처음엔 양쪽 길에 공평하게 벚나무를 심어놨는데 도로를 확장하거나 그런 이유로 채운씨 쪽을 베어냈을 가능성이 높아.

그럴 수도 있겠네. 근데 엄마 밥 안 먹었지? 아니, 반희씨.

채운이 씩 웃으며 쉽지 않네, 했고 반희가 억지로는 하지 말고 재미로 해, 했다.

아무튼 반희씨, 중간에 휴게소에서 한번 쉬자고.

휴게소에 못 들를까봐 김밥 싸 왔는데.

반희가 들고 있던 작은 봉지를 달싹거렸다. 옅은 참기름 냄새가 풍겼다.

뭐하러 힘들게?

일찍 눈이 떠져서 세 줄만 말아 왔어.

그들은 칠십 킬로쯤 달려 휴게소에 도착했다. 채운이 주차장 한적한 자리에 차를 세웠고 반희가 작은 봉지에서 김밥 도시락을 꺼냈다. 채운은 반희가 말아 온 김밥을 보고 이게 눈이 일찍 떠졌다고 뚝딱 말 수 있는 수준의 김밥인가 의심했다.

진짜 맛있다.

천천히 먹어.

그들은 뒷좌석 차창을 조금 내리고 반희가 가져온 보온병의 옥수수차를 마시며 김밥을 먹었다.

근데 반희씨도 그래?

뭐가?

아빠 말이야, 아니, 병석씨 말이야. 뭘 먹어도 예전 맛이 안 난대. 이거 먹어도 예전 같지 않네, 저거 먹어도 예전 같지 않네. 병석씨 환장하는 단골식당 육회 있지? 그거 먹고도 아 이것도 예전 맛이 안 나는데 그러더라고.

단 하나의 처방이 떠오르네.

뭔데?

입맛이 돌아올 때까지 굶기는 거.

맞다 맞아, 아빠는 좀 굶겨야 돼. 점점 배가 나와.

김밥을 다 먹고 반희가 말했다.

그런데 어떡하지? 내려야겠는데.

내리면 되지 왜?

안 내리려고 김밥 싸 왔는데 화장실에 가야 하게 생겼네.

뭐 어때? 같이 내리자. 나도 커피 테이크아웃 할 거야.

그들은 마스크를 쓰고 차에서 내려 휴게소 건물을 향해 갔다.

반희씨도 마실 거지? 두 잔 산다, 핫으로.

채운의 말에 반희가 머뭇거렸다.

먹고 싶긴 한데…… 자꾸 화장실 가게 될까봐.

그냥 마셔. 이제 얼마 안 남았어. 차 안 막히니까 금방 갈 거야.

그럼 먹을게.

채운은 커피 두 잔을 사서 화장실 앞 벤치에 앉아 마스크를 내리고 자기 몫의 커피를 조금씩 홀짝이며 반희를 기다렸다. 커피는 뜨겁지만 맛은 별로 없었다. 반희는 좀처럼 나오지 않았다. 채운은 벤치에서 일어나 주변을 둘러보고 시간을 확인하려고 휴대전화를 꺼냈다. 휴대전화는 꺼져 있었다. 채운은 혹시 커피를 사는 동안 반희가 먼저 나와 차로 간 것인가 싶어서 차를 세워둔 쪽으로 급히 걸어갔다. 차 근처에는 아무도 없었다. 반희도 휴대전화를 꺼놓았을 테니 전화를 걸 수도 없었다. 채운이 다시 허둥지둥 화장실 앞으로 돌아오는데 화장실에서 나오는 반희가 보였다. 멀리서 보니 반희가 더 작고 늙어 보였다.

먼저 간 줄 알았잖아.

내가 오래 걸려. 점점 오래 걸리네.

채운이 커피를 건네자 반희가 난처한 표정을 지었다.

먹어도 될까.

아, 좀 편하게 마셔! 가다 아무 휴게소나 서면 되지!

반희가 채운의 눈치를 힐끔 보았다.

아니, 내 말은, 내가 알았으니까 엄마 속도를……

반희가 속도, 하더니 풋 웃었다.

그래, 내가 엄마 오줌 싸는 속도를 알았으니까 아무리 오래 싸도 괜찮다고……

있잖아, 하고 반희가 채운의 말을 끊었다. 여기 휴게소가 좋은 게 화장실 휴지가 두루마리가 아니고 쏙쏙 뽑아 쓰는 방식이더라.

코로나 때문인가?

그런 것 같아. 두루마리면 아무래도 손 타니까 바꾼 것 같아.

진짜 그래서 바꾼 거면 대단한데?

대단히 신속하지? 이런 휴지 같은 작은 문제도 아무렇게나 바꾸는 게 아니거든. 관리자들이 모여서 회의하고 이게 문제다 어떻게 바꿀까 아이디어를 내고 윗선에서 결정해서 예산 승인 받아서 새로 설치한 걸 거거든.

가만 보니까 반희씨는 하나를 보면 열을 아네. 아까 벚나무 얘기도 그렇고.

그건 아니고, 우리 체육관도 뭐 하나 조그만 거라도 바꾸려면 직원들이 건의하고 위에서 결정하고 그러는 데 복잡한 절차를 거치거든.

그들은 휴게소를 빠져나와 고속도로에 접어들었고 채운은 일정한 속도로 달렸다. 그러다 문득 채운은 반희가 '우리 체육관'이라고 말한 게 생각났다. 벌써 그렇게 됐나. 비정규직인 반희는 원하든 원하지 않든 이 년 미만의 주기로 일자리를 옮겨야 했는데,

옮긴 직후에는 '내가 요즘 일하는'이라고 말하다 어느 시점이 되면 자연스럽게 '우리'라는 말을 붙여 말했고 '우리'라고 말한 지 얼마 안 되어 다른 직장으로 옮겨야 했다. 지금 반희가 '우리 체육관'이라고 한 걸 보면 계약 기간이 다 되어간다는 뜻이고, 휴관일이 길어지면 아마 휴관중에 계약해지 통보를 받을 수도 있었다. 엄마는 또 새로 취업할 수 있을까, 채운은 생각했다. 그리고 나는 언제쯤 일을 다시 시작하게 될까.

차는 조금도 막히지 않았다. 너무 빨리 도착하면 여행 기분이 안 나는데, 하고 채운이 말했지만 반희는 아무 반응이 없었다. 슬쩍 곁눈질로 보니 반희가 고개를 옆으로 기울인 채 잠들어 있었다. 맞아, 엄마는 차만 타면 잤지, 채운은 생각했고, 그게 일종의 멀미라던데, 하는 생각도 했다. 잠시 뒤 채운은 증상이 시작된 걸 감지했다. 눈가가 뜨거워지고 가슴이 빨리 뛰었다. 채운은 차선을 바꾸었다. 이마에 살짝 배었던 땀이 어느새 얼굴 옆선을 타고 흘러내렸다. 뒷덜미와 등허리도 땀에 젖는 게 느껴졌다. 채운은 가장 가까운 졸음쉼터에 차를 세우고 차창을 열었다. 가슴을 누르고 몇 차례 심호흡을 했다. 다행히 곧 호흡이 돌아왔다. 채운은 휴지를 꺼내 땀에 젖은 얼굴과 목을 닦고 웃옷을 벗었다.

왜? 왜 그래, 채운아? 반희가 화들짝 깨어 물었다.

아냐, 엄마. 내가 갑자기 너무 더워서 그래. 엄만 안 더워?

응. 난 지금은 괜찮은데.

그래, 그럼 더 자.

아냐, 아냐, 깼어. 근데 채운이 너 정말 괜찮니?

3

그늘이 탄 차는 고속도로에서 벗어나 국도로 달리다 옆쪽 숲길로 접어들었다. 처음엔 가로줄이 죽죽 그어진 시멘트 길이었다가 곧 흙길이 시작되었다. 표면이 고르지 않은데다 언덕에 급커브 구간도 있어 차가 덜컹거렸고 흙먼지가 일었다.

길이 진짜 험하네. 반희가 차창 위 손잡이를 잡으며 말했다.

그래서 내가 이 녀석을 렌트했지. 몰아본 중에 얘가 젤로 힘이 좋거든. 여기는 웬만한 자가용으로 가다간 뱃바닥 다 긁혀.

멋있어. 반희가 감탄한 얼굴로 말했다.

풍경이 괜찮지?

아니, 채운씨가 멋있다고.

내가 멋있다고?

응.

채운은 웃음이 났다.

참, 별게 다. 지금 우리가 가는 데는 예전에 내가 촬영지 헌팅 다니다 알게 된 집인데 말이 펜션이지 진짜 절간이 따로 없어.

멋있어.

또 뭐가? 채운이 실실 웃었다.

이런 데도 다 알고 정말 멋있어, 채운씨.

아, 그만해! 웃겨서 운전을 못하겠어.

엉덩이가 배길 만큼 달려 도착한 숲속 펜션은 널따란 마당이 딸린 나지막한 단층집이었다. 반희는 차에서 내려 주변을 둘러보

왔다. 어떻게 이런 깊은 골짜기에 집이 다 있나 싶은 마련해선 제법 깨끗하고 멀쩡했다. 차 뒤편에서 채운이 아이고 하는 소리가 들렸다. 반희가 가보니 흙길을 달려온 탓에 차 뒤편이 미숫가루를 쏟아부은 듯 누런 흙먼지를 뒤집어쓰고 있었다.

어머, 차가 엉망이 됐네.

앞은 멀쩡해서 몰랐는데.

그러게. 차를 둘러본 반희가 말했다. 얼굴은 멀쩡한데 뒤통수만 그러네. 물 좀 떠다 씻길까?

됐어. 뭐 사러 내려갔다 오면 또 이 꼴 될 건데.

채운이 먼지가 날리지 않도록 트렁크 문을 조심히 열고 반희가 가져온 짐을 꺼냈다.

내가 웬만한 건 다 싸 와서 내려갈 일 없을 것 같은데, 이따 얘 세수는 말고 머리만 감길까.

반희의 말에 채운이 낄낄 웃었다.

내 머리 감기도 힘든데 됐어. 나 이따 술 사러 내려갔다 올 거야. 비켜, 먼지 나.

채운이 트렁크를 쾅 닫고 짐을 들고 펜션을 향해 썩썩 걸어갔다. 반희는 아쉽다는 듯 자꾸 차를 돌아보다 문득 차량 렌트비는 이미 채운이 냈을 테니 펜션 숙박비는 자신이 내야겠다는 생각에 걸음을 서둘렀다. 그러나 반희의 생각과 반대로 숙박비는 채운이 예약하면서 결제했고 렌트비는 차를 돌려줄 때 내는 거라고 했다.

펜션의 내부 설비도 반희의 예상보다 훌륭했다. 큼직한 원룸에 작은 욕실과 간이 주방이 딸려 있고 계곡 쪽으로 테라스도 나 있었다. 채운이 욕실에 들어간 동안 반희는 테라스 유리문을 활짝 열고 방을 청소했다. 가물었는지 계곡 물소리는 들리지 않았다. 텔레비전과 화장대와 붙박이장이 있고 장 안에 요와 이불 세 채가 들어 있었다. 욕실에서 손발을 씻고 나온 채운이 말했다.

큰일났어! 여기 수건이 없어.

내가 가져왔지. 반희가 수건을 네 장 꺼냈다. 너 두 장, 나 두 장 하자. 하나는 세수수건, 하나는 발수건 해.

발수건은 같이 쓰지?

채운의 말에 반희는 체육관의 축축한 발깔개를 떠올리고 기겁을 했다.

안 돼. 따로 써.

알았어. 까탈스럽기는.

채운이 발을 수건에 문지르고 짐을 푸는 반희 앞으로 다가앉았다.

뭐를 이케 이케 많이 싸 오셨을까?

별거 없어. 반희가 수줍게 말했다.

이건 뭐야?

나물.

이렇게나 종류별로 다 싸 왔어?

옛날에 채운씨가 이 나물 좋아했는데, 기억나?

이게 뭔데?

비름나물?

와, 비름나물! 진짜 오랜만에 들어본다. 고추장에 비빈 거 맞지?

응. 고추장에 무친 거.

맞아, 무친 거. 이건 뭐야?

두릅장아찌.

엄마가 직접 만든 거야?

응.

뭐 다 식물이야? 단백질은 없어?

여기, 동그랑땡.

와, 동그랑땡! 이건?

그건 만두.

와, 만두!

반희는 어린 채운에게 말을 가르칠 때처럼 머리를 맞대고 하나하나 일러주는 게 재미있었다. 이건 곰, 이건 토끼, 이건 채송화. 어린 채운이 손뼉을 쳤다. 채운이 할 때 채. 그렇지. 스물다섯의 채운도 손뼉을 쳤다.

이건 완전 잔칫집이네.

그렇지, 하고 반희가 말했다.

4

그들은 펜션 앞 계곡을 둘러본 후 산 위로 조금 올라가보기로 했다. 이런저런 얘기를 나누던 중에 채운이 물었다.

반희씨, 나 어렸을 때 혹시 어디 멀리 간 적 있어?

나 혼자만?

응.

멀리 간 적은 없고 한 번 집 나간 적이 있어.

그래?

응.

그래서?

반희는 채운이 집 나간 이유를 묻지 않는 게 좋았다.

밤이 돼도 안 오니까 처음엔 병석씨가 전화도 하고 문자도 했지.

그래서?

내가 답장을 안 하니까 나중엔 명운씨가 문자를 했어.

뭐라고?

어디냐고, 왜 아직 안 오냐고.

그래서 오빠, 아니 명운씨한테는 답장했어?

명운씨한테도 답장 안 했어.

진짜?

처음엔 걱정하는 내용이더니 갈수록 글이 점점 짧아지면서 화가 난 것 같더라.

글이 짧아져? 하하, 오빠가 뭐랬는데?

아 진짜 뭐야? 엄마 왜 그래? 아빠 무지 화났어! ㅇㅇㅇㅇ 이제 나도 몰라!

채운이 크게 웃었다.

그때 명운씨 몇 살이었는데?

중학교 1학년.

채운은 반희 몰래 손가락을 꼽아보았다. 그럼 그때 자신은 초3이었을 것이다. 열 살.

그래서?

그래서는 뭐…… 몇 시간쯤 더 있다 들어갔지.

엑! 그게 뭐야?

그러게.

하룻밤이라도 버텨야지 왜 그렇게 빨리 들어와?

반희가 채운을 의미심장하게 보았다.

왜?

음, 채운씨가 운다고 문자 와서.

진짜? 진짜 내가 울었대? 아빠, 아니 병석씨하고 명운씨가 사기친 거 아니고?

아니야. 내가 들어가니까 채운씨가 엉엉 울면서 뛰어오는데 운티가 많이 났어.

하아, 참.

근데 울면서 뛰어는 왔는데 내 앞에 딱 서더니 고개를 홱 돌리더라.

와, 기가 막혀. 채운이 걸음을 멈췄다. 나 화났다 이거지?

그렇지. 그러고도 이십 분은 날 똑바로 쳐다보지도 않더라. 내 뒤를 졸졸 따라다니기는 하는데 얼굴 보려고 하면 보여주지를 않아.

초3이나 된 게 그게 뭐하는 짓이야.

서운한 게 안 풀려서 그런 거지. 난 그때 채운씨 마음 알 것 같았어.

근데 나는 그때 반희씨 마음을 몰랐던 거네.

몰랐어야지. 채운씨가 그 나이에 그런 것까지 알았으면 내가 더 비참했지.

난 왜 울었던 기억이 안 나지?

내가 그때 채운씨 마음을 잘 풀어줘서 그런 거 아닐까? 한 점 앙금도 없이.

반희씨, 자만심 쩐다. 그건 아닌 것 같은데.

반희가 웃었다.

아닌 것 같아? 이상하네. 내가 평생 살면서 잘 안 되는 게 자만하는 건데.

아니, 자만 쩔어, 쩔어.

관목이 우거진 좁은 길이 나타났고 채운이 앞장섰다. 뒤따르던 반희가 물었다.

채운씨는 살면서 잘 안 되는 거 뭐 없어?

나 잘 안 되는 거? 엄청 많은데…… 아, 뭐 있지? 맞다, 음식!

음식 뭐?

에이, 하필 뭐 이렇게 유치한 게 생각나냐? 내가 겉보기엔 안 그럴 거 같은데, 맛있는 거 있을 때 눈치 안 보고 막 먹는 거, 그걸 못해.

그게 왜 안 될까?

뭔 소리야? 채운이 뒤를 돌아 반희를 노려보며 말했다. 나 이거 반희씨한테 배운 건데.

그래?

응.

그럴 수 있겠다. 그래도 난 지금은 많이 교정됐는데.

아닌 것 같은데?

이것도 아닌 것 같아? 나 먹고 싶은 거 있으면 눈치 안 보고 먹으려고 하는 편인데.

그건 반희씨가 혼자 사니까 그런 거고. 또 먹는 것만이 아니라, 오늘 아침에 보라고. 길에 나와서 서 있는 것도 그렇고, 김밥 말아 온 것도 그렇고, 먹을 거 바리바리 싸 온 것도 그렇고.

다 눈치보는 거라고?

그래, 맞아. 눈치보는 거. 엄마 지금도 눈치본다고 엄청.

고질적이네. 혼자 살면서 고쳐진 줄 알았는데.

아, 채운이 손뼉을 쳤다. 그럼 엄마, 우리 오늘 이렇게 하자.

뭐?

저녁 때 먹을 것 놓고 대차게 한번 싸워보자. 서로 절대 덜어주거나 얹어주지 말고 짐승처럼 막 싸우면서 먹어보자.

그래, 좋다. 독하게 훈련해보자.

엄마, 힘들지? 이제 그만 내려갈까.

응, 내려가.

올라올 때만 해도 나뭇가지 사이로 언뜻언뜻 해가 비쳤는데 어느새 산그늘이 졌다. 산길을 내려가면서 채운은 반희가 말한 그날이 자신이 기억하는 그날일까 생각했지만 아무리 생각해도 그날 운 기억이 나지 않았다. 어쩌면 자신이 기억하는 날은 실제가 아니라 상상인지도 몰랐다. 중요한 건 그게 아니라, 초3에서 고2까지, 채운은 늘어뜨린 손가락을 천천히 꼽아보았다. 팔 년이었다. 엄마가 버틴 시간. 그리고 고2에서 지금까지, 손가락을 꼽아보니 칠 년이었다. 세상에, 엄마가 집 나간 지 칠 년밖에 안 됐다고? 채운은 어이가 없었다. 엄마는 팔 년이고 자신은 칠 년이라니, 뭔가 억울한 기분이 들었다.

5

채운이 차를 몰고 술을 사러 내려갔다 올 동안 반희는 음식을 준비했다. 만둣국을 끓일 요량으로 맛국물을 내놓고 동그랑땡과 김치전을 데웠다. 삼색나물은 한 접시에 모아 담았는데 비름나물을 넉넉히 놓았다.

채운을 기다릴 겸 반희는 펜션 앞마당 벤치에 나가 앉아 담배를 피웠다. 공기는 차고 주위는 어두웠다. 가끔 들리는 새소리, 나뭇가지가 부딪히거나 꺾이는 소리, 훽 바람이 몰아치는 소리 외에는 완전무결한 적막이었다. 소리가 들리지 않으니 시간도 멈춘 것 같았다. 어느 순간 아주 먼 곳에서 오옹 오옹 하는 희미한 소리가 들려왔다. 소리는 점점 가까워지고 있었다. 채운이 오는 소리 같았다. 시간이 다시 흐르기 시작했다. 반희는 믿기지 않는 일이 일어나기라도 한 듯 가슴이 뛰었다. 숲의 적막 속에 앉아 있는 늙은 자신만큼이나 차를 몰고 산길을 올라오는 젊은 채운의 존재도 믿을 수 없었다. 그들이 곧 만나게 되리라는 것도, 이 어두운 숲속에서 함께 밤을 보내게 되리라는 것도 믿을 수 없었다. 반희는 이 순간을 영원히 움켜쥐려는 듯 주먹을 꼭 쥐었고, 절대 잊을 수 없도록 스스로에게 일러주려는 듯 작게 소리내어 말했다.

채운씨가 오고 있어. 채운씨가 와.

채운이 젓가락을 툭 내려놓았다.

재미없다. 우리 싸움 너무 못해.

그러게.

반희도 인정했다.

그냥 먹던 대로 먹자, 엄마.

채운의 말이 끝나기 무섭게 반희가 냄비에 하나 남은 만두를 채운의 그릇에 얹었다.

와, 이런 싸움은 잘하는데?

잘하지. 채운씨는 나 못 이기고.

맞아. 반희씨 경력이 장난은 아니지.

저녁을 먹고 채운이 설거지를 하는 동안 반희는 욕실에서 씻었다. 씻고 나와 발수건에 발을 꼼꼼히 닦고 채운의 것과 섞이지 않도록 치워놓았다. 채운이 씻는 동안 반희는 과일을 깎았다. 씻고 나온 채운이 컴퓨터도 없고 폰도 꺼놓으니 심심하다며 티브이를 켜서 채널을 이리저리 돌렸다.

반희씨는 요즘 하루를 어떻게 보내? 체육관도 안 나가고.

처음엔 그냥 잠만 자고 집에서 쉬기만 했는데, 요즘엔 반찬가게 일 해.

반찬가게를 나가?

아니, 나가는 건 아니고 집에서 만들어서 가까운 반찬가게에 대주는 일. 납품 같은 거지.

와, 그래? 난 몰랐네.

한 지 얼마 안 됐어.

뭐 뭐 만드는데?

처음엔 파김치 한 가지만 했는데 가게 사장이 이것저것 해보라고 해서 요즘엔 부추김치, 오이소박이, 아까 먹은 두릅장아찌, 그것도 하고.

할 만해?

아직 몰라.

와, 엄마! 저기 봐! 채운이 티브이 화면을 가리켰다. 저기 나 가본 데다! 우포늪이라고 경치가 진짜 죽여.

화면에는 누런 갈대숲과 습지가 펼쳐졌고 물에 긴 다리를 반쯤 담근 채 유유히 걸어다니는 크고 흰 새들이 있었다. 눈가가 붉었다.

나 갔을 땐 저런 새 못 봤는데. 쟤가 따오기구나.

채운이 볼륨을 높였다.

엄마, 진짜 따오기가 따옥따옥 울어.

따옥따옥 우는 소리를 따서 이름이 따오기가 되었을 텐데 채운은 그 유사성이 기막힌 우연이기라도 한 것처럼 신기해했다.

엄마, 들어봐! 따옥따옥 울지? 와 따오기가 진짜 따옥따옥 울다니.

반희가 참지 못하고 웃음을 터뜨렸다. 채운이 어리둥절한 얼굴로 따라 웃었다.

엄마도 평소에 티브이 봐?

응, 봐.

왠지 엄마는 티브이 같은 거 안 볼 각인데.

요즘엔 자주 봐. 파 다듬으면서도 보고 마늘 까면서도 보고.

주로 뭐 봐?

다큐. 자연 다큐. 그런 것만 해주는 채널이 있어.

거봐! 그럴 줄 알았어. 그래서 따오기가 따옥따옥 우는 것도 알잖아?

맞아.

흠, 그러면서 태어날 때부터 알았던 것처럼 날 비웃고 말이지. 그럼 뭐 재밌는 동물 아는 거 없어? 하나만 얘기해봐. 내가 아나 모르나 보게.

깊은 바다에 사는 물고기가 있어.

와, 재밌겠다.

이 물고기는 머리 윗부분 절반이 투명해.

머리 윗부분 절반이?

응. 언뜻 보면 경비행기 앞부분 조종석에 시야를 확보하기 위해 반구형 유리를 씌워놓은 모양과 비슷해.

반구형?

응. 반구형. 반희가 두 손으로 공의 절반을 쓰다듬는 시늉을 했다.

아.

놀라운 건 실제 목적도 비슷하다는 거야. 원래 물고기는 눈이 옆에 달려서 위를 볼 수가 없는데 이 물고기는 큰 물고기에게 잡아먹히지 않으려면 자기 위로 큰 물고기가 지나가는지 아닌지 기필코 알아내야 해. 그래서 자기 뇌를 젤리화해서 투명하게 만든 거야.

뭐, 뇌를 젤리화해? 진짜?

물고기는 유리를 못 만드니까 자기 뇌를 유리처럼 만들어서 시야가 뇌를 관통하게 한 거지. 그렇다고 머리가 완전히 유리 같지는 않고 반투명 유리쯤 돼. 그쯤만 돼도 위에 큰 그림자가 지나가는지 아닌지는 알 수 있으니까.

와, 신기해. 그 물고기 이름이 뭐야?

이름은 몰라. 어쩌면 그 정도 깊이에 사는 물고기들 대부분이 그렇게 진화한 걸 수도 있고.

자기 머리를 젤리화한다는 발상은 정말 놀라운데.

채운이 냉장고에서 맥주 캔을 두 개 가져와 땄다. 둘은 캔을 부딪치고 마셨다.

물고기도 그렇게 바뀌는데, 엄마. 채운이 심각한 얼굴로 말했다. 인간도 말이야, 앞만 보게 돼 있잖아. 근데 만약에 천적이 늘 뒤에서만 나타난다고 하면 그걸 보려고 뇌를 젤리화시켜서 뒤를 볼 수도 있겠네.

글쎄, 뇌를 젤리화시키는 건 너무 고난도 기술이니까 차라리

고개를 재빨리 백팔십 도 회전시키는 식으로 진화하지 않을까. 경추, 그러니까 목뼈를 빙빙 도는 나사못처럼 만든다든가.

하하, 엄마 천재다. 이래서 사람은 배워야 돼. 엄마랑 얘기하면 되게 재미있다니까. 여자들 밤에 가다가 뒤에 누가 따라오나 안 오나 목뼈, 그 경추를 빙빙 돌려서 보면 좋을 것 같지 않아?

아, 그건 아닌 것 같은데, 채운씨. 반희가 걱정스럽게 말했다. 지금도 고개를 못 돌리는 건 아닌데 무서워서 못 돌아보는 거잖아. 경추가 빙빙 돈다고 돌아볼 수 있을까?

그래? 그럼 아까 그 물고기처럼 뇌를 젤리화하는 수밖에 없는 건가?

그렇지. 그리고 머리카락도 반은 밀어야 할걸.

와, 그러네. 그 풍경 참 기괴한데. 여자들이 외계인처럼 머리 절반이 그렇게 돼서 돌아다닌다고 생각하면.

채운은 잠시 생각에 잠겨 있다가 말했다.

엄마, 우리가 먹을 거 놓고 마음껏 싸우지도 못하게 된 건 뭐 땜에 그런 걸까?

음, 반희가 생각하다 말했다. 그것도 물고기랑 같은 이유겠지. 우리를 보호하기 위해서. 어떻게든 살아남으려고.

세상 뭐 다 이렇게 슬픈 얘기야, 젠장. 채운이 맥주를 벌컥 마시고 말했다. 나는 원래 생겨먹은 데서 얼마나 많이 바뀌었을까.

반희는 뭐라고 대답할 수 없었다.

산속의 밤은 길었다. 채운은 줄기차게 맥주를 마셨고 반희는 중간에 배가 불러 그만 마시다 다시 마셨다.

엄마, 아빠는 말이야, 내가 말을 안 하고 있으면 못 견딘다. 오빠도 말 안 하고 있는데 나한테만 오늘 왜 그러냐고, 왜 말 안 하냐고 물어.

취기가 오르면서 채운은 누구 씨라고 부르기로 한 것을 완전히 잊어버린 듯했다.

그럼 채운씨는 뭐라고 해? 반희가 물었다.

뭐가 내가 말을 안 하냐고, 평소랑 똑같다고 그러지.

그런 말 하지 말지. 반희가 말했다.

그게 안 쉬워.

안 쉽지. 잠시 후에 반희가 말했다. 나도 말이야, 잘 안 돼. 오늘 채운씨가 운전도 잘하고 지리도 잘 알고 그런 걸 보면서 무슨 생각했느냐 하면, 딸이어도 참 믿음직하다, 아들보다 낫다…… 그게 생각을 했다기보다 저절로 그런 생각이 든 거야. 그러고 나서 그 생각이 말로 나올까봐 너무 놀라서 진땀이 났어. 왜 자꾸 그런 생각을 하는지 모르겠어.

채운이 일어나 냉장고에서 맥주를 더 꺼내 왔다.

엄마, 왜 아빠 재혼하는 거 안 물어봐? 누군지 어떤 여잔지 안 궁금해?

반희는 잠시 머뭇거렸다.

자존심 상해서 그래?

그건 아니야. 반희가 단호하게 말했다. 그냥 병석씨한테 관심이 없어.

아직도 미워해?

미워하지는 않고, 관심을 안 가지려고 할 뿐이야. 병석씨도 나한테 관심이 없었으면 좋겠고. 아니, 병석씨만이 아니라 아무도 나한테 관심이 없었으면 좋겠어. 난 세상 아무에게도 보이고 싶지 않아. 눈에 안 띄고 싶어.

나도? 채운이 눈을 동그랗게 떴다.

아니, 반희가 말했다. 채운씨만 빼고. 그러니까 내가 채운씨는 만나잖아.

그래서 외갓집에도 안 가는 거야?

외가가 아니라 내 본가.

알았어. 엄마 본가.

당분간 나를 지키고 싶어서 그래. 관심도 간섭도 다 폭력 같아. 모욕 같고. 그런 것들에 노출되지 않고 안전하게, 고요하게 사는 게 내 목표야. 마지막 자존심이고. 죽기 전까지 그렇게 살고 싶어.

와. 채운이 짧게 말했다.

우리 엄마, 정숙씨라고 하자. 반희는 스스로 좀 취했다고 느꼈지만 계속 이야기했다. 정숙씨 말로는 내가 어려서부터 그렇게 순해빠졌대. 시키면 시키는 대로 하고 죽으라면 죽는 시늉도 하고. 칭찬인 줄 알았지. 공부하라면 하고 좋은 대학 가라면 가고 취직해서 돈 벌라면 벌었지. 난 뭘 주장하고 누구랑 싸우고 뭘 얻어내고 그런 걸 못했어. 그러다보니 힘이 들었겠지. 아무것도 못 바꾸고 아무것도 안 바뀌니까 도망치고 싶었겠지. 그냥 도망치면 될 걸 결혼으로 도망친 게 실수였어. 딱 지금 채운씨 나이네. 스물다섯에 결혼한다니까 춘영씨도 정숙씨도 결사적으로 반대했어. 이기적이라고, 줄줄이 딸린 동생들 내팽개치고 결혼한다고. 내가 이혼할 때도 춘영씨하고 정숙씨가 그렇게 반대했어. 복에 겨워서 그런다고, 돈 잘 버는 남편에 똑똑한 아들내미 내팽개치고 이혼한다고. 나는 채운씨가 제일 마음에 걸렸는데, 그래도 이혼한 거 보면 내가 이기적인 게 맞긴 맞는가봐. 안 그러면 내가 죽을 것 같아서. 죽기 전에 나를 조금이라도 회복해놓고 싶어서.

와, 와. 나 애매해지네, 마음이. 엄마가 이렇게 똑부러지니까 애매해져. 나는, 나도 너무 힘이 들거든. 그래도 내가 엄마를 이해하거든. 이해한다고 알고 있거든. 근데 있지, 내가 갑자기 엄마가 너무 미우면서, 가엾으면서, 미칠 거 같으면서, 엄마가 죽은 것 같은 때가 있는 거야. 그럴 때면 가슴이 답답하고 숨이 안 쉬어져. 열이 나고 땀이 줄줄 나. 옛날에 어렸을 때, 그게 엄마가 아까 얘기한 그날인지 아닌지는 모르겠는데, 진짜로 있었던 일인지 아닌지도 모르겠는데, 내가 엄마가 없다는 걸 고스란히 느낀 거야. 그냥 방에 있는데 엄마가 없다는 게 너무 확실하게 느껴졌어. 운 기억은 진짜 없고, 그냥 엄마가 없다는 걸 알고 막 가슴이 답답하고 숨이 안 쉬어졌어.

채운아, 하고 반희가 당황해서 불렀다.

엄마, 나는 미래완료라는 말이 그렇게 슬퍼. 언제부턴가 난 알았던 것 같아. 엄마가 집을 나갈 거라는 걸. 엄마가 나간 다음에 나 혼자 엄마 없이 살 거라는 걸. 나 고2 때 진짜 엄마가 이혼하고 나갔잖아? 내가 상상한 그대로 미래완료가 된 거야. 나 혼자 집에 있고 엄마는 집에 없고. 그렇게 될 줄 다 알면서 모르는 척 살아온 거 같았어. 그러고 얼마 안 있다가 더 나쁜 미래완료가 생겨난 거야. 아직 안 일어났지만 일어난 것 같은, 그 느낌이 너무 생생해서 미치겠어. 어느 날 엄마가 죽고 없는데 나 혼자 낯선 길 위에 서 있는 거야. 어떤 때는 캄캄한 방에 누워 있는데 엄마는 죽고 없는 거야. 그러면 가슴이 아파서 도저히 숨을 못 쉬겠어.

채운아, 하고 반희가 채운의 손을 잡았다. 아까 차 세운 것도 그래서 그랬어? 엄마 봐!

채운이 반희를 보았다. 눈가가 따오기처럼 붉었지만 눈물은 고여 있지 않았다. 오히려 눈 속이 불타는 것 같았다.

엄마, 나 사랑하지?

반희가 고개를 끄덕였다. 말이 나오지 않았다.

알아. 엄마 보면 날 사랑하는 거 맞아. 날 사랑해서 힘든 게 보여. 나도 엄마 사랑해. 그래서 힘들어. 근데 엄마, 내가 머리가 나빠서 잘 모르는 거야? 사랑하는 게 왜 좋고 기쁘지가 않아? 사랑해서 얻는 게 왜 이런 악몽이야? 사랑하지 않으면 이렇게 안 힘들어도 되는데, 미워하면 되는데, 왜 우린 사랑을 하고 있어? 왜 이따위 사랑을 하고 있냐고. 눈물도 안 나오고 숨도 못 쉬겠는, 왜 이런, 이런 사랑을 하냐고.

채운이 벌떡 일어나 가슴을 누르며 욕실로 뛰어들어갔다.

6

밤새 뒤척이다 새벽에 겨우 잠들었던 반희는 테라스 커튼 사이로 새어드는 빛과 새소리에 잠을 깼다. 옆에 채운이 누워 있었다. 자는 얼굴은 아기 같은데 술냄새를 풍기고 얕게 코까지 골며 자고 있었다. 반희는 자리에서 일어나려다 다시 앉아 채운의 어깨를 내려다보았다. 민소매 티셔츠를 입은 채운의 오른쪽 어깨에 타투를 했다가 지운 자국이 손바닥만한 크기의 흉터로 남아 있었다. 흔적으로는 아마 애초에 장미 모양의 타투를 하지 않았을까 싶었다. 타투를 한 것도 지운 것도 오로지 채운의 의지였을까. 혹시라도…… 대상을 알 수 없는 분노가 치밀어 반희는 입술을 깨물었다.

반희는 앞마당 벤치에 앉아 담배를 피우며 채운이 말한 미래완료에 대해 생각했다. 어제저녁과 달리 숲의 아침은 은근한 소란스러움으로 가득차 있었다. 지금껏 나는 무슨 짓을 하며 살아온 것일까, 반희는 생각했다. 두려워 도망치고 두려워 숨고 두려워 끊어내려고만 하면서. 채운과 이어진 수천수만 가닥의 실을 끊어내려던 게 채운에게는 수천수만 가닥의 실을 엉키게 하는 짓이었다면, 지금껏 나는 무엇을 위해 이렇게 살아온 것일까.

반희는 담배를 끄고 두 손을 맞잡았다. 바람이 휙 지나가면서 진한 흙내와 풀향이 스쳤다. 사랑해서 얻는 게 악몽이라면, 차라리 악몽을 꾸자고 반희는 생각했다. 내 딸이 꾸는 악몽을 같이 꾸자. 우리 모녀 사이에 수천수만 가닥의 실이 이어져 있다면 그걸 밧줄로 꼬아 서로를 더 단단히 붙들어 매자. 말라비틀어지고 질겨지고 섬뜩해지자. 뇌를 젤리화하고 마음에 전족을 하고 기형의 꿈을 꾸자. 한 번도 해본 적 없는 생각들이 밑도 끝도 없이 샘솟았고 반희는 믿기지 않는 일이 일어나기라도 한 듯 가슴이 뛰었다. 이 숲은, 이 벤치는 참 이상도 하지. 그러면서 반희는 어제저녁과 똑같이, 이 순간을 영원히 움켜쥐려는 듯 주먹을 꼭 쥐고, 절대 잊을 수 없도록 스스로에게 일러주려는 듯 작게 소리내어 말했다.

아무것도 아니야, 채운아. 아무것도 아닌 것들이었어.

채운이 해장엔 라면이라며 만두를 넣고 라면을 끓였다.

만두는 셋, 사람은 둘. 이러면 남은 하나는 누가 먹어야 하지? 채운이 물었다.

반희가 말없이 남은 만두를 가져가 먹었다.

와.

이제 맛있는 거 내가 다 먹고 건강해지려고. 그래야 니가 이상한 미래완료 증상에 안 시달리지.

아 진짜 미래완료 증상은 또 뭐야?

나 안 죽을 테니까 너도 마음을 편안히 먹어. 조실부모한 것도 아니고…… 음, 그러니까 조기에 실했다, 부모를. 조실부모.

고아 말이야?

그렇지. 넌 고아도 아니고 다 커서 부모가 이혼한 건데 왜 그런 나쁜 생각을 해서 몸을 괴롭혀? 그렇다고 너무 걱정하진 말고, 증상이 심해지면 엄마랑 손잡고 병원 가면 돼.

채운이 반희를 빤히 보았다.

이제 엄마, 내 딸, 이런 말도 다 할 거야, 무슨 말인지 알지?

응, 알아.

엄마 튼튼해져서 내 딸보다 오래 살 거야. 그러니까 엄마 불쌍하게 여기지 마. 엄마가 몸 움직여서 돈 벌어서 사는 거, 엄마는 자랑스러우니까.

와, 나 적응 안 돼. 맥주 심하게 땡기네.

운전해야 되니까 지금은 안 되고 이따 엄마 집 가서 같이 한잔 해.

엄마 집 간다고? 드디어 나 엄마 집 가보는 거야?

그동안 내가 미쳤지. 딸도 집에 안 들이고. 엄마 좀 창피하니까 니가 쳐들어오는 걸로 하자.

엄마 진짜 창피한가봐. 얼굴 빨개졌어.

그건 폐경 돼서 그런 거고.

폐경 됐어?

몇 년 찔끔거리다 재작년부터 끊겼어.

근데 반희씨, 요즘엔 폐경이란 말 안 써요.

그래?

완경! 완경했다 그래. 세상 똑똑한 엄마가 그것도 몰라?

완경? 완성했다는 건가, 완료됐다는 건가?

뭐 대충 그런 거 아닐까?

완성은 너무 미화고, 완료도 마음에 안 들고, 깔끔하게 종경이라고 할래.

종 쳤다고?

채운의 말에 반희가 히죽 웃었다.

그래. 종 쳤어. 종 쳤으니 집에 가고 좋네.

엄마, 밤새 무슨 일 있었어? 말투도 막 바뀐 거 같아.

뭔 소리야? 반희가 채운을 노려보며 말했다. 나 이거 너한테 배운 건데.

와. 채운이 과장되게 손뼉을 쳤다. 내가 그렇게 멋있게 말한다고?

짐을 트렁크에 싣고 운전석에 타며 채운이 말했다.

뒤통수가 영. 렌트 회사에서 세차비 달래겠는데.

조수석에 앉아 있던 반희는 그 말을 못 듣고 몸을 웅크린 채 끙끙거렸다.

엄마, 뭐해?

아이, 나이가 드니까 별게 다 힘들어.

왜? 어디 안 좋아?

아니. 종경인지 완경인지 땜에 갑자기 땀이 나니까, 가다 더울까 싶어 옷 좀 벗으려는데, 나이드니까 좁은 데서 옷 입고 벗는 게 그렇게 팔죽지가 당기고 옆구리가 결리고 힘이 드네. 아으, 아파.

담 걸린 거 아냐?

아냐, 좀 놀랐어. 기다려주면 돼.

그래, 그럼 좀 기다리자.

반희가 몸을 꿈지럭거리며 풀었다.

엄마, 이번 여행 어땠어?

쩔었어.

채운이 기가 막힌 얼굴로 반희를 보았다.

좋았다는 뜻이지?

응.

뭐가 그렇게 쩔었어?

음, 내 딸을 좀더 잘 알게 되고 이해하게 되었다고나 할까?

말투가 왜 그래? 되게 가식적으로 들려.

딸도 부디 엄마를 좀더 이해하게 됐기를 바래. 엄마의 뭐냐, 그…… 속도도 알게 되고.

그…… 속도? 아, 엄마 오줌 싸는 속도?

반희가 말없이 웃옷에서 한 팔을 천천히 뺐다.

엄마! 채운이 눈가에 장난기가 가득해서 말했다. 오줌, 해봐.

아니…… 굳이 왜……

그런 말 싫어? 못해? 쩔어도 했잖아? 해봐, 오줌!

내가 아직은 이상하게 오염된 게 있어서, 그런 말은 좀 빡세네.

채운이 웃음을 터뜨렸다.

아, 빡세도 하면서 오줌은 못해? 그럼 오줌 싸는 걸 뭐라고 할래? 소변?

소변도 싫고…… 배뇨, 배뇨의 속도라고 하자.

배뇨? 하, 참. 내가 반희씨 배뇨의 속도를 알게 되었다? 낯설다, 낯설어. 내가 엄청 대단한 법칙을 발견한 과학자 같고.

이제 출발해, 채운씨.

좋아! 빨리 가야 빨리 맥주 먹지.

차가 출발했다. 반희는 고개를 돌려 마지막으로 이상한 숲과 펜션 앞마당에 놓인 마법의 벤치에 작별을 고하려 했지만 뒤 차창이 누런 흙먼지에 뒤덮여 아무것도 보이지 않았다. 차가 이쪽저쪽으로 기울고 심하게 쿨렁거렸지만 반희는 마치 땅콩 껍데기 속에서 구르는 땅콩처럼 아늑하고 편안했다. 딸이 운전하는 차라 아무 걱정 할 필요가 없었다. 고속도로에 접어들면서 달리는 속도가 일정해지자 반희는 졸음이 쏟아졌고 잠들기 전에, 우리 둘이 언제 땅콩 모양의 타투나 하러 갈까, 했는데 생각만 한 건지 말로도 했는지는 알지 못했다.

| 작가노트 |

이번 한 번

늘 모욕만 당하는 사람이 자존감이 낮으리라고 생각했다가는 오산이다. 그 사람의 마지노선을 건드리는 순간 누구든 죽음을 각오해야 하기 때문이다. 오래도록 모욕당한 자는 견디는 매크로가 크기 때문에 남 보기엔 맷집이 좋고 납작 엎드리는 데 능한 것 같지만, 그 정서적 기제의 마이크로한 부분은 필연적으로 취약하고 예민할 수밖에 없다. 삶의 어느 지점에서 그는 자신이 당한 별것 아니지만 은근히 불쾌하기 짝이 없는 모욕에 대해 숙고하기 시작할 것이다. 그게 자신의 어딘가를 자꾸 건드리는 걸 점점 참을 수 없게 될 것이다. 그러다 어느 순간 분연히 일어나 무작정 달려든다. 그에게는 그것이 과연 자신의 삶을 걸고 응징하고 복수할 만한 수준의 모욕인가를 판단할 정서적 용적이 없기 때문에, 바로 그런 까닭에 그는 생애 한 번도 해본 적 없는 삶을 거는 도약을 한다. 더이상은 견딜 수 없는 선, 그 경계를 넘으면 돌이킬 수 없는 파멸을 향해 돌진할 수밖에 없는 선, 그런 선은 의외로 타인의 눈에는 거의 보이지 않거나 아주 희미할 따름이다. 아니 고작 그런 이유로 그 사람을 죽였다고요, 하고 혀를 차는 경찰이나 독자의 눈에는.

나 또한 약간은 그런 입장에 처한 것 같다는 생각이 든다. 나는 오래 버텨왔고 누려왔고, 때로는 즐겨왔고 당해왔다. 복잡하게 건드리고 건드려지는 삶을 살아왔다. 어느 순간 내 소설도 그렇게 늙었고 낡았고 무엇을 이해하고 표현하는 데 다소 곤란을 겪게 되었다. 나는 「실버들 천만사」를 쓰면서 현실의 나는 점점 불쾌해지는데 소설은 한없이 소박해지는 걸 느꼈다. 이 소설은 보지 않으려는 눈에는 절대 보이지 않는, 차곡차곡 쌓여가는 모욕을 어느 순간 참지 않게 된 여성의 이야기를 깔고 있다. 아마 예전의 나라면 이런 식으로 밋밋하게 흘러가는 소설을 발표하지 않았을 것이다. 조금 더 꼬아야 하는데, 감추고, 에두르고, 덧칠해야 하는데, 하면서 꼬고 감추고 에두르고 덧칠해서 내놓았을 것이다.

이번에는 이렇게 흘러가는 게 좋겠다고 생각했다. 소설이 민틋하면 민틋할수록 나는 어떤 불쾌의 선이 끊임없이 자극되는 것을 느꼈고, 도저히 견딜 수 없는 신경의 소소한 폭발들을 경험했다. 이 소설은 그 기록이다.

이상하지만 이번 한 번은 이렇게 하겠다.

또 이럴지 몰라도, 이번 한 번은 이렇게.

나도 한 번은 이렇게 무엇을 덜 하는 힘겨움을, 그 자체로 드러내고 싶었나보다. 작가노트조차 이렇게 아무것도 감추지 않고 한 번에 쓰게 될 줄 몰랐다.

어떤 이들은 그냥 지나가고, 어떤 이들은 화를 내고 가고, 어떤 이들은 울고 갔다. 나는 한 편의 소설이 독자들의 마음을 건드릴 때 그 진동이 어느 정도는 제한된 스펙트럼 안에서 움직인다고 생각해왔는데 「실버들 천만사」를 읽고 독자들이 보인 반응은 충격적일 만큼 판이해서 놀라웠다. 우리는 살아 있는 한 쾌와 불쾌를 경험하고 그것을 바탕으로 의미 있는 자아의 방어력을 갖춘다. 그러니 독자들 누구나 각자의 할일을 한 것이고, 나는 또 나대로 그랬다는 얘기이다.

그러니 이번 한 번은. 그러고 보면 삶도 이번 한 번. 소설 한 편처럼 그렇게 한 번.

| 리뷰 |

위태로운 삶과 동행의 힘

류보선(문학평론가)

앞부분을 읽을 때만 해도 심드렁한 마음이었다. 친숙한 장면의 연속이었다. 틀에 박힌 모녀 화해 서사로 읽혔다. 권여선 소설을 접할 때의 긴장이 일지 않았다. 서로에 대한 넘치는 사랑과 들끓는 기대 때문에 멀어졌다가 우연한 동행을 거쳐 아직도 남아 있는 서로에 대한 사랑을 발견하고 화해에 이르는 모녀 화해 서사란 얼마나 자주 봐온 이야기인가. 또 얼마나 많이 실패하는 이야기인가. 항상 시도되는 이야기이고 거의 대부분 실패하는 이야기인 것이다. 물론 간혹 장르 내 새로운 지양이 일어나기도 한다. 끝없는 실패에도 불구하고 마치 무슨 원점이라도 되는 양 항상 되돌아가 시도된 끝에 발생한 지양이므로 이때의 지양은 매우 강렬한 것이 특징이다. 한마디로 「실버들 천만사」는 항상 시도되고 대부분 실패하며, 간혹 새로운 지양이 발생할 땐 유독 밀도가 높아서 이제 이 이야기로는 더이상의 지양은 불가능할 것 같은 모녀 화해 서사의 뒤를 잇는 작품인 것이다. 이 매혹적인 전사(全史 혹은 前史)의 어깨를 딛고 새로운 지평을 열려면 파격적인 실험이나 강렬한 해체 의지가 절박한 터, 그러나 「실버들 천만사」의 서두는 모녀 화해 서사의 정형을 너무 태연하게 따르고 있었다.

하지만 소설을 읽어나가면서 처음의 심드렁한 마음은 곧 사라졌다. 처음에는 그저 이전의 모녀 화해 서사와는 구별되는 사소한 장면들이 하나둘 눈에 띌 뿐이었다. 그런 사소한 장면들이 하나둘 툭, 툭 나타나더니 이전의 모녀 화해 서사와는 많이 다른, 그러니까 이전의 모녀 화해 서사를 새롭게 지양해낸 밀도 높은 이야기가 펼쳐지고 있었다. 이 말이 「실버들 천만사」가 중반부부터 갑작스레 다른 이야기로 탈선(?)한다는 걸 의미하는가 하면 그렇지 않다. 「실버들 천만사」는 중반부는 물론 후반부까지도 무심한 듯 모녀 화해 서사의 일반적인 문법을 계승한다. 서사의 파격적이고 도발적인 해체 대신 「실버들 천만사」는 전위적이고 전미래적인 모녀상을 절묘하게 흩뿌려놓는다.

「실버들 천만사」를 최대한 압축하여 최소화하면 모녀의 일박이일 동행기이다. 「실버들 천만사」의 모녀는 서로를 간절히 원하나, 서로를 위하는 간절한 마음 때문에 서로의 곁으로 다가서지 못하는 사이다. 「실버들 천만사」의 딸의 말을 빌리자면 그렇게 서로를 위하건만 "사랑해서 얻는 게" "악몽"이다. 이어 "사랑하지 않으면 이렇게 안 힘들어도 되는데, 미워하면 되는데, 왜 우린 사랑하고 있어? 왜 이따위 사랑을 하고 있냐고. 눈물도 안 나오고 숨도 못 쉬겠는, 왜 이런, 이런 사랑을 하냐고"라고 말할 정도로 이 모녀는 악몽 같은 사랑을 이어간다.

엄마는 딸의 곁이 간절하다. 하지만 가까이 가지 못한다. 엄마는 평생 타인의 눈치 속에서 살아온 존재, 그러니까 타인의 시선이라는 끈에 자유를 억압당하고 살아온 존재이다. "공부하라면 하고 좋은 대학 가라면 가고 취직해서 돈 벌라면 벌"고 산다. 그렇게 "너무 힘"들게 순종하는 신체로 살다가 문득문득 "도망치고 싶"은 순간들을 맞는다. 엄마는 도망친다. 그런데 상징질서 너머로 훌쩍 탈주하는 것이 아니라 현실 안으로 혹은 현실 언저리로 도피한다. 그렇게 "줄줄이 딸린 동생들 내팽개치"듯 "결혼으로 도망"치고, 또 그렇게 현실 안으로 도망친 결혼이 목숨을 옥죄어오자 "내가 죽을 것 같아서, 죽기 전에 나를 조금이라도 회복해놓고 싶어서" 이혼한다. 하지만 딸이 마음에 걸려서 세상 밖으로 나가지도 못한다. 그렇다고 딸을 그녀의 삶 안으로 들여놓지도 못한다. 딸 때문에 다시 상징질서 안으로 끌려들어갈지 모른다는 공포 때문이기도 하고, 혹여 딸과 관계를 이어갈 경우 딸이 자신의 실패를 반복할지 모른다는 근거 없는 두려움 때문이기도 하다. 엄마는 딸을 사랑하지만 딸의 잠재성을 믿지도 보려 하지도 않는다. 해서 엄마는 딸에 대한 넘치는 사랑이 혹여 자신의 운명을 딸에게 넘겨주는 저주로 작동할까봐 "둘 사이에 눈에 보이지 않는 닮음의 실이 이어져 있다면 그게 몇천 몇만 가닥이든 끊어내고 싶"어한다.

딸도 엄마의 곁이 그립다. 하지만 엄마가 왜 '인형의 집'을 나갔는지, 집을 나가기 전 자신 때문에 얼마나 긴 시간을 참고 견뎠는지, 그리고 집을 나간 이후 왜 의식적으로 자신을 멀리하는지 잘 아는 까닭에 선불리 엄마에게 다가가지 못한다. 하지만 어떤 때 그런 엄마가 야속한 것은 어쩔 수 없는 일이다. "내가 엄마를 이해하거든. 이해한다고 알고 있거든. 근데 있지, 내가 갑자기 엄마가 너무 미우면서, 가엾으면서, 미칠 거 같으면서, 엄마가 죽은 것 같은 때가 있는 거야. 그럴 때면 가슴이 답답하고 숨이 안 쉬어져. 열이 나고 땀이 줄줄 나." 딸 역시 엄마를 누구보다도 사랑하나, 다만 가여워한다. 생명 없는 존재가 되기 싫어 사랑하는 딸을 남겨놓고 집을 나서는 용기와 결단이 있는 엄마건만, 그리고 비록 현실 안으로 도피했지만 그 현실 안에서 상징질서에 일방적으로 순종하는 신체가 아닌 길을 찾고자 혼신의 힘을 다하고 있는 엄마건만, 딸은 그 엄마가 조만간 그저 아무 흔적도 없이 사라질 것이라는 공포, 「실버들 천만사」의 표현으로 바꾸자면 '미래완료 증상'에 시달린다. 딸 역시 엄마의 삶 속에 웅크리고 있는 상징질서를 거스르는 강한 의지를 읽어내지 못하고 있는 상태인 것이다.

이렇게 서로를 연민하기는 하나 그녀들의 위태로운 삶 속에 웅크리고 있는 잠재성을 발견하지는 못한, 아니 서로가 서로의 잠재성을 감지하지 못해 서로를 애타게 연민하는 모녀가 같이 길을 나선다. 이 동행에서 우리가 주목할 점은 그녀들이 여행을 떠나면서 지키기로 한 약속이다. "첫째, 여행 내내 폰 꺼놓기", "둘째, 친구처럼 무슨 씨 무슨 씨 하고 이름 부르기", "셋째, 맛있는 거 많이 해 먹기". 이 약속은 일견 모녀 사이의 즉흥적인 규칙처럼 보인다. 하지만 이는 그 이상의 의미를 지닌다. 그녀들의 세 가지 약속을 좀 거칠게 개념화하자면 상징적 질서가 틈입하지 않은 자연적 상태로 돌아가 서로가 서로의 맨얼굴을 바라보는 것은 물론 보이지 않는 손에 의해 조종당하는 부자유의 상태를 벗어나자는 것이라 할 수 있다. 그러므로 그녀들의 세가지 약속은 곧 「실버들 천만사」가 모색하는 탈-존의 윤리학이자 타자와의 진정한 만남을 위한 연대의 방법론으로 보아야 한다.

대부분의 동행기가 그러하듯 그녀들의 동행은 잠깐잠깐 지체되고 약속은 걸핏하면 깨지며 또 처음의 예상과 달리 이질적인 방식으로 진행된다. 여행 자체가 위태로울 정도는 아니지만 동행은 약간씩 지연된다. 서로 알지 못하던 그녀들의 증상들 탓이다. 엄마의 "완경" 탓이기도 하고, 엄마가 어느 순간 갑자기 소멸할지도 모른다는 딸의 시차적 오인에 따른 공포 때문이기도 하다. 그런가 하면 여행을 시작하면서 다짐했던 약속은 다짐만큼 지켜지지 않는다. 첫번째 약속은 잘 지켜지는 편이지만 두번째 약속은 서로가 종종 위반한다. 특히 세번째 약속은 거의 효력을 발하지 못한다. 맛있는 음식을 많이 장만하지 않아서가 아니라 그녀들 모두가 맛난 것만 보면 자신도 모르게 남의 눈치를 보는 버릇을 가지고 있는 까닭이다. 그녀들은 맛있는 것을 제법 마련하기는 하지만 그것을 많이 먹지는 못한다.

그러나 이 동행기에서 예상과 가장 다른 대목은 이 동행의 주체가 딸에게서 엄마에게로 옮겨가는 장면이다. 「실버들 천만사」에는 여행의 중간중간 한 인물이 소설의 장면 밖으로 페이드아웃되고 누군가 홀로 남는 장면이 여러 차례 펼쳐진다. 그런 상황이 벌어지면 자연스레 남은 인물이 초점화자가 되어 여행의 중간을 정리하고 그것을 맥락화한다. 여행의 초반 이 역능을 행사하는 인물은 딸이다. 그런데 후반부로 가면 상황이 달라진다. 엄마의 관점에서 소설의 상황이 총괄된다. 그 결과 이 소설의 각성 혹은 성장의 주체는 처음에는 딸이었다가 이후에는 엄마로 옮겨간다. 그런 이유 때문에 「실버들 천만사」는 딸의 성장담이기도 하지만 엄마의 성장이 보다 중핵을 차지한다. 그리고 소설도 엄마의 각성으로 끝난다.

> 지금껏 나는 무슨 짓을 하며 살아온 것일까, 반희는 생각했다. 두려워 도망치고 두려워 숨고 두려워 끊어내려고만 하면서. 채운과 이어진 수천수만 가닥의 실을 끊어내려던 게 채운에게는 수천수만 가닥의 실을 엉키게 하는 짓이었다면, 지금껏 나는 무엇을 위해 이렇게 살아온 것일까. (……) 사랑해서 얻는 게 악몽이라면, 차라리 악몽을 꾸자고 반희는 생각했다. 내 딸이 꾸는 악몽을 같이 꾸자. 우리 모녀 사이에 수천수만 가닥의 실이 이어져 있다면 그걸 밧줄로 꼬아 서로를 더 단단히 붙들어 매자. 말라비틀어지고 질겨지고 섬뜩해지자.(152~153쪽)

「실버들 천만사」의 모녀 화해는 이처럼 엄마의 각성으로 완성된다. 「실버들 천만사」의 특이성은 바로 이 지점에 있다. 이제까지의 모녀 화해 서사가 주로 딸이 엄마의 역사를 받아 안는 지점에서 완결되었다면, 「실버들 천만사」는 거기에 엄마의 각성 과정을 하나 더 추가하여 딸의 성찰과 한자리에 병존시킨다. 그를 통해 오랫동안 쌓인 오해 때문에 결코 쉽지 않은 모녀 사이의 화해는 엄마나 딸 중 어느 하나의 역사로 통합되는 것만으로는 불가능하다는 것을 자연스럽게 보여준다. 「실버들 천만사」에 따르면 서로의 사랑 때문에 오히려 더 골이 깊은 모녀 사이의 화해는 엄마나 딸의 일방적인 관용이나 포용 말고 더 나아가야 한다. 한 사람의 이해만으론 화해에 도달할 수 없는 것이다. 한 사람의 용서는 다른 사람의 각성과 만나야 하며 그럴 때 모녀 사이의 화해, 곧 동행은 가능하다. 다시 말해 서로의 역사는 물론 서로 때문에 생긴 깊은 상처까지도 자기화하여 끝내는 전혀 다른 주체로 다시 태어날 때, 그러니까 엄마의 트라우마와 잠재성을 자기화한 딸로 그리고 딸의 강박증과 잠재성을 내면화한 엄마로 각기 다시 태어난 후 같이 길을 나설 때, 사랑에도 불구하고 멀어진 존재들은 그 오해의 늪을 건너 진정으로 만날 수 있고 사랑할 수 있다는 것이다.

이처럼 「실버들 천만사」는 한 사람의 포용 외에 또다른 존재의 각성을 덧붙이는 것으로 모녀 화해 서사의 역사를 새로 쓴다. 더불어 위태로운 삶 때문에 더욱더 고립되는 존재들이 왜 그 고립에서 빠져나와 동행의 길을 걸어야 하는지, 그리고 진정한 동행의 길에 오르기 위해서는 어떤 윤리적 결단과 자세가 필요한지까지 제시한다. 이를 통해 더이상의 새로운 지양이 불가능한 것으로 보이는 모녀 화해 서사의 잠재성을 재발견하고 재발명하며 소설이 여전히 있어야 한다면 왜 있어야 하는지를 온몸으로 증명한다.

정한아

바다와 캥거루와 낙원의 밤

작가노트

입김을 불며

리뷰 | 윤대녕

마침내, 고통이나 후회 없이

정한아

2005년 대산대학문학상에 단편소설 「나를 위해 웃다」가 당선되어 등단. 문학동네작가상, 김용익소설문학상, 한무숙문학상 등 수상. 소설집 『나를 위해 웃다』 『애니』, 장편소설 『달의 바다』 『리틀 시카고』 『친밀한 이방인』이 있다.

바다와 캥거루와 낙원의 밤

이삿짐을 실은 트럭이 떠난 후, 나는 시원과 함께 차에 올랐다. 새집까지는 차로 두 시간이 넘게 걸리는 길이었다. 뒷좌석에 앉은 시원은 내내 말이 없었다. 나는 라디오를 틀어 몇 개 채널을 돌려 보다가 도로 껐다. 시내에서 벗어나 외곽으로 접어들자 텅 빈 들이 눈에 띄었다. 히터를 틀어도 차갑게 곱은 손이 풀리지 않았다. 다른 계절이었다면 좀 나았을까? 마찬가지였을 것이다. 나는 막 두 번째 이혼을 했고 살던 집에서 짐을 빼 이사를 하는 중이었다.

"엄마 여기서 결혼했지?"

도착지에 거의 다 왔을 무렵, 시원이 창밖을 가리키며 물었다.

"뭐?"

"저 예식장, 엄마가 결혼한 데 아니야?"

사거리 한편에 서 있는 낡은 사층 건물은 공사중인지 흰 천으로 둘러져 있었다. 나는 낙원웨딩이라는 상호를 보고서야 그곳이 어디인지를 알아차렸다.

"어떻게 알았어?"

시원은 피식 웃더니 입을 다물었다. 십오 년 전 당시에도 그곳은 이미 노후한 웨딩홀이었다. 공간이 좁아서 밀려드는 하객들이 서 있을 곳도 마땅치 않았고, 음식냄새는 신부 대기실까지 흘러 들어왔다. 임신 초기였던 나는 얼굴이 점점 하얗게 질려갔다. 혼주석에 홀로 앉아 있던 아버지는 결혼식이 끝나자마자 축의금 가방을 통째로 들고 가버렸다. 시원의 생부인 김은 그 일을 두고두고 섭섭해했다.

"되게 낡았네."

시원은 건물을 올려다보면서 그렇게 중얼거리더니 무선 이어폰을 꺼내 귀에 꽂았다. 먼 곳에서 징징징, 베이스 소리가 흘러나왔다. 룸미러를 통해 본 아이의 얼굴은 무표정하기만 해서 아무것도 읽을 수 없었다.

윤과 헤어지기로 결심하고서 나는 제일 먼저 시원에게 의견을 물었다.

"나는 괜찮은데 엄마는 괜찮아? 두번째 이혼하는 거잖아."

말문이 막힌 것은 내 쪽이었다.

"나는…… 충분히 생각하고 내린 결정이야."

"그럼 됐어."

시원은 더 말할 필요 없다는 듯 고개를 끄덕였다.

"엄마가 괜찮으면 나는 괜찮아."

윤과의 결혼생활은 십 년 만에 막을 내렸다. 그 긴 시간 동안 우리가 가장 잘한 일은 아이를 갖지 않은 것이었다. 둘 사이에 남은 증오도, 연민도 없었기 때문에 마무리는 빠르고 쉬웠다. 윤은 모든 것을 칼같이 반으로 나누려 들었다. 가구, 가전제품, 이불 세트, 숟가락까지 계산기를 두드려 값을 맞췄다. 그는 재혼 후 내가 시간강사나 하면서 가계에 별다른 보탬이 되지 못했다는 것, 자신의 수입으로 시원을 양육했다는 것을 조목조목 지적하며 전세금의 대부분을 챙겼다. 정리가 끝나자 내게 남은 것은 열다섯 살짜리 딸아이가 전부였다.

설상가상, 빈털터리가 된 직후에 퇴직 사실을 알게 되었다. 계약직 강사로 일하고 있던 대학에서 다음 학기 재계약이 어려울 거라는 통보를 받은 것이다. 고용법 개정이라는 이유로 같은 과의 강사들이 대부분 정리해고되었다. 다른 학교들도 비슷한 사정이라 일자리를 구할 길이 없었다. 단 두 달 수입이 끊겼을 뿐인데 카드값과 공과금이 밀리면서 독촉 전화가 오기 시작했다.

나는 아버지를 찾아갔다. 아버지는 나를 잠시 한심하게 바라보더니, 돈은 없다고 잘라 말했다. 다만 아버지 소유의 임대 건물에 빈방이 있으니 갈 곳이 없으면 그곳으로 들어오라고 했다. 그마저도 공짜는 아니었다. 건물 관리를 맡아 해보라는 것이었다.

"잘하면 혹시 아냐. 나중에 네 차지가 될지."

'해피하우스'는 상가형 2호, 원룸형 7호, 투룸형 10호가 들어 있는 사층짜리 임대용 건물이었다. 경기도에서도 끝자락인 후락한 구도심에 있었지만 꾸준히 세입자들이 들어왔다. 아버지는 전부터 그 건물을 관리할 수 있는 자식에게 넘겨줄 거라고 말했다. 오빠와 남동생이, 실질적으로는 그들의 처가 번갈아 시험대에 올랐다가 나가떨어졌다. 아버지는 냉혹한 사람이었다. 평생을 열 평 남짓한 철물점 안에서 살다시피 했고, 그렇게 번 돈으로 근처의 땅과 건물을 사들였다. 아버지를 만족시키기란 바닷물을 마르게 하는 것만큼 어려운 일이었다. 하지만 다른 대안이 없었다. 건물 꼭대기 층의 창문이라도 닦으라고 하면 나는 줄을 매달고 올라갈 작정이었다.

이삿짐을 싣고 먼저 출발한 트럭은 건물 앞에서 우리를 기다리고 있었다. 나는 차에 있겠다는 시원을 두고 홀로 내렸다. 일층 부동산 여자가 알은척을 해왔다. 여자는 내가 건물주의 딸이라는 사실을 알고 난 후 부쩍 살갑게 굴었다. 내 옆에 붙어 서서 삼층으로 철제 사다리가 올라가는 모양을 함께 지켜보았다. 그때, 멀리서 마른 고목 같은 노파가 느리게 다가왔다. 질질 끌리는 듯한 걸음걸이 때문에 나도 모르게 눈길이 갔다. 부동산 여자가 나를 쿡 찌르더니 속삭이듯 말했다.

"303호 할머니예요."

303호 노파는 아버지의 골칫거리였다. 노파는 말기 암 환자인데 근처의 원룸 건물 어디서도 받아주지 않자 아들을 앞세워 가짜 계약서를 썼다고 했다. 오십대 남자가 혼자 살 것처럼 속이고, 이삿날에는 다 죽어가는 노인이 들어온 것이다. 심지어 노파는 집에서 호스피스 케어를 받고 있다고 했다. 아버지는 노여움에 부들부들 떨었다.

"사람이 죽어나간 집이라고 소문이 나면 끝장이다. 죽기 전에 어떻게든 내보내야 해."

노파는 한 손에는 지팡이를, 한 손에는 빵집 종이백을 들고 있었다. 현관 앞을 막아선 사다리차 때문에 주춤거리는 사이 내가 먼저 다가가 인사했다.

"안녕하세요. 저 305호에 이사온 사람이에요."

노파의 집과 나의 집은 빈집인 304호를 사이에 두고 붙어 있었다. 노파는 먼 곳을 보듯 나를 보더니, 고개를 까딱해 보였다. 가까이 서자 병색이 더욱 짙어 보였다. 쌕쌕 밭은 숨을 몰아쉴 때마다 얄팍한 가슴이 거칠게 오르내렸다. 곧 요란한 소리를 내며 사다리차가 움직였고 노파는 힘겹게 현관으로 걸어들어갔다.

이사 후, 나는 건물 관리인으로서 세입자와 월세 관리를 맡았다. 매일 건물 복도와 계단, 도로변과 주차장까지 청소해야 했다. 아버지는 처음부터 그것이 조건이라는 걸 명시했다. 바닥을 걸레로 닦고 있으면 사람들이 지나가면서 아줌마 여기도 닦아주세요 하고 제 집 앞을 가리키거나, 쓰레기를 대신 버려달라고 내밀기도 했다. 모멸감은 서서히 옅어졌다.

모멸감은 학교에서 일할 때 훨씬 더 많이 느꼈다. 주임교수가 지시하는 온갖 잡무에 시달렸고, 강의 자리가 없어서 늘 허덕였다. 두 시간짜리 교양강좌를 빼앗아갔다고 선배에게 머리채를 잡힌 일도 있었다. 왕복 일곱 시간씩 버스를 타고 지방으로 강의를 하러 다니면서도 손에 잡히는 것은 아무것도 없이 계속 어딘가로 밀려난다는 느낌이었다. 실낱같은 끈을 내려놓고 나니 차라리 후련했다. 이대로 시원과 함께 무슨 일이든 하며 살아갈 수 있겠다는 생각이 들었다.

303호 노파를 찾아간 것은 이사 후 일주일이 지난 무렵이었다. 건물 관리인이라는 말을 듣고, 노파는 순순히 나를 집으로 들였다. 집안에 들어서자마자 후끈하고 축축한 공기가 느껴졌다. 난방과 가습이 과도해서 온실에라도 들어온 것 같았다. 거실과 방 하나를 채운 살림들은 하나같이 오래되고 낡은 것들이었다. 식탁의 깨진 유리 위에는 시커멓게 변색된 테이프가 붙어 있었다. 노파는 인스턴트커피와 케이크 두 조각을 내왔다. 하얗게 부풀어오른 화이트쉬폰케이크였다. 커피는 너무 달고 싱거웠지만 케이크는 깜짝 놀랄 만큼 맛있었다.

"이게 나한테는 모르핀 같은 거예요."

노파는 나를 보고 조금 비굴하게 웃었다.

"내가 젊어서부터 단것을 좋아했어요. 다른 건 조절이 되는데 이건 조절이 안 되더라고."

"제가 왜 왔는지 아실 거예요, 어르신."

나는 냉철한 관리인의 목소리로 말했다.

"위독하신 분이 이렇게 혼자 계시면 세입자들이 불안해해요. 혹시라도 잘못되시면 바로 알아챌 수도 없고, 조치를 취할 길도 없고요. 병원이나 요양원 같은 곳으로 거처를 옮기는 건 어떠세요?"

"……요양원에 가본 적 있어요?"

노파는 나를 빤히 바라보더니, 느리게 되물었다.

"난 가봤어요. 그리고 다시는 가지 않겠다고 결심했지요."

노파는 내게 두 손을 내밀었다. 주름진 손등이 주사 자국의 붉고 푸른 멍으로 가득했다.

"알다시피 나는 암 환자예요. 신장과 폐 두 군데 종양이 퍼졌어요. 마지막 검사에서는 악성 종양 진단을 받았죠. 나는 남은 인생이 얼마 안 돼요. 요양원에서 낯선 사람들과 같이 시간표에 따라 움직이다가 죽고 싶지는 않아요. 내가 원하는 건 내 집에서, 조용히, 홀로 지내는 것뿐이에요."

나는 노파에게 이곳은 당신의 집이 아니라고 말할 수 없었다. 한 달에 얼마간 사용료를 내고 빌려 지내는 곳을 집이라고 부를 수는 없다, 그 사용료 안에는 당신의 죽음이 포함되어 있지 않다, 심지어 당신은 가짜 계약서를 쓰지 않았나라고 말할 수 없었다. 노파는 굳은 얼굴로 나의 시선을 피했다. 너무 많은 기운을 쏟았는지 더 앉아 있기 힘이 드는 것 같았다. 나는 가래 끓는 소리를 내며 헐떡이는 노파를 뒤로하고, 고약한 기분이 되어 집으로 돌아왔다.

"아무리 방학이라지만 너무한 거 아니니."

시원은 이사온 지 일주일이 지나도록 짐을 정리하지도 않고 휴대폰만 들여다보고 있었다. 지금껏 아이가 적응하기를 기다리며 내버려뒀지만 목소리가 곱지 않게 흘러나왔다.

"언제까지 이렇게 시간만 죽이고 있을 거야. 곧 개학인데 학원이라도 알아보든지."

"그럴 필요 없어."

시원은 담담하게 말했다.

"나, 호주에 가려고 해."

나는 잠시 무슨 말인지 알아듣지 못했다. 호주, 호주라면 시원의 친부인 김이 사는 곳이었다.

"갑자기 생각한 거 아니야. 이야기하려다 계속 때를 놓쳤고, 결정적으로 엄마 이혼에 밀린 거지."

시원은 유학원에서 이미 여러 차례 상담을 받았다고 했다. 정규 학기가 시작되기 전까지 준비할 게 많은데 차마 입을 열지 못했다고, 아버지인 김과는 이미 이야기가 끝났다고 했다.

방에 들어온 나는 김의 연락처를 찾아냈다. 아버지라는 말이 기가 막혔다. 둘이 연락을 하고 지내는 건 알았지만 이 정도로 가까운 줄은 몰랐다.

김은 십사 년 전 나와 헤어진 뒤 호주로 떠났다. 그리고 내가 재혼한 지 얼마 안 되었을 때 처음으로 딸을 만나고 싶다고 연락해왔다. 당시 윤이 시원과 나를 약속 장소까지 데려다줬다. 김은 부스스한 몰골로 삼십 분이나 늦게 나타났다. 시원을 보고도 쭈뼛거리더니 아이와 멀찍이 떨어져 앉았다. 그는 헤어질 때까지 딸과 제대로 된 말 한마디도 나누지 못했다. "대체 왜 저런 사람을 만난 거지?" 돌아오는 길에 윤은 우습다는 듯 말했다. "당신은 참 사람 보는 눈이 없어."

김은 한참 만에 전화를 받았다. 그는 내가 누군지 겨우 알아채고는 아, 하고 신음하듯 말끝을 흐렸다.

"잘 지내? 이혼한다고 들었는데."

"그래서 시원을 빼앗아가려는 거야?"

"빼앗아가다니?"

김은 조용히 말했다.

"시원은 너를 증오해. 너와 한시도 같이 있을 수 없다고 했어. 그곳에 사는 바에는 죽는 게 낫대."

시원을 낳았을 때 나는 스물네 살이었다. 김과는 대학 선배의 소개로 알게 되었는데, 만난 지 얼마 되지 않아 급격히 가까워졌다. 당시까지 나는 남자를 한 번도 사귀어 보지 못했다. 남자들은 내게 별 관심을 주지 않았고 나는 그들의 마음에 들 방법을 몰랐다. 김은 처음부터 내게 대단히 매료된 사람처럼 굴었다. 시도 때도 없이 연락을 했고 매일 잠깐이라도 얼굴을 보러 왔다. 그는 거침없이 결혼을 말했다. 우리가 함께할 미래와 행복에 대해. 나는 어리둥절한 기분이었다. 그가 주는 것을 원치 않았지만, 그렇다고 돌려주고 싶지도 않았다.

나는 대학 동기들 중에서 제일 먼저 결혼했다. 내게 대학원에 가서 공부를 계속하라고 조언했던 한 여교수는 청첩장을 보고서 한참 동안 아무 말도 하지 않더니, 이게 정말 네가 원하는 거니, 하고 되물었다. 내가 결혼에 대해 뭘 알았을까. 어렸을 때 어머니가 돌아가신 이후 집은 늘 텅 빈 곳이었다. 아버지는 김을 만나자마자 연봉이 얼마나 되냐고 물었다. 그는 김을 별로 마음에 들어하지는 않았지만, 그 이상을 바라는 것도 무리라고 생각하는 것 같았다.

결혼 후 얼마 안 되어 시원이 태어났다. 시간이 지나고 보니 김의 모든 말에 약간씩 거짓이 섞여 있었다. 직장도, 연봉도, 저축도, 시부모님의 형편도 사실과 달랐다. 시어머니는 폭언이 예사인 사람이었다. 시도 때도 없이 전화해서 돈을 요구했다. 비난과 욕설과 짜증이 매일 폭탄처럼 쏟아졌다. 시원을 낳은 후 우울증을 앓던 나는 어느 날부터 밥도 넘길 수 없을 정도로 상태가 악화되었다. 결국 아버지가 찾아왔다. 아버지한테 쌓인 게 많았던 김은 고분고분하지 않았다. 화가 난 아버지는 그를 밀쳤다. 그도 질세라 아버지를 밀쳤다. 아버지는 피를 흘렸고, 경찰이 들이닥쳤다. 첫 결혼은 그렇게 끝났다.

나는 시원을 데리고 아버지의 집으로 돌아왔다. 학교를 졸업한 지 일 년 만에 공부도 다시 시작했다. 무슨 여행이라도 다녀온 것 같았다. 달라진 건 아무것도 없었다. 아이가 생겼을 뿐이었다. 다행히 집안일을 봐주는 아주머니가 함께 시원을 돌봐주었다.

시원은 순한 아이였다. 울음이 짧았고 혼자서도 잘 놀았다. 아이의 작고 보드라운 몸을 끌어안고 있으면 잘못된 것은 아무것도 없는 듯했다. 그래도 아이가 엄마, 하고 부를 때는 깜짝깜짝 놀랐다. 그 어색함은 시간이 한참 지날 때까지 사라지지 않았다.

아버지는 인색하고 잔소리가 심한 동거인이었다. 원치 않게 떠맡은 나와 시원의 존재가 사사건건 그의 기분을 상하게 했다. 뜨거운 물로 오랫동안 탕 목욕을 하는 것도, 텔레비전 소리를 크게 높이는 것도, 도우미 아주머니가 시원을 돌보느라 가사에 소홀해진 것도 못마땅해했다. 학교에서 강의를 맡기 시작하면서, 나는 시원과 함께 독립하겠다고 말했다.

“그 쥐꼬리 같은 돈으로?”

아버지는 웃었다.

“재가할 생각이나 해라. 더 늦기 전에.”

“결혼은 안 해요, 다시는.”

나는 정색하며 대꾸했다. 하지만 얼마 되지 않아 윤을 만났다.

윤은 내 친구의 남자친구였다. 연극배우였고, 극단을 운영했다. 나는 처음부터 그를 좋아하지 않았다. 사람을 뚫어져라 보는 시선이나 건들거리는 태도 같은 것이 신경에 거슬렸다. 친구는 그에게 깊이 빠져 있었지만 그는 친구에게 시종일관 무심했다. 모두의 예상대로 결국 둘은 헤어졌다. 그리고 얼마 후 그가 내게 연락을 해왔다.

윤을 만나기 위해 나는 많은 것을 인정해야 했다. 나라는 인간에게는 친구고 뭐고 없다는 것, 남자에 환장해서 물불 가리지 않는다는 것, 외로움이 사람을 나락으로 떨어뜨린다는 것. 첫번째 결혼에 실패한 것이 열등감으로 작용했는지도 몰랐다. 윤과 시원과 함께 있으면 실패를 만회한 것 같은 기분이 들었다. 아이와 남편, 그런 것을 진정으로 원한 적은 한 번도 없었는데도.

두번째 결혼식은 올리지 않았다. 레스토랑에서 가족들과 식사를 하는 것으로 대신했다. 다섯 살이었던 시원은 반지를 교환하는 화동 역할을 했다. 나는 그것이 좀 억지스럽다고 생각했지만 윤은 아이에게 어떤 역할이든 맡겨주는 게 좋을 거라고 했다. 그 날 시원은 크림색 민소매 드레스에 화관 모양의 머리띠를 했다. 미용실에서 아이가 귀엽다고 붉은 색깔의 립스틱을 발라주었다.

시원은 신혼여행에 데려가지 않았다. 식사 내내 즐거워하던 아이는 내가 공항으로 가는 차에 오를 때 눈물을 뚝뚝 흘리며 울기 시작했다. 아이의 울음이 거세지자 주위 사람들이 이쪽을 흘금거렸다. 오빠와 새언니가 아이를 강제로 끌고 가다시피 했다.

공항에서 전화했을 때, 시원은 아무렇지 않은 목소리로 "안녕, 엄마"라고 말했다. "뽀뽀해줘"라고 말하자 쪽 소리를 내고는 수화기 저쪽의 가족들에게 달려갔다. 비행기 탑승이 시작된다는 방송이 울렸다. 나는 아이에 대해서 곧 잊어버렸다. 정확히 십 년 전의 일이었다.

나는 김에게 시원을 호주에 보낼 수 없다고 잘라 말했다. 아이는 반발했고, 나는 묵살했다. 우리는 아무 말도 하지 않으면서 며칠을 보냈다. 크리스마스에도 각자 외출했고, 밤에는 말없이 방에 들어갔다.

크리스마스 다음날, 304호에 새로운 사람이 들어왔다. 계약서를 쓸 때 가보니 곱게 차려입은 중년 여인과 꺽다리처럼 마르고 키만 길쭉한 젊은 남자가 부동산에 와 있었다. 여자는 아들이 지낼 집을 찾느라 근처의 방을 거의 다 돌아봤다고 했다. 아들이 어느 학교를 나왔는지, 어떤 공부를 하고 있는지, 유난히 말이 많은 여자였다. 내가 305호에 살고 있다고 하자 여자는 말을 뚝 멈추었다. 관리인이 옆집에 산다는 사실이 부담스러운 눈치였다.

304호가 이사하는 날, 나는 건물 안팎을 오가며 그 과정을 지켜보았다. 짐이 유독 많다고 인부들이 투덜거리는 소리가 들렸다. 말이 많던 여자는 그날 얼굴을 비추지 않았다. 꺽다리 남자만이 홀로 뒤늦게 나타나 짐을 다 집어넣자마자 문을 닫고 들어갔다.

303호 노파의 일을 겪은 이후 아버지는 세입자를 아무나 받지 않았다. 304호가 오래 비어 있었던 것도 입주 조건이 꽤나 까다로워졌기 때문이다. 세입자들은 대부분 형편이 넉넉지 않았고 보증금을 까먹기 일쑤였다. 미납 월차가 제일 많은 302호는 일 년째 세가 밀려 있었다.

나는 그 집에 단 한 번 찾아가본 것만으로 돈을 받을 길이 없다는 걸 알아차렸다. 아이 둘과 젊은 여자가 살고 있었는데, 바짝 마른 몰골이 형편없었다. 여자는 남편이 집을 나갔다는 말만 수없이 반복했다. 아이들은 어지러운 집안에 기운 없이 늘어져 있었다. 대여섯 살 된 여자아이와 그보다 서너 살 위로 보이는 남자아이였다. 나는 그들이 곧 강제퇴거될 거라는 말을 기계처럼 전했다. 여자는 내 말을 조금도 이해하지 못한 것 같았다.

시원은 그날 밤 저녁 시간을 훌쩍 넘겨 집에 들어왔다. 나는 며칠 만에 시원에게 말을 걸었다.

"어디에 갔다가 이제 오는 거야?"

시원은 말없이 부엌에 가서 물을 마셨다.

"그동안 네가 엄마한테 섭섭했던 거 많은 줄 알아. 그렇다고 이렇게 갑자기 유학을 간다고 하면 어떻게 해. 지금 무슨 여유가 있다고."

"섭섭한 거 없어. 돈은 아르바이트하면서 벌 거야. 엄마는 비자 신청에 필요한 서류만 준비해주면 된다니까."

"가서 누구랑 어떻게 지낼 건데? 아버지? 너 그 사람이 어떤 사람인지도 모르잖아."

"꼭 어떤 사람인지 알아야 해?"

시원은 아일랜드식탁 위에 물컵을 내려놓았다.

"엄마가 엄마인 것처럼 아버지도 아버지겠지. 환상 같은 거 없어. 그냥 여기가 좀 지겨워서 그래."

지겹다니 뭐가, 하고 나는 따져 묻지 못했다. 아이의 얼굴에 가득찬 환멸이 나를 두렵게 했다. 잠시 후 시원은 나지막한 목소리로 말했다.

"엄마도 내가 없으면 편하잖아."

"그게 무슨 소리야?"

"어려서부터 나를 먹이는 것, 입히는 것, 씻기는 것까지 늘 다른 사람 손에 맡겼잖아. 알아? 그때마다 정말 부끄러웠어. 내가 사라졌으면 싶었어."

"그때는……"

"엄마 이야기를 듣고 싶은 게 아니야. 내 이야기를 하는 거야. 그래서 내가 얼마나 외로웠는지."

아이는 이해를 호소하듯 나를 바라보더니, 돌연 더이상 할말이 없다는 듯 돌아서 방에 들어가버렸다.

밤새 옆집에서 키보드를 두드리는 소리가 들렸다. 건물의 방음이 얼마나 취약한지 휴대폰 진동 소리가 다 들릴 정도였다. 새벽녘, 간신히 잠이 들었던 나는 뭔가 바닥을 내리치는 소리에 깜짝 놀라 깼다. 낮은 목소리로 욕설을 중얼거리는 소리가 들렸다. 남자는 분에 겨운 듯 몇 번 더 바닥을 내리치더니 다음 순간 조용해졌고 그후로는 침묵했다.

다음날 나는 복도에서 303호 노파와 마주쳤다. 노파는 손님들을 배웅하는 중이었는데 나를 보더니 대번 얼굴이 굳어졌다. 노파는 전보다 더 상태가 나빠진 것 같았다. 제대로 서 있는 것도 힘들어 보일 정도였다. 노파가 집에 들어간 후 나는 서둘러 밖으로 나가는 이들을 쫓았다.

그들은 목사와 간호사로 구성된 호스피스 방문 팀이었다. 나는 건물 관리인임을 밝히며 노파의 상태가 어떤지 물었다. 간호사는 환자 정보에 대해 일절 말할 수 없다고 못을 박았지만, 목사 쪽이 망설이다 입을 열었다.

"두 달, 길어도 세 달 이상은 견디지 못하실 겁니다. 앞으로 더 빠르게 악화될 거예요. 홀로 지내시기는 무리예요. 일주일에 세 번 집을 청소하는 사람이 온다는데, 일을 대충 하는 게 우리 눈에도 보이는 걸요. 자녀분들은 어디 계시는지 혹시 연락처를 모르시나요?"

노파는 내게 돈을 더 내겠다고 했었다. 한 달 임대료를 세 달 치로 계산해서 내겠다는 것이었다. 자신이 이 집에서 죽을 수도 있으니, 위험 부담 금액으로. 그것은 말하자면 죽음의 값이었다.

"아뇨, 그렇게는…… 그럴 수는 없어요."

나는 단호하게 거절했다.

"이곳은 건물 전체가 영업장이에요. 어르신이 여기서 돌아가시면 다른 사람이 손해를 보고 불편을 겪는다고요. 법적으로는 문제가 없다지만 떳떳하시다면 왜 거짓말로 자녀분을 앞세워 들어오신 거죠? 자녀분도 마찬가지예요. 어쩌면 이렇게 무책임할 수 있죠?"

"나는 자식이 없어요."

노파는 거친 목소리로 말했다. 나는 잠시 노파를 바라보다가 입을 열었다.

"저 역시도 아버지 건물에 살고 있는 세입자일 뿐이에요. 딸과 같이 겨우 이곳에 방을 얻었는데, 제가 일처리도 제대로 못하는 걸 아시면 당장 나가라고 하실 거예요. 아버지는 인정이라고는 없는 분이라고요. 딸애가 이제 겨우 열다섯 살이에요. 제 입장도 생각해주셔야죠."

"……알았어요. 무슨 말인지 알았으니 그만해요."

노파는 한참 동안 마른기침을 했고, 겨우 기침을 진정시킨 후 손수건을 입에 대고 말했다.

"여기서 죽지 않을게요. 그러면 되잖아요."

나는 그 말을 어떻게 믿느냐고 물었다. 노파는 앙상한 어깨를 움찔거렸고, 믿지 않는 건 자신도 어쩔 수 없다고 했다.

나는 최를 만나러 가는 길이었다. 심리학자인 최는 지방에서 살고 있는데, 대학 강의가 있는 날에만 서울에 올라왔다. 아내와 집을 떠나 나를 만나러 오는 날이기도 했다. 나는 그의 깨끗한 연구실 안에서 커피를 마시며 시원에 대한 이야기를 늘어놓았다. 최는 사려 깊은 얼굴로 내 말을 들어주었지만 별다른 충고는 하지 않았다. 그는 나보다 훨씬 연배가 높았고, 때로는 나를 아이처럼 취급했다. 하지만 그가 없었다면 긴 터널과 같았던 윤과의 결혼생활을 견디지 못했을 것이다.

결혼한 첫해부터 윤은 관계에 불성실했고 무책임했다. 그의 주변에는 늘 다른 여자들이 있었다. 그는 나를 포함한 그 누구에게도 연연하지 않았다. 기실 그의 머릿속에는 오로지 자기 자신만이 있었다. 나는 그가 무언가를 시험하듯 나와 결혼했다는 것을 알게 되었다. 우리는 하루가 멀다 하고 싸움을 벌였다. 윤과 언쟁이 일어날 때마다 나는 벽에 머리를 부딪치고 짓이기며 자해했다. 윤은 그런 나를 무시했고, 나중에는 두려워했다.

시원이 일곱 살 되던 해, 윤과 크게 싸운 나는 아이를 데리고 도망치듯 집을 떠났다. 시원은 영문을 몰랐고, 여행이라도 가는 것처럼 좋아했다. 터미널에서 버스를 타고 한참을 달려 남해의 바닷가에 도착했다. 해변의 낡은 모텔 주인은 어린아이와 함께 온 여자에 대한 의심의 눈초리를 지우지 못했지만 결국 방을 내주었다.

"여기가 어디야?"

방에 들어와 무너지듯 주저앉는 나를 보고 시원이 물었다.

"당분간 이곳에서 지낼 거야. 엄마 조금만 자고 일어날게. 괜찮지?"

시원은 고개를 끄덕이더니 제 가방에서 구슬과 실을 꺼내 목걸이를 만들기 시작했다. 나는 이불을 깔고 눕자마자 잠이 들었다. 잠에서 깼을 때는 자정이 다 되어 있었다. 한쪽에서 웅크리고 잠든 시원을 똑바로 눕히고, 구슬로 만든 목걸이들을 치웠다. 텔레비전을 끄자 바로 옆에서 파도 소리가 들렸다.

우리는 그 모텔에서 사흘을 지냈다. 겨울의 해변은 고요했고 오가는 사람이 없었다. 시원은 처음으로 활어회를 먹어보았다. 처음에는 질색하더니 고소하다며 곧잘 받아먹었다. 모텔 주인의 손녀와 친해져서 같이 어울려 놀기도 했다. 빨래를 못해서 옷이 금세 더러워졌지만 근방에서는 상점을 찾을 수가 없었다. 시간이 느리게 흘렀다. 피딱지가 굳은 머리가 욱신거렸다.

나는 며칠째 꺼두었던 휴대폰을 켰다. 시원이 바다 앞에서 조개껍데기를 줍는 동안 최와 통화했다. 당시 그와 나는 종종 전화를 주고받는 사이일 뿐이었지만, 어쩌면 그 이상의 위로를 구했는지도 모르겠다. 최는 내 상태를 염려했고 직접 나를 만나러 오고 싶어했다.

"모르겠어요."

시원이 파도 앞으로 다가서는 걸 보고 나는 "가까이 가지 마!"라고 소리를 질렀다.

"오면 좋겠지만, 아무래도 아이 때문에 신경이 쓰일 거예요."

나는 그렇게 말하면서도 최가 오기를 바랐다. 일단 최가 오면 시원을 모텔 주인과 그 손녀에게 한나절 맡겨둘 수도 있다고 생각했다. 최는 세미나를 핑계로 하고, 하루 시간을 뺄 수 있을 거라고 말했다. 아내에게 거짓말을 하고 온다는 말에 관계의 추가 기울었다. 그것은 불온한 것이었지만 순식간에 내 몸을 덥혔다. 그의 실없는 농담에 나는 목을 울리며 웃었다. 그때 파도가 거칠게 아이를 덮쳤다. 나는 비명을 질렀다.

파도는 시원을 머리끝부터 발끝까지 핥아낸 후 물러갔다. 아이는 물에 흠뻑 젖은 꼴이 되었다. 순식간에 아이의 얼굴이 파랗게 변하는 것이 보였다. 나는 시원을 안고 정신없이 달려 모텔로 돌아왔다. 욕조에 아이를 내려놓고 따뜻한 물을 받았다. 몸이 차갑게 굳은데다 젖은 옷이 쓸려 잘 벗겨지지 않았다. 옷을 잡아당길 때마다 아이는 아프다고 소리를 질렀다.

"가만히 좀 있어!"

나는 날카롭게 소리쳤다. 시원은 덜덜 떨면서 흐느껴 울었다. 아이가 진정된 후 보니, 내 옷 역시 흠뻑 젖어 있었다. 나는 모텔 주인에게서 전기난로를 빌려왔다. 옷을 말리는 동안 난로 앞에서 시원과 속옷 바람으로 열을 쬐었다. 아이는 벌겋게 달아오른 얼굴로 잠이 들었다.

다음날 우리는 집에 돌아올 수밖에 없었다. 전날 시원이 난로에 팔을 데었던 것이다. 아이의 팔에서 투명한 진물이 흘러나왔다. 시내의 병원에 가서 붕대를 감고, 약을 받고, 버스 터미널로 향했다. 시원은 그동안 만든 목걸이와 팔찌를 주렁주렁 몸에 감았다.

나는 매표소 앞에서 최에게 전화했다. 만나지 못할 거라고, 집으로 돌아간다고 하자 최는 순순히 알았다고 대답했다. 차라리 잘되었다고 생각하는 듯했다. 전화를 끊고서도 나는 한동안 멍하니 서 있었다.

버스를 타고 집으로 돌아오는 길, 시원은 내게 말했다.

"엄마, 바다는 왜 그렇게 차갑지? 정말 온몸이 얼어붙을 정도로 차갑더라고."

나는 자는 척 눈을 감고 있었다. 아이는 내 손을 잡고 흔들었다.

"그렇게 추운 곳에서 산다니 정말 불쌍해. 어떻게 물고기들은 죽지 않는 거야? 어떻게 그 속에서 사는 거야?"

"조용히 해."

나는 눈을 뜨지 않고 말했다.

"십 분만, 아니 오 분 만이라도. 제발 부탁이야."

시원은 잠시 굳은 듯 얼어붙었고, 다음 순간 내게서 손을 떼어냈다. 나는 집으로 돌아가고 싶지 않았다. 내 삶의 어느 부분으로도 다시 돌아가고 싶지 않았다. 내가 자신을 원망하고 있다는 것을, 아이도 알고 있었다.

그후로도 오랫동안 나는 윤과 헤어지지 못했다. 그의 무관심과 나의 집착이 합을 맞추어 그런대로 굴러갔던 것이다. 나는 마음을 작은 공처럼 만들어 윤에게 주었다 뺏기를 반복했다. 전부 무의미한 일이었다. 결국 별거가 시작되었다. 나는 일주일에 하루 최를 만나기 위해 집을 비웠다. 대신 시원을 봐주는 사람을 고용해야 했다. 시원은 내게 한 번도 그에 대해 묻지 않았다.

최와 헤어져 홀로 집에 돌아오는 길, 눈이 내리기 시작했다. 나는 사거리 공사장 앞에서 걸음을 멈추었다. 인부들이 웨딩홀의 간판을 떼어내고 있었다. 별 구경거리도 아닌 것을 보고 있는 사람이 나 말고도 몇 명 더 있었다. 그중 누군가가 웨딩홀은 곧 요양원으로 리모델링될 거라고 알려주었다.

횡단보도 건너편에서 우산을 쓰고 걸어오던 시원이 나를 보고 우뚝 멈춰 섰다. 아이 옆에 누군가 있었다. 키가 크고 눈썹이 짙은 남자아이였다. 말로만 듣던 남자친구를 실제로 보는 건 처음이었다. 남자아이는 예전 동네에서 버스를 타고 시원을 보러 왔다고 했다. 이제 막 집에 가려는 참이라고, 남자아이는 내게 꾸벅 고개를 숙여 보였다. 그애가 정류장으로 뛰어가는 모습을 시원은 말없이 바라보았다.

"호주에 가면, 남자친구랑은 어떻게 할 거야?"

집에 돌아오는 길에 나는 시원에게 물었다.

"……계속 연락해야지. 방학 때 놀러올 수도 있고."

시원은 작은 목소리로 말했다.

"그런 건 왜 물어봐, 보내주지도 않을 거면서."

"여행 삼아 다녀와. 단, 개학하기 전에는 돌아오는 거야."

시원은 믿기지 않는 듯 나를 보더니, 정말이냐고 몇 번이나 되풀이해 물었다. 집에 돌아온 아이는 방으로 들어가 누군가에게 전화를 걸었다. 김인지, 제 남자친구인지 알 수 없었다.

그날 밤 304호의 소음은 더욱 심각해졌다. 쉼없이 뭔가를 두드리고 부수는 소리에 나는 더 견디지 못하고 옆집에 찾아갔다. 컴퓨터 게임 배경음이 문밖까지 흘러나왔다. 초인종을 누르자 잠시 후 꺽다리 남자가 나왔다. 핏발 선 눈에 수염이 거뭇하게 자라, 남자는 전과 달라 보였다. 소음이 너무 심하다는 말에 남자는 알겠다고 중얼거리고는 사과도 없이 안으로 들어가버렸다. 그리고 얼마 안 되어 구급차가 요란한 소리를 내며 건물 앞에 도착했다. 303호 노파가 쓰러졌다고 했다. 노파는 들것에 실려 병원으로 갔다. 나는 노파를 다시 못 볼 거라고 생각했고, 아버지에게 그 사실을 알렸다.

새해 첫날은 무척 추웠다. 302호 여자는 아이들을 데리고 나를 찾아왔다. 강제퇴거 조치를 늦춰달라는 요지였다. 갈 곳이 없다고, 아이들도 자신도 뭘 먹지 못한 지 며칠이 되었다고 했다. 나는 여자와 아이들을 피해 밖으로 나왔다. 결국 그들은 초라한 살림살이와 집기들마저 차압당했고, 악다구니 끝에 집을 떠나야 했다. 나는 그 모습을 보기 싫어 온종일 집을 비웠다.

시원은 김이 있는 브리즈번에 한 달간 다녀오기로 했다. 근방의 학교를 돌아보고, 틈틈이 관광도 하는 일정이었다. 김이 모든 여정에 동행하기로 했다. 그는 아이의 비행기 티켓을 직접 사서 보냈다.

출국을 며칠 앞두고 나는 시원과 함께 옷을 사러 갔다. 일월이지만 호주는 한여름 날씨라고 했다. 일반 쇼핑몰에서는 여름옷을 구할 수 없어서 창고형 아웃렛 매장을 돌아다녀야 했다. 시원은 전보다 나긋나긋한 태도였지만, 필요 이상의 이야기는 하지 않았다. 떠나기 전까지 되도록 내 심기를 건드리지 않겠다는 식이었다. 소매가 없는 옷을 입고 거울 앞에 선 시원의 팔에 흉터가 드러났다. 오래전 모텔에서 전기난로에 덴 자국이었다. 하얗게 번들거리는 그 흉터에 대해 우리는 아무 말도 하지 않았다.

쇼핑을 마치고 밥을 먹을 때, 시원은 공항에 따라나올 필요 없다고 말했다. 같이 가겠다고 해도 이리저리 둘러대며 빠져나가려고만 했다. 아이가 한시도 나와 함께 있고 싶어하지 않는다는 걸, 다만 신속하게 떠나고 싶어한다는 걸 느낄 수 있었다. 언쟁을 벌이다 나는 화를 내고 먼저 자리를 떴다.

"아이를 좀 내버려둬."

최에게 전화하자, 그는 가볍게 말했다.

"그애는 이제 당신이 필요 없어. 그게 전부야."

최는 아내와 이십여 년간 결혼생활을 유지해왔고, 스무 살이 넘은 딸과 아들을 두고 있다. 그는 훌륭한 심리학자라 나의 불안을 해석할 수 있을지 몰라도, 그것을 경험해본 적은 없다. 그래서 최에게 한 번도 말할 수 없었다. 항상 딸애를 잃게 되지 않을까 두려웠다고. 불의의 사고나 질병이나 아니면 어떤 죽음이 내게서 그 아이를 빼앗아가고 말 거라는 생각에 시달려왔다고. 실제로 그런 상황을 수십 번, 수백 번 머릿속에서 그려보곤 했다. 왜냐하면 나는 그런 일을 당해 마땅하다고 생각했기 때문이다. 나는 단 한 번도 아이를 위해 나를 내어주지 못했기 때문이다. 나는 사랑에 완전히 실패한 여자이기 때문이다. 그러니 그애를 잃어버린다 해도 할말이 없었다. 나는 매를 기다리듯 이 순간을 기다려왔다.

그런데 왜 마지막 순간, 도망치고 싶은 기분이 드는 건지 알 수 없었다. 나는 아이를 잡아채 아무도 모르는 곳에 숨기고 싶었다. 저 높은 성 위에 가두고 싶었다.

늦은 저녁 집에 돌아왔을 때, 일층의 부동산 여자가 나를 보고 달려나왔다.

"왜 이제 오세요?"

여자는 나를 끌고 부동산으로 들어갔다.

"303호 할머니가 돌아왔어요."

"누구요?"

"앰뷸런스에 실려갔던 303호 할머니요. 아까 오후에 돌아왔어요. 하얗게 질린 얼굴로 비틀비틀 올라가는 걸 제가 봤거든요. 꼭 유령 같았어요. 낮에 들어간 이후로 집안에서 꼼짝도 안 하는 것 같아요."

나는 계단을 뛰어올라갔다. 303호의 벨을 눌렀지만, 잠잠하기만 했다. 나는 문을 두드렸다.

"할머니, 할머니 안 계세요?"

다시금 문을 두드려보았지만 역시 답이 없었다. 순간 그 안에서 누군가 휙 움직이는 소리가 들린 것 같았다. 하지만 그뿐 더이상은 아무 기척이 없었다. 나는 문고리를 잡고 거칠게 흔들어댔다. 굳게 잠긴 문은 미동도 하지 않았다.

그후 며칠간 나는 노파의 집을 밤낮으로 찾아갔다. 노파는 전화를 받지 않았다. 계약서를 쓴 노파의 아들 역시 마찬가지였다. 나는 노파와 숨바꼭질이라도 하는 것처럼 초조해졌다. 그러다 시원의 출국일이 다가왔다.

아직 해가 뜨지 않은 어두운 새벽, 나는 아이와 같이 공항에 갔다. 시드니 공항으로는 김이 마중나오기로 되어 있었다. 조금 이르게 도착한 우리는 커피숍으로 갔다. 나는 커피를 마시고, 시원은 샌드위치를 먹었다. 한입 가득 샌드위치를 먹던 시원은 갑자기 생각났다는 듯 제 가방에 달고 다니던 캥거루 인형을 떼어 내게 주었다. "내 생각나면 보라고." 아이는 전에 없이 홀가분해 보였다.

출국장 앞에서 시원은 내게 먼저 가라고 손짓했다. 나는 꼼짝도 하지 않았다. 아이는 뒤돌아 걸어갔다. 그 뒤로 굳게 문이 닫혔다.

공항에서 돌아오는 길은 안개로 자욱했다. 운전중 앞이 보이지 않아 한 차례 자동차가 휘청거렸다. 사방에서 경적을 울려댔다. 희미하게 두통이 시작됐다.

나는 집에 오자마자 303호로 갔다. 한차례 벨을 누르고, 응답이 없는 것을 확인한 후 마스터 번호를 입력했다. 그것은 건물 안의 모든 문을 열 수 있는 비밀번호였다. 하지만 번호를 입력해도 삑삑거리는 경보음만 날카롭게 울릴 뿐 문이 열리지 않았다. 안에서 누군가 이중 잠금을 해놓았다는 뜻이었다. 문 가까이 귀를 대보았다. 그 안은 깊은 바다처럼 고요하기만 했다. 그때, 어떤 냄새가 훅 끼쳤다. 하수구 냄새처럼 퀴퀴한 악취였다.

삼층 바닥과 계단을 세제로 닦고 락스를 풀어 한번 더 닦아냈지만, 냄새는 사라지지 않았다. 오후가 되자 뭔가 썩는 듯한 악취는 더 짙어졌다. 어둠 속에서 썩어가는 노파의 몸이 떠올랐다. 경직된 몸, 녹아 흐르는 살, 그에 꼬여드는 구더기떼…… 사체가 언제부터 시취를 풍기는지 나는 몰랐다. 어쨌든 더는 기다릴 수 없었다.

나는 열쇠 수리공을 불렀다. 그는 일이 밀려 퇴근 시간 이후에나 올 수 있다고 했다. 시간이 지날수록 날카로운 것으로 머리를 쪼는 것처럼 두통이 심해졌다. 통증은 한군데 머물지 않고 곳곳을 돌아다녔다. 눈두덩과 귓가를 구멍이라도 낼 것처럼 쑤셔댔다.

열쇠 수리공은 열시가 넘어서야 도착했다.

"늦어서 죄송합니다. 세상에 잠긴 문이 얼마나 많은지 모르시죠?"

나는 그의 우스갯소리를 무시하고, 빨리 문을 열라고 재촉했다.

"아무리 건물 관리인이라고 해도 까닭 없이 세입자 문을 부수고 들어가면 불법입니다."

"안에 생명이 위독한 노인이 있어요."

나는 짓씹듯 말했다. 냄새는 두통을 악화시켰고 나를 미치기 직전까지 몰아가고 있었다. 머릿속이 조각조각 잘려나가는 것 같았다. 열쇠 수리공은 별말 없이 도어록을 해체하기 시작했다. 센서 등이 켜졌다 꺼졌다 해서 그의 작업용 램프를 내가 직접 들고 있어야 했다. 도어록은 요란한 경보음을 울리다가 이내 분해되었다. 덜컥 소리를 내며 문이 열렸다.

나는 성큼성큼 집안으로 들어갔다. 어둠 속을 헤집으며 벽의 스위치 버튼을 눌렀다. 순식간에 방안이 환히 밝아졌다. 열 평이 조금 넘는 공간이라 집안이 한눈에 들어왔다. 이인용 식탁, 패브릭 소파, 목재 옷장, 그리고 침대. 그곳에는 아무도 없었다. 허무하리만치 텅 빈 방이었다. 열쇠 수리공이 뒤에서 혀를 찼다.

"노인이 있다더니 있긴 뭐가 있소?"

그때 방구석에서 어떤 소리가 났다. 숨을 들이마시는 소리, 아니 숨을 참는 소리였다. 나는 천천히 소리가 나는 쪽으로 다가갔다. 옷장 문이 살짝 열려 있었다. 그 안의 어둠으로 빛이 새어들어갔다. 캄캄한 가운데 반짝이는 두 쌍의 눈, 웅크린 팔과 다리가 보였다. 나는 옷장 문을 힘주어 열었다. 아이들이 있었다. 더럽고 야윈 아이들. 강제퇴거된 302호의 아이들이었다.

"할머니가 여기 있어도 된다고 했어요."

남자아이는 두려움에 나와 눈을 마주치지 못하면서도 떨리는 목소리로 말했다. 여자아이는 제 오빠 뒤에 숨어 얼굴도 내밀지 않았다.

"너희 엄마는 어디 계시니?"

"아빠를 찾아온다고 잠시만 우리끼리 있으라고 했어요. 파출소에서 우리를 맡아줄 거라고, 엄마가 그 앞에까지 데려다주고 갔는데…… 무서워서 도로 나왔어요. 할머니 집에는 전에도 온 적이 있어요. 그래서 왔어요. 할머니가 여기 있어도 괜찮다고 했어요."

"구급차가 왔을 때는……"

"제가 신고한 거예요. 할머니가 갑자기 숨을 못 쉬었거든요."

나는 아무 말도 하지 못하고 아이들을 바라보았다.

"우린 잘못 없어요. 할머니가 퇴원하고 와서 우리한테 계속 이 집에 살라고 했어요. 냉장고에 있는 건 뭐든지 먹어도 된다고, 들키지만 말라고 했어요. 할머니가 혼자 짐을 싸서 나간 거예요."

"어디로?"

"몰라요. 우리가 어떻게 알아요?"

그때까지 꾹꾹 참고 있던 여자아이가 숨죽여 울기 시작했다. 소란이 계속되자 사람들이 몰려들었다. 304호 남자도 문을 열고 나왔다.

"이게 무슨 냄새야."

열쇠 수리공이 코를 잡고 뒤로 물러섰다. 304호 집안은 쓰레기로 가득차 있었다. 비닐봉지, 통조림 캔, 플라스틱 용기, 곳곳에 눌어붙은 음식물 쓰레기에서 악취가 흘러나왔다.

나는 두 아이를 데리고 집을 나섰다. 아이들을 도로 파출소에 데려다주는 것 말고는 다른 방법이 떠오르지 않았다. 문을 닫고 들어가버린 304호 남자를 어떻게 처리해야 할지도 알 수 없었다. 아버지가 이 사실을 안다면 가만히 있지 않을 것이다. 머릿속이 뒤엉켜 제대로 된 생각을 하기가 힘들었다. 누군가와 잠시라도 대화를 나누고 싶었다. 최에게 전화를 걸었지만, 그는 받지 않았다.

파출소까지는 먼 거리가 아니었다. 가파른 내리막길을 지나 찻길을 건너기만 하면 되었다. 나는 아이들을 앞세우고 터덜터덜 길을 걸어내려갔다. 둘 다 겨울 외투로는 너무 얇은 겉옷을 입고 있었다. 신호등 앞에서 내가 그 옷을 내려다보고 있을 때였다. 남자아이가 여자아이를 끌고 냅다 달리기 시작했다. 그애들은 웨딩홀 공사장 안으로 달려들어갔다. 나는 아이들을 뒤쫓아 달렸다.

공사장 입구에는 크고 작은 자재들이 쌓여 있었다. 가까스로 그것들을 피해 안으로 들어가니 텅 빈 공터가 나왔다. 아이들은 숨어 있지 않았다. 공사장 한가운데 붉게 일렁이며 타고 있는 드럼통의 불길 앞에 서 있었다. 그 앞에서 불을 쬐던 남자아이가 고개를 돌리고 물끄러미 나를 바라보았다.

불을 피운 이는 어디 갔는지, 그곳에는 아무도 없었다. 아이들과 나뿐이었다. 저멀리 땅바닥에 낙원웨딩홀의 간판이 쓰러져 있는 것이 보였다. 맥이 탁 풀린 나는 불가에 놓인 플라스틱 의자에 주저앉았다.

웨딩홀은 장식을 다 뜯어내고 페인트칠까지 새로 해서 연회색의 멀끔한 건물이 되어 있었다. 요양원에 어울리는 외관이었다. 자연스레 이 건물에 들어올 노인들이 떠올랐다. 시간표에 따라 잠이 들고, 잠에서 깨고, 배식을 먹고, 창밖을 보듯 벽을 보며 순서대로 죽음을 기다리는 노인들. 그것이 훗날 나의 모습이라고 해도 이상할 것은 없었다.

십오 년 전 나는 이곳에서 결혼했다. 아이를 임신한 채였고 곧 불행이 닥칠 것이라는 사실을 어렴풋이 짐작하고 있었다. 어쩌면 버진로드를 걸어가며 불가에서 온기를 찾는 중년의 여자를 환상처럼 보았는지도 모른다.

청량한 벨소리와 함께 시원에게서 문자메시지가 왔다. 잘 도착해서 아버지를 만났다는 내용이었다. 아이는 사진을 한 장 첨부했다. 시원과 김의 사진이었다. 아이는 제 아버지와 함께 말간 표정으로 이쪽을 보고 있었다. 적의가 없는 얼굴. 오랜만에 보는 딸아이의 얼굴이었다.

시원의 이름은 내가 지었다. 임신 당시 딸이라는 데 실망한 양가 부모님들은 아기 이름 따위 관심이 없었고, 김은 자신은 그런 데 소질이 없다면서 뒤로 내뺐다. 돈을 주고 이름을 받아오고 싶지는 않아 며칠 동안 사전을 뒤져보았지만 딱히 마음에 드는 게 없었다. 그러다 아이를 낳으러 갔다. 그런 고통은 처음이었다. 실신할 때마다 이대로 죽고 싶다고 생각했다. 하지만 그렇게 쉽게 끝나지 않았다.

꼬박 이틀을 진통한 끝에 아이는 한숨을 쉬듯 낮게 울며 태어났다. 검고 푸르고 주름진 아이의 얼굴을 본 순간, 시원始原이 떠올랐다. 아직 아무것도 담기지 않은 두 눈과 입술, 투명한 손과 발에 내가 그 이름을 입혔다. 그 이름으로 부를 때마다 아이가 응답하는 것도, 고개를 돌려 나를 보고 눈을 맞추는 것도 놀라웠다. 이제 그 시간은 지나가버렸다. 내 인생에 다시 그런 순간은 없을 것이다. 시원은 내게 돌아오지 않을 것이다. 나는 고통이나 후회 없이 그 사실을 깨달았다.

최에게서 뒤늦게 연락이 왔지만, 받지 않았다. 문득 두통이 사라진 것을 느낄 수 있었다. 차가운 바람이 머릿속을 통과하는 것 같았다. 불길은 어느새 조금 수그러들었고 남은 장작도 얼마 되지 않았다. 여자아이는 언제부턴지 꾸벅꾸벅 졸고 있었다. 남자

아이가 이제 가자는 듯 자리에서 일어났다. 하지만 나는 뭔가를 기다리는 사람처럼 망설이고 있었다. 뭘 기다리고 있는지 스스로도 알 수 없었다. 잠든 여자아이의 얼굴은 오래전 누군가의 얼굴을 떠올리게 했다. 그것은 나에게 간절한 마음이 들게 했고, 그래서 나는 견딜 수 없었다. 불을 피운 이는 끝내 나타나지 않았다. 나는 온기가 낭비되지 않도록 좀더 그곳에 머물고 싶었다.

| 작가노트 |

입김을 불며

이 소설은 줄곧 추위에 떨면서 썼다. 새 작업실이 야산 뒤편 응달에 지어진 원룸 건물이라 봄에도 보일러를 틀지 않으면 손발이 얼어붙을 정도로 추웠다. 해가 지면 무시무시한 웃풍이 들어와 뼈가 시렸다.

나는 작업실의 보일러를 트는 데 늘 인색했다. 한편으로는 사치와 낭비를 일삼으면서, 추위에 벌벌 떨며 글을 쓰는 나를 보고 주변에서는 코미디가 따로 없다며 혀를 찼다. 그러거나 말거나 작업실에서는 온수 한 번 쓰지 못하고 두꺼운 양말에 패딩 점퍼를 입고 지냈다. 집에서는 땀이 나도록 보일러를 틀면서 작업실에서는 그러지 못했다. 아마도 내가 하는 작업의 무용함 때문이었을 것이다. 생활에는 아무 쓸모 없는 일. 그것이 나의 일이다. 그래서 나를 벌주고자 했다는 말이 아니다. 오히려 그 반대다. 추위에 곱은 손을 펴도 좋았다는 말이다. 더이상 바라는 것이 없었다는 말이다.

소설 속 요양원은 딸애가 다니는 유치원의 옆 건물에서 영감을 얻었다. 뾰족한 첨탑이 궁전처럼 솟아 있는 그 건물은 한때 근방에서 가장 큰 웨딩홀이었지만 지금은 노인 보호 요양원으로 쓰이고 있다. 핑크색 구름이 장식된 창문으로 언뜻언뜻 보이는 노인들의 얼굴. 유치원에 딸애를 데려다주고, 데리러 올 때마다 나는 그 건물 주차장에 차를 댔다. 단 한 번도 평안한 심경인 적은 없었다. 늘 뭔가에 쫓기는 기분으로 아이를 이쪽에서 저쪽으로 옮겨야 했다. 홀로 멍하니 차에 앉아 있노라면 건물 안에서 나를 보는 노인들의 시선이 느껴졌다. 아무 호기심도 없는 말간 눈빛. 이미 모든 것을 잃고 지나간 자의 무심함이었다.

그 무렵에는 죽음의 장소에 대해 자주 생각했다. 익숙한 곳에서 내가 잘 아는 풍경 가운데서 죽고 싶다는 생각, 모든 이에게 그럴 권리가 있다는 생각, 최소한의 온기와 최소한의 예의에 대한 생각. 늘 그렇듯 나를 가장 두렵게 하는 것에 대해 쓰게 된다. 나는 사랑하는 사람들에게 용서받지 못할 것이 두렵고, 내게 남은 단 한 번의 기회를 날려버릴까봐 두렵고, 마지막에 후회할 것이 두렵다. 두렵다고 쓰면 조금 용기가 생긴다. 그래서 차가운 손에 호호 입김을 불며 계속 쓰게 된다.

지난해 어느 낭독회에서 이 작품을 읽은 누군가가 이 건물이 어디 있는지 정확히 짚어내 놀란 일이 있었다. 그럴 때면 소설은 홀로 쓰는 게 아니라는 생각이 든다. 사회라는 공동의 집에 대해

실감하게 된다. 올해는 힘겨운 일이 많았다. 우리 모두에게 어떤 식으로든 위로와 회복의 시간이 오기를 바란다.

| 리뷰 |

마침내, 고통이나 후회 없이

윤대녕(소설가)

「바다와 캥거루와 낙원의 밤」은 제목부터 회화적인 느낌을 물씬 풍긴다. 더불어 소설을 읽어나가다보면 한 편의 영화를 보는 듯한 '장면의 꿈틀거리는 연속성'을 확인할 수 있다. 이는 작가가 이 소설에서 '인물들이 활동하는 환경'으로서의 '공간'을 특히 중요한 장치로 활용하고 있음을 의미하는 것이기도 하다. 바다, 캥거루, 낙원…… 이들 요소들이 서로 화학작용을 일으키며 장면을 증폭시키고 또한 이야기 내부에서 울림을 조장한다.

우선 소설에 등장하는 인물부터 살펴보자. 주인공이자 화자인 '나'는 서른여덟 살로 대학 강사로 살아왔다. 어려서 어머니가 사망했고 아버지는 평생 철물점을 해서 번 돈으로 임대용 건물을 소유하고 있다.

'해피하우스'는 상가형 2호, 원룸형 7호, 투룸형 10호가 들어 있는 사층짜리 임대용 건물이었다. 경기도에서도 끝자락인 후락한 구도심에 있었지만 꾸준히 세입자들이 들어왔다. 아버지는 전부터 그 건물을 관리할 수 있는 자식에게 넘겨줄 거라고 말했다. 오빠와 남동생이, 실질적으로는 그들의 처가 번갈아 시험대에 올랐다가 나가떨어졌다. 아버지는 냉혹한 사람이었다.(173~174쪽)

그렇다면 '나'의 사정은 어떠한가. 스물세 살에 결혼해 이듬해 딸인 '시원'을 낳고 그해에 이혼했다. 당시 나는 시원을 데리고 아버지의 집으로 돌아와 공부를 다시 시작했으며 전남편인 '김'은 호주로 떠났다. 그리고 사 년 뒤에 나는 연극배우이자 극단을 운영하는 '윤'과 재혼을 했고 십 년 만에 두번째 이혼을 했다. 소설은 이 시점에서부터 시작된다. '나'는 오갈 데 없는 신세가 되어 이제 열다섯 살이 된 시원을 데리고 다시 아버지의 집으로 들어간다. 비록 원하는 바는 아니나, 삶의 기로에서 피할 수 없는 차선의 선택이 되겠다.

이사 후, 나는 건물 관리인으로서 세입자와 월세 관리를 맡았다. 매일 건물 복도와 계단, 도로변과 주차장까지 청소해야 했다. 아버지는 처음부터 그것이 조건이라는 걸 명시했다.(175쪽)

관리를 맡게 된 '해피하우스' 옆에는 공교롭게도 '나'가 첫 결혼식을 올린 '낙원웨딩' 건물이 위치해 있다. 그 건물은 현재 '요양원'으로 리모델링중이다. 또한 짐작했을 터, '해피하우스'에는 사회적으로 지극히 소외된 사람들이 들어와 살고 있다. 말기 암 환자인 할머니, 남편이 가출한 상태에서 어린아이 둘을 데리고 살아가는 여자, 밤마다 소음을 내는 히키코모리 남자, 그리고 '나'…… 이렇듯 작가는 삶의 막다른 지점에 이른 인물들을 등장시켜 이야기를 꾸려나간다. '관리'라는 말이 주는 어감만큼이나 삶이 강팍하기는 모두가 마찬가지다. '나'는 말기 암 환자인 할머니를 어떻게든 내보내야 하는 입장이고, 아이 둘을 데리고 사는 여자는 월세조차 낼 수 없는 형편이어서 쫓겨날 처지에 몰려 있다. 그런데다 유일하게 의지하는 존재인 딸 시원마저 호주에 사는 전남편에게 가려고 엄마 몰래몰래 준비를 하고 있다.

> "엄마도 내가 없으면 편하잖아. (……) 어려서부터 나를 먹이는 것, 입히는 것, 씻기는 것까지 늘 다른 사람 손에 맡겼잖아. 알아? 그때마다 정말 부끄러웠어. 내가 사라졌으면 싶었어."(184쪽)

'나'는 시원이 일곱 살 때 '윤'과 크게 싸운 후 떠났던 남해 바닷가를 떠올린다. 모녀가 낯선 모텔에서 사흘을 보냈던 겨울을. 그러나 이제 그런 시원을 더이상 붙잡을 수 없음을 '나'는 어렴풋이 깨닫게 된다. '나'와 오랫동안 은밀한 관계를 지속하고 있는 심리학자 '최'마저도 "그애는 이제 당신이 필요 없어. 그게 전부야"라고 냉정하게 말한다. "나는 사랑에 완전히 실패한 여자"라는 자탄은 그래서 더욱 독자의 마음을 흔들어놓는다.

이야기의 후반부에 이르러 말기 암 환자인 할머니는 자신이 입주해 살던 303호에 퇴거 조치를 당한 302호의 아이들을 몰래 숨겨주고 떠난다. 그사이 '나'는 딸 시원을 공항에서 호주로 떠나보내고 집으로 돌아온다. 그리고 열쇠 수리공을 불러 잠겨 있는 303호의 문을 열었을 때, 옷장 속에 숨어 있는 "더럽고 야윈 아이들"을 발견하게 된다. 경찰서로 데리고 가는 도중 아이들은 공사중인 '낙원웨딩' 안으로 달아나고 만다. 앞서 밝혔듯, 십오 년 전 '내'가 결혼을 했던 곳이고 곧 요양원으로 변할 곳이다.

> 공사장 한가운데 붉게 일렁이며 타고 있는 드럼통의 불길 앞에 서 있었다. 그 앞에서 불을 쬐던 남자아이가 고개를 돌리고 물끄러미 나를 바라보았다.
>
> 불을 피운 이는 어디 갔는지, 그곳에는 아무도 없었다. 아이들과 나뿐이었다. 저멀리 땅바닥에 낙원웨딩홀의 간판이 쓰러져 있는 것이 보였다. 맥이 탁 풀린 나는 불가에 놓인 플라스틱 의자에 주저앉았다.(199쪽)

그 순간 '나'는 호주로 떠난 시원을 떠올린다. 그제야 확연히 알게 된다. "시원은 내게 돌아오지 않을 것이다. 나는 고통이나 후회 없이 그 사실을 깨달았다."

이제, 비로소, 마침내, 완전히 혼자가 된 '나'. 그리고 그런 '나'의 앞에 웅크린 채 떨고 있는 버림받은 두 아이. 어째야 할까. 소설은 열린 결말을 택하면서 이렇게 마무리하고 있다.

불길은 어느새 조금 수그러들었고 남은 장작도 얼마 되지 않았다. 여자아이는 언제부턴지 꾸벅꾸벅 졸고 있었다. 남자아이가 이제 가자는 듯 자리에서 일어났다. 하지만 나는 뭔가를 기다리는 사람처럼 망설이고 있었다. 뭘 기다리고 있는지 스스로도 알 수 없었다. 잠든 여자아이의 얼굴은 오래전 누군가의 얼굴을 떠올리게 했다. 그것은 나에게 간절한 마음이 들게 했고, 그래서 나는 견딜 수 없었다. 불을 피운 이는 끝내 나타나지 않았다. 나는 온기가 낭비되지 않도록 좀더 그곳에 머물고 싶었다.(200~201쪽)

여기서 '나'가 어떤 선택을 할지 독자는 알 수 없다. '나' 역시 마찬가지다. 다만 그 순간의 '나'는 모든 것을 잃은 상태이고, 어쩌면 모든 것을 잃고 나서야 찾아오게 마련인 자신에 대한 텅 빈 수긍의 상태에 이르러 있는지도 모른다. 더이상의 "고통이나 후회 없이" 말이다.

이 소설의 미덕은 무엇보다 '이야기하기'에 충실한 작품이라는 것이다. 그런 만큼 작가의 공력이 곳곳에 스며 있음을 거듭 확인할 수 있다. 어쩌면 조금은 전형적인 '리얼리즘' 작품이라고 말할 독자도 있을 것이다. 하지만, 그렇다면 또 어떤가. 깊은 여운을 남기는 마지막 대목을 읽으면서 마음이 돌연 시큰해지는 것은 어쩔 도리가 없다. 화자(작가)의 서술 태도가 시종 차분하고 담담하기에 더욱 그렇다는 생각이 들기도 한다.

그리고 하나의 단순한 의문. 제목에서 '낙원의 밤'이 암시하는 바는 무엇일까. 다만 '낙원웨딩'의 그 '낙원'만은 아닐 터. 아마도 작가는 이 역설적이고 암시적인 제목을 통해 텍스트의 말미에 '공간'을 마련하고, 거기서 독자와 무언가를 뜨겁게 나누고 싶었던 게 아닐까 싶다.

최은미

내게 내가 나일 그때

작가노트

노트

리뷰 | 백지은

쓰고, 썼다, 읽는 동안

최은미

2008년 『현대문학』 신인추천에 단편소설 「울고 간다」가 당선되어 등단. 2014년, 2015년, 2017년 젊은작가상, 대산문학상 등 수상. 소설집 『너무 아름다운 꿈』 『목련정전(目連正傳)』, 장편소설 『아홉번째 파도』, 중편소설 『어제는 봄』이 있다.

내게 내가 나일 그때

창용이 오빠한테 전화가 왔다. 추석 연휴를 앞두고서였다.

모르는 번호로 걸려온 전화에서 창용이라는 이름을 들었을 때 유정은 처음엔 어리둥절했고 몇 초 뒤엔 깜짝 놀랐다. 하던 일을 멈추고 유정은 휴대폰을 두 손으로 잡았다.

"창용이 오빠? 그 창용이 오빠?"

그러고선 막상 별다른 말을 하지 못했다. 잘 지냈냐고 묻기에는 꽤 오랜 시간이 지나 있었던 것이다. 한 삼십 년? 어떻게 살았느냐고 묻는 게 더 어울릴 것 같았지만 그렇게 묻기에는 어떻게 살고 있는지에 대한 정보가 전혀 없었다.

창용이 오빠와 통화를 끝내고 나서 유정은 아이의 방으로 갔다. "소은아, 방금" 책상에 휴대폰을 괴어놓고 영상을 찍고 있던 소은이 휴대폰을 보면서 "응?" 했다. "방금, 창용이 오빠한테 전화가 왔어." 그 말에 소은이 헐, 하며 유정한테로 고개를 돌렸다. "창용이 오빠? 그 창용이 오빠?" 유정은 고개를 끄덕였다.

창용이 오빠가 누구인가. 아이가 어렸을 때 유정은 자신의 어린 시절 이야기를 시시때때로 짜내곤 했다. 소은은 전래동화나 유정이 급조한 이야기에는 별 흥미를 보이지 않았다. 자신의 엄마가 직접 등장하는 유정의 어린 시절 이야기를 좋아했다. 엄마가 어렸을 때 혼난 이야기, 어렸을 때 싸운 이야기, 어렸을 때 운 이야기, 어렸을 때 삐친 이야기, 어렸을 때 절교한 이야기. 거기엔 유정의 초등학교 친구들과 선생님, 동네 사람들과 가족들이 번갈아가며 등장했다.

엄마, 수정이 머리카락에 껌 붙은 얘기 해줘. 엄마, 유태가 코피 터진 얘기 해줘. 엄마, 창용이 오빠가 자전거 태워준 얘기 해줘. 네다섯 살 무렵의 소은은 수정이와 유태와 창용이가 자기 친구라도 되는 것처럼 그렇게 부르며 이야기를 졸랐다.

그 이야기들 속에서 창용이 오빠는 하나의 에피소드로만 등장했다. 유정이 4학년인가 5학년일 때, 아마도 4학년에서 5학년에 걸친 때, 언제까지인지는 정확하지 않지만 할머니가 돌아가신 4학년 여름방학 이후부터인 건 기억나는 그 무렵, 유정은 학교가 끝나면 혼자서 느지막이 집에 걸어가곤 했다. 그러면 창용이 오빠가 자전거를 타고 가다 "유정아" 하고 불렀다. 한 학년 위이던 창용이 오빠는 많지 않은 전교생 중에서 유정과 가장 가까운 이웃에 살았고, 그렇게 그 무렵 유정은 가끔씩 창용이 오빠의 자전거를 얻어 타고 집에 갔다.

어느 날 유정이 반 친구들, 그러니까 수정이 미진이 혜미 이런 애들이랑 교문 앞에 모여 있을 때였다. 자전거를 끌고 지나가던 창용이 오빠가 언제나처럼 유정을 보더니 말했다. "유정아, 타고 갈래?" 친구들과 서 있던 유정은 순간 어이가 없다는 표정을 지었고, 창용이 오빠를 향해 이렇게 쏘아붙였다. "내가 오빠 자전거를 왜 타?"

이 대목이 되면 소은은 미간을 약간 찡그린 채로 안타까우면서도 신나는 표정이 되어 유정한테 집중했다. 유정은 최선을 다해 그 시절로 돌아가선 내처 말했다. "내가 뭐 그동안 고마워서 탔는 줄 알아?" "그깟 자전거!" "흥!" 그러면 소은은 외쳤다. "엄마 진짜 못됐다!" "창용이 오빠한테 왜 그랬어?" "나중에 만나면 미안하다고 해." 그러면 유정은 알았어, 알았어, 하며 다섯 살 소은의 흥분을 가라앉히곤 했다. 그때만 해도 어떻게 알았겠는가. 창용이 오빠와 정말로 연락이 닿을 줄은.

"유태도 잘 있지?"

창용이 오빠가 유태 안부를 물었다.

"유태야 뭐, 잘살죠."

이런저런 소식을 묻고 전하면서 창용이 오빠는 한 달 전에 아버지 장례를 치렀단 얘기를 했다. 창용이 오빠의 아버지. 유정은 키가 크고 마르고 얼굴이 붉던 그 아저씨의 모습이 기억났다. 창용이 오빠의 아버지는 동네의 유명한 주정뱅이였다. 술에 취해 아무데서나 잠들었고 술에 취해 다리에서 떨어져 팔이 부러졌으며 술에 찌들어 간이 계속 쪼그라들었다. 유정은 그 아저씨가 한 달 전까지 계속 살아 있었다는 게 놀라웠다.

"나 아직 미산 산다, 유정아. 유태랑 한번 놀러와."

창용이 오빠는 자신이 "그냥 노가다"를 해서 먹고살고 있으며 아이들이 다섯 살, 일곱 살이라는 얘기를 했다. 와이프에 대해서도 짤막하게 한마디를 했다. 전화를 끊기 전에 유태의 전화번호를 물었고, 또 한번 말했다. 놀러오라고.

*

언제 한번 갈게요, 라고 말하면서도 유정은 정말로 창용이 오빠를 만나러 미산에 가게 될 거라고는 생각하지 않았다. 통화를 하고 두 달도 지나지 않아서 유태의 차를 타고 서울양양고속도로를 달리게 될 줄은 정말 몰랐다. 추석이 지나고 구월도 마저 지나고 시월도 막 지나서, 유정은 미산에 가고 있었다. 토요일이었고 십일월의 두번째 날이었다. 내설악 단풍객들이 미산으로 몰려드는 시기였다. 차가 막힐 거라며 유태는 아침 일찍부터 전화로 유정을 깨웠다.

조수석에 앉아 유태가 내비게이션에 도착지를 입력하는 걸 볼 때부터 유정은 뭔가가 마음에 들지 않았다. 그게 뭔지 딱히 잡히지 않아서 유정은 구리 톨게이트를 빠져나가기 전부터 하나씩 꼬투리를 잡고 있었다.

"야, 유태야."

"어."

“너 내가 사준 차량용 공기청정기 아직 설치 안 했니? 왜 안 했니? 내가 그거 한 시간이나 검색해서 고른 거야. 너랑, 올케랑, 내 조카의 건강을 위해서.”

유정은 글로브박스를 열어 이것저것 뒤적이다 탁, 소리가 나게 닫고는 운전중인 유태를 쳐다봤다.

“야, 유태야.”

“어, 왜.”

“넌 왜 맨날 그렇게 구부정하게 앉니? 조셉 필라테스 선생님이 그러셨어. 배는 근육으로 된 복대다. 배에 힘 좀 주고 앉아.”

요금소가 가까워졌는지 양옆으로 차들이 늘어났다. 유정은 의자에 몸을 파묻고는 눈앞 대시보드에 앉아 있는 주먹만한 아이언맨을 쳐다봤다.

“걔한테서 이상한 냄새 나.”

하이패스 차선으로 들어서며 유태가 피식 웃었다.

“누나, 그거 방향제야.”

유정은 커피를 한 모금 마시고 다시 등을 기댔다.

“그러니까 방향제는 설치하면서 내가 사준 공기청정기는 안 달았다는 거네. 유태야, 지금 향기가 중요하니? 공기 질이 중요하지?”

요금소를 나오자 흩어졌던 차들이 다시 몇 줄로 좁혀들었고 유태는 속도를 높였다. 소소한 시비가 오갔지만 차 안의 기류는 나쁘지 않았다. 주말에 남편이나 아내나 아이 없이 어딘가를 가고 있다는 자체로 유정도 유태도 일단 휴가에 가까운 기분이었다.

게다가 그 옛날 같이 놀던 고향 오빠와 고향 형을 삼십 년 만에 만나는 날이 아닌가. 하필 이때에 미산에 가는 게 내키지 않았지만 어쩌면 내키지 않아서 유정은 충동적으로 가겠다고 했다.

“애들 용돈은 오만원짜리로 줘야겠지?”

유태는 창용이 오빠의 가족들도 같이 만나는 게 신경이 쓰이는 모양이었다.

“창용이 형 와이프 말이야, 형수라고 부르면 되겠지? 나보단 당연히 어리겠지?”

“야, 유태야.”

“어.”

“시끄러워.”

유정은 고개를 오른쪽으로 돌려 괴고 창밖을 보았다. 차가 경춘북로로 들어서고부턴 바로 눈앞으로 키 큰 나무들이 지나갔다. 가을 물이 한창이었다. 하늘은 구름 없이 맑았고 미세미세 앱도 파란색으로 최상이었다. 유정은 국도를 달리는 동안만이라도 가을 풍경에 넋을 놓아보고 싶었지만 초반의 꼬투리에 복수라도 하듯 유태가 잔소리를 시작했다.

“누나, 오늘 매형도 없고 소은이도 없어서 노파심에서 하는 얘긴데, 오늘만은 말이야, 다른 건 몰라도 지읒자로 시작하는 욕은 좀 참아줘.”

“뭐, 좆?”

유정은 커피를 들어 한 모금 마셨다.

“알았어. 삼십 년 만에 고향 오빠 만나는데 좆은 좀 그렇지. 좆

대신 족으로 할게."

"그거나, 그거나."

"야, 유태야, 족이랑 죶이 같니?"

"지난번 추석 때도 그래. 매형이랑 소은이랑 다른 식구들 있을 땐 아무 소리 안 하다가 집에 나만 남으니까 아주 막말을. 누나는 만만한 게 나밖에 없지."

"유태야."

유정은 커피를 홀더에 내려놓았다.

"아니다."

무슨 말인가를 하려다가 유정은 창밖을 보았고, 잠시 뒤 휴대폰을 집어들었다. 마석터널을 지나는가 싶었는데 휴대폰에서 고개를 들어보니 어느새 산은 멀리 물러나고 단조로운 도로가 직선으로 이어지고 있었다. 서울양양고속도로로 들어선 것 같았다. 한참을 말없이 운전만 하던 유태가 갑자기 기지개를 켜듯이 아아— 하는 소리를 냈다.

"아아— 삼십대가 두 달밖에 안 남았다니."

그러더니 들으라는 듯 숨을 크게 내뿜었다. 유정은 유태를 힐끗 쳐다보곤 고개를 돌렸다. 어쩌라는 건지. 유정은 하던 검색을 계속했다. 유정의 오늘 관심사는 내린천휴게소였다. 산천을 내려다보며 공중에 떠 있다고 알려진 휴게소였다. 양방향 통합형에 독창적인 디자인으로 설계되었다는 휴게소. 실내의 어디에서도 다리와 도로의 불빛을 조망할 수 있다는 휴게소. 하지만 운전자들은 그닥 들어가고 싶어하지 않는다는 휴게소. 바로 미산 그 동네의 허공에 세워진 휴게소였다.

이 년 전 서울양양고속도로가 동홍천에서 양양 구간을 추가 개통한 뒤로 유정은 미산에 가보지 않았다. 그 구간은 유정이 열두 살 때까지 살았던 동네 위를 지났고, 동네가 내려다보이는 곳에 터널과 다리와 상공형 휴게소를 만들어놓았다. 유정의 오늘 목표는 동네로 내려가지 않고 내린천휴게소에만 머물다 오는 것이었다. 인제 인터체인지에서 곧장 휴게소로 들어가 거기서 창용이 오빠의 가족들을 만나고 다시 인터체인지로 빠져나와 서쪽 도로를 타고 돌아오는 것. 창용이 오빠는 집으로 오라고도 했고 이장님네 식당에 가자고도 했지만 피차 부담이었다. 내린천휴게소에는 실내놀이터도 있고 널찍한 푸드코트에 전망 카페는 물론 인제의 특산 맛집들도 있었다.

"근데 술을 안 파네. 황태집도 있고 두부집도 있는데 휴게소라서 술을 안 팔아."

유정이 검색창을 닫으며 말했다.

"이래저래 잘됐네. 내 생각에도 휴게소가 딱이야. 매형도 없고 소은이도 없는데 누나가 술까지 먹으면 내가 그 뒷감당을 어떻게 해."

"야, 유태야, 니가 나를 감당해본 적이 있기나 하니?"

"서울서 같이 자취할 때 기억 안 나나보네. 누나가 술 먹고 툭 하면 그 노래 있잖아, 왁스의 〈화장을 고치고〉, 내가 그때 생각만 하면 진짜."

그 말에 유정은 허리를 굽히며 호호호호, 웃었다.

"야, 유태야, 내가 그 노래 끊은 지가 언젠데. 넌 나를 너무 몰라."

유태가 피식 소리를 냈다.

"내가 누나를 왜 몰라. 누나가 스트레스 받으면 뭐부터 찾는지 내가 제일 잘 알걸? 나는 누나가 어디에 뭘 숨겨놨는지 다 알아."

유정은 이번엔 좀 길게 흐흐흐흐흐흐, 웃고는 정색을 하고 유태를 쳐다봤다.

"야, 유태야."

"어."

"아는 척하지 마. 족같으니까."

유태가 입을 꾹 다물더니 1차로로 차선을 바꿨다.

"야, 유태야."

"아, 왜."

"말 나온 김에 〈화장을 고치고〉나 한번 듣자."

"싫어. 그 노래 싫어. 전주만 들어도 싫어!"

유태가 고개를 흔들어댔다. 확실히 평소보다 오버스러운 반응이었다. 사실 유태는 출발 전부터 어딘지 모르게 들떠 있었다. 어쩌면 추석 때부터 이미 그랬다. 가족 단톡방에 방정맞은 이모티콘을 올려대며 기분을 감추지 못했다. 유태는 오늘 창용이 오빠를 만나기 전에 볼일이 하나 있었다. 땅을 계약하기로 한 것이다. 그렇다. 유태는 고향에 땅을 사고 있었다. 고속도로 개통 전에 인제 인터체인지 근처에 사백 평을 샀고 이번엔 내린천이 내려다보이는 곳에 육백 평을 사기로 되어 있었다. 고속도로 건설 계획이 발표될 즈음에, 착공이 시작되기 전에, 개통 직전에, 유태는 땅을 보러 다녔고 회사 부장님과 회사 후배에게 소개를 시키기도 했다. 양양에서 미산을 오가며 유태에게 토지 매매 정보를 알려주는 것은 막내 삼촌인 재상이 삼촌이었다.

"멀미 나?"

터널이 자주 나오기 시작하자 유태가 물었다. 도로 옆의 산세가 험해지는 걸 보니 홍천쯤으로 들어선 것 같았다.

"유태야. 이참에 다 말해봐. 누나 어떤 게 또 맘에 안 드는지. 다 말해, 다."

유태는 이런 말에 잘 걸려들었다.

"누나는 같은 말을 두 번씩 할 때가 있어. 그것도 바로 이어서."

"내가 그런 최악의 버릇이 있을 리가 없어."

"소은이한테 한번 물어봐."

터널 안에서 깜빡이도 없이 차 하나가 시야를 치고 들어왔다. 눈앞으로 그 차가 계속 보이자 유정은 차를 물고 늘어지기 시작했다. 저건 족이 하는 운전이야. 차체만 봐도 족의 기운이 느껴져. 저거 봐 저거. 미친 거 아니야? 내장이 한번 찢어져봐야 정신을 차리지.

유태가 한숨을 쉬더니 말했다.

"누나는 누나가 공격적인 건 알고 있지?"

유정은 대꾸를 하지 않았다.

유태가 이어 말했다.

"난 소은이가 걱정될 때가 있어."

그 말에 차 안의 기류는 갑자기 가라앉았다. 유정은 유태가 그 말은 하지 않는 게 좋았겠다고 생각했다. 이 대목에서 소은이 얘긴 하지 않는 게 좋았다. 유정은 잘 잡고 있던 무언가가 흔들리는 느낌이 들었고, 그래서 팔을 뻗어 차 창문 위의 손잡이를 잡았다. 길고 짧은 터널들이 계속해서 이어졌다.

터널은 계속 나왔고, 산도 계속 나왔고, 끝났는가 싶으면 다음 터널 입구가 또 나타났다. 터널을 열 개는 넘게 빠져나왔을 때 유정은 못 참고 소리를 질렀다.

"아이언맨 저 새끼 좀 어떻게 해봐. 눈에서 계속 불 나오잖아. 터널 지날 때마다 계속 나오잖아!"

유정은 정말로 멀미가 올라올 것 같았다. 유태는 LED 라이트가 어쩌니 직구가 어쩌니 하더니 그게 보배드림 일부 회원들한테만 돌아간 사은품이라고 했다.

"윽. 유태야."

유정은 긴급하게 유태를 부르며 입을 틀어막았다.

"나 니 차에 토해도 돼?"

유태가 사색이 되더니 재빨리 도착 시간을 확인하는 게 보였다. 유정은 입을 막았던 손을 풀고는 유태를 쳐다봤다. 유태한테는 이런 협박이 먹혔다. 가증스러운 새끼. 내린천휴게소가 이 킬로미터 남았다는 표지판이 지나갔다. 곧 차에서 내릴 수 있다는 것만 생각하며 유정은 속을 눌렀다. 창용이 오빠네와의 약속 시간은 한 시간이 좀 넘게 남아 있었다. 유태가 슬쩍 눈치를 보더니 땅 계약하는 데 같이 가겠냐고 물었다. 유정은 대꾸 없이 유태를 쳐다봤다. 그걸 물어봐야 아느냐는 표정으로.

*

코끝에 와닿는 공기를 가늠하며 유정은 이맘때라고 생각했다.

유정은 이맘때의 공기를 알고 있었다. 갑자기 아침이 확 추워지는 때였다. 자고 일어났는데 잠들기 전하고 기온이 너무도 다를 수 있는 때. 바람이 반나절만 불었는데도 나뭇잎이 다 떨어져 내릴 수 있는 때. 눈앞의 산과 주차장을 둘러싼 나무들을 보면서 유정은 가깝고 먼 이맘때들을 떠올렸다.

일 년 전 이맘때, 유정은 동네의 익숙한 길을 지나다니면서 길지 않은 산문 한 편을 썼다. 청탁서가 왔던 구월과 글을 쓰던 시월, 십일월, 송고를 하고, 교정 파일을 주고받고, 글이 실린 겨울호 문예지가 우편함에 도착하던 초가을부터 초겨울까지의 시간들이었다. 두세 달의 시간 동안 유정은 소은에게 독감 주사를 맞히고, 에어코튼 레깅스를 주문하고, 글을 쓰고, 두부를 구워먹고, 핑크뮬리를 보러 가고, 글을 쓰고, 같은 반 남자아이가 소은에게 '못생겨타 ㅅㅂ'라고 보낸 문자를 보고, 담임선생님과 상담을 하고, 글을 쓰고, 문학상 수상 축하 메시지들을 받고, 감사의 답을 하고, 글을 썼다.

유정은 청탁 취지문에 있던 문장들을 아직 기억하고 있었다. '창작자로서 당신이 부딪히는 표현할 수 없는 것은 무엇입니까.'

'표현할 수 없는 것이 당신의 작업을 어떤 방향으로 굴절시킵니까.' 유정은 자신을 가장 부딪히게 하고 굴절시켰던 것에 대해 쓰고 싶었고, 그래서 썼지만, 일 년이 지난 지금은 그 글을 쓴 것을 후회하고 있었다. 그리고 다시 미산에 와 있었다.

유정은 유태가 내려주고 간 양양 방면 뜰에 서 있다 휴게소 일층으로 들어갔다. 유태와 창용이 오빠의 가족들이 도착하고 나면 집에 돌아가기 전까진 혼자 있을 시간이 없을 거였다. 유정은 일층 카페에서 커피를 한 잔 사고는 아직 핼러윈 장식이 남아 있는 휴게소 여기저기를 둘러봤다. 층고가 높은 실내가 원기둥처럼 이어지다 사층 꼭대기에서 통유리 공간이 펼쳐지는 구조였다. 휴게소라기보다는 쇼핑몰 한쪽에 와 있는 것 같다는 생각을 하면서 유정은 에스컬레이터를 타고 사층으로 올라갔다. 서울 방면 주차장과 이어진 출입구로 나가니 꽤 크게 조성돼 있는 공원이 나왔다. 눈앞으로 미산의 산이 보였고, 터널에서 바로 뻗어나온 내린천교가 일층에서보다 가까운 눈높이로 건너다보였다.

유정은 빈 벤치를 찾아 앉고는 휴대폰에 메시지를 적었다.

'선생님, 미산에 잘 도착했습니다.'

등산복을 입은 사람들이 유정의 옆으로 무리지어 지나갔다. 유정은 몇 마디를 더 했다. 선생님, 내린천휴게소 화장실이 너무 좋아요. 입구에는 화장실 약도가 그려진 전광판이 있고요, 안에는 무선 감지 센서가 있어요. 차문이 여닫히는 소리들이 들렸다. 선생님, 여기에 있으니 꼭 미산이 아닌 것 같습니다. 그런데 눈앞에 있는 저 산을 보니, 미산이 맞는 것도 같아요.

벤치형 그네 쪽에서 아이 둘이 뛰어다니는 게 보였다. 작은아이가 큰아이를 쫓아가다 주저앉아서는 "마해줘. 마해줘." 하며 떼를 썼다. 리을 발음이 안 되는 걸 보니 네다섯 살 정도인 것 같았다. 아이들을 쳐다보면서 유정은 몇 마디를 더 했다. 소은이도 저맘때 저랬습니다, 선생님. 오로라를 오요야라고 하고 사랑해를 사양해라고 하고.

"무슨 선생님?"

유태 목소리였다.

"혹시 조셉 선생님?"

떼를 쓰던 작은아이가 결국 울음을 터뜨리자 엄마로 보이는 여자가 그쪽으로 걸어갔다. 아이를 훌쩍 들어올려 안으며 여자가 이쪽을 보았다. 유태와 함께 있는 유정을 보더니 여자는 눈이 마주쳐서 어쩔 수 없다는 듯 어색하게 웃었다. 이어서 유정의 시야를 가리며 한 남자가 모습을 드러냈다. 남자가 "이야—"라고 하면서 유정 쪽으로 휘적휘적 걸어왔다. 유정은 벤치에서 일어났다. 남자가 다시 한번 "이야—" 하더니 유정의 어깨를 툭 쳤다.

"창용이 오빠?"

유정은 키가 크고 마르고 얼굴이 불그레한 사십 줄의 남자를 잠시 멍하니 쳐다봤다. 창용이 오빠는 모자를 막 벗고 나온 것처럼 머리카락이 조금 눌려 있었고 작업복처럼 보이는 반 집업 티셔츠에 넥 밴드 이어폰을 목에 걸고 있었다. 이어서 그네 쪽에 있던 아이 둘과 여자가 다가왔다.

유정은 창용이 오빠의 와이프를 보면서 반갑다고, 만나서 반갑다고 말했다. 인사를 나누는 동안 창용이 오빠 와이프가 유정의 머리와 귀고리와 트렌치코트에 빠르게 눈길을 주었다 거두는 게 느껴졌다.

내린천휴게소의 정수는 사층에 다 모여 있다며 창용이 오빠는 일행을 로컬푸드 건물 쪽으로 데려갔다. 실내의 푸드코트와 별도로 행복장터 옆으로 로컬푸드 식당 두엇이 문을 열고 있었다. 아이들은 실내로 들어오지 않고 바로 자작나무 시소 쪽으로 뛰어갔다. 일행은 밖이 환하게 내다보이는 통유리 옆의 테이블에 자리를 잡았다.

"애가 열두 살이라고? 다 컸네."

유정이 시소를 타는 아이들을 내다보자 창용이 오빠가 말했다.

"다 크긴요. 아직도 마트 가면 뽀로로주스부터 찾아요."

"열두 살이면 아직 애지 뭐."

창용이 오빠가 말했다.

"앤데, 요샌 또 틴트를 시뻘겋게 바르고 싶어서 아주 환장을 해요."

요새 애들이 빠르지 뭐, 하더니 창용이 오빠가 말을 놓으라고 했다. 마을에서 창용이 오빠의 가족들을 만나서 차를 같이 타고 올라왔다는 유태는 창용이 오빠를 삼십 년 만에 만난 게 아니라 삼십 년 동안 만나온 듯 굴었다. 창용이 오빠 와이프한테도 벌써 형수, 형수, 하며 실실거리고 있었다.

음식이 나오기 시작하자 창용이 오빠 와이프가 아이들을 불렀다. 아이들이 황탯국에 밥을 말아 몇 숟갈 뜨고 다시 뛰어나가자 창용이 오빠 와이프도 따라 나갔다. 그러곤 주로 밖에서 시간을 보냈다.

이야기는 자연스럽게 그 옛날 미산으로 돌아갔다. 유태의 관자놀이에는 쥐불놀이를 하다 덴 자국이 아직도 남아 있었는데 유정도 창용이 오빠도 그날 같이 쥐불놀이를 했었다.

"오빠, 기억나죠. 유태가 깡통을 머리 위에서 신나게 돌리다가 갑자기 확 멈췄잖아요. 그러니 불이 머리로 떨어지지. 진짜 왜 그랬니?"

그때 깡통에 불을 담아 동네 아이들한테 하나씩 쥐여준 건 재상이 삼촌이었다.

"몰라. 왜 그랬지? 계속 돌리면서 천천히 내려놔야 한다고 삼촌이 분명히 말해줬는데."

그때 같이 놀던 친구들은 유정처럼 초등학교 고학년 때나 못해도 중학교 때는 춘천이나 서울, 강원도의 다른 도시로 이사를 갔다. 미산에서 고등학교를 마치고 여전히 미산에 살고 있는 건 창용이 오빠 외엔 거의 없었다.

"오빠. 미진이랑 상철이 기억나죠. 내가 수능 끝나고 걔네랑 연락이 돼서 춘천에 놀러갔었잖아요. 근데 상철이가요, 자기가 고3 때 원빈이랑 같은 반이었다고 계속 그 얘기만 하는 거예요. 배 타고 중도 들어가면서도 원빈 얘기, 닭갈비 먹다가도 원빈 얘기."

그러자 창용이 오빠가 집사람이 원빈을 좋아한다고 말했다. 유정은 자작나무 시소 쪽을 내다봤다.

"원빈 좋아하시는구나……"

주차장에서 나온 사람들이 식당 앞을 가로질러 가자 시야가 가려졌다.

"오빠, 나는 있잖아요."

유정은 한숨을 한 번 쉬고는 혼잣말처럼 중얼거렸다.

"나는요 요새, 아무도 좋지가 않아요. 아무도."

황태구이가 커다란 접시에 담겨 나왔다. 창용이 오빠가 접시를 밀어주며 먹으라고, 먹으라고 말했다. 양념장 냄새에 유태가 손뼉을 치며 젓가락을 들었다. 실내놀이터로 들어갔는지 자작나무존에는 창용이 오빠 와이프도 아이들도 보이지 않았다. 도착 때만 해도 등산객들이 많이 보이더니 지금은 가족 단위의 나들이객들이 더 보였다. 가을꽃 축제 홍보 게시판 뒤쪽으로 은행나무들이 노랗게 줄지어 서 있었다.

창용이 오빠가 식당 주인한테 뭔가를 더 주문하더니 너네를 만나서 참 좋다고, 오늘 기분이 너무 좋다고 말했다.

"나도 그래요, 오빠. 나도 참 좋아요. 날씨까지 좋아."

유태가 동탄에 산다고 하자 창용이 오빠는 군 제대 후 수원에 있는 도미노피자 매장에서 일했던 얘기를 했다. 그러다 안성으로 가 골프장 짓는 데서 잠깐 있었고, 객지 생활이 힘들어 일찌감치 미산으로 돌아왔다고 했다. 창용이 오빠는 인제 인터체인지로 이어지는 고가를 가리키며 저 도로를 내가 닦았지, 했다가 그냥 노가다 신세라는 말을 반복했다. 유태는 S사 과장의 고달픔을 늘어놓다가 다 때려치우고 미산에 와서 살고 싶다는 말을 했다. 오늘 계약한 땅에 집을 지을 거라고 했고 와이프가 요새 자기를 자꾸

갈군다는 얘기를 했다. 대기업 다니니까 대기업 다니는 와이프를 얻는구나, 창용이 오빠가 유태를 보며 말했고 유정을 보면서 어떤 글을 쓰느냐고 물었다. 창용이 오빠는 드라마 동백이 같은 걸 한번 써보라고 했고, 셋은 잠시 향미의 행방에 대한 이야기를 나누었다.

메밀전병과 함께 주인이 서비스라며 오미자절임을 내왔다. 창용이 오빠는 유정과 유태 쪽으로 자꾸 접시를 밀었다.

"재상이 삼촌을 만날 줄은 몰랐어. 유정이 너 5학년 마친 다음에 전학 가고 다음핸가, 유태랑 다른 식구들도 다 이사갔잖아."

부모님들끼리는 그후에도 경조사 때 종종 연락을 주고받은 듯했지만 그마저도 완전히 끊긴 건 십 년도 더 전이었다. 창용이 오빠가 유정의 연락처를 알게 된 건 두 달 전 인근 군의 지자체 행사장에서 재상이 삼촌을 만나서였다.

유정은 눈앞에 앉아 있는 마흔넷의 창용이 오빠를 보면서 삼십여 년 전의 인물, 아버지 술주정을 피해 유정의 집으로 건너와 울곤 하던 그 소년을 떠올렸다. 울음을 그친 창용이 오빠가 의기소침하게 앉아 있으면 재상이 삼촌이 이런저런 놀거리를 만들어서 유태와 유정과 함께 놀게 해주곤 했다.

유정은 어쩌면 그런 글을 쓰고 싶었다. 책이 나오면 창용이 오빠한테 택배로 보낼 수 있는 책. 유태한테, 엄마한테, 외가 친척과 친가 친척, 사촌동생들, 소은이 친구의 엄마들한테도 거리낌없이 선물할 수 있는 책. 유정은 죽기 전에 청소년소설을 꼭 한 번은 써보고 싶었고 거기에 남자 청소년이 등장한다면 그 모델은 늘 창용이 오빠일 거라고 생각해왔다.

"오빠."

유정은 유태한테 탕을 덜어주고 있는 창용이 오빠를 불렀다.

"응."

"그때 상처받았죠. 나 때문에."

"응?"

"내가 오빠한테 그깟 자전거라고 해서. 나 때문에 오빠 상처받았죠. 그쵸."

"니가 그랬어?"

"……"

유정은 젓가락을 내려놨다.

"그깟 자전거라고 했잖아요, 내가."

유정은 기억하고 있었다. 창용이 오빠가 그때 체육복을 입고 있었는지 겨울 점퍼를 입고 있었는지는 기억나지 않았지만, 교문 앞에 함께 있던 친구들이 수정이 미진이 혜미였는지 미진이 현정이였는지는 분명치 않았지만, 유정이 쏘아붙였을 때 창용이 오빠가 순간 뻘쭘해하던 것과 친구들 사이에서 유정이 스스로에게 느낀 당혹스러움, 그 순간의 그 복합적인 공기만은 기억하고 있었다.

"내가 너 몇 번 자전거를 태워주긴 했지."

"몇 번이 아니라 꽤 오래 태워줬어요."

그 무렵 유정은 집에 늦게 가려고 학교 청소함을 빙빙 돌곤 했다. 꽤 오래 그랬다.

"그깟 자전거가 아니라 그따위 자전거라고 한 거 아니야, 누나?"

먹는 동안 조용하다 싶던 유태가 냅킨으로 입을 닦으며 클클 웃었다.

"황태나 먹어 유태야."

유정은 유태가 구겨놓은 냅킨을 유태한테 던지고는 일어섰다.

*

내린천교의 교각은 반 정도만 눈에 들어왔다. 휴게소에 있으니 유정은 백 미터 높이라는 저 교각 아래에 마을이 있다는 게 실감이 되지 않았다. 사층 공원에서 나무 덱으로 뻗어올라간 곳에 야외 전망대가 있었지만 유정은 공원에 그냥 선 채로 전망대로 걸어가는 사람들을 쳐다봤다. 몇몇이 뒤를 돌아 일행에게 손을 흔들고는 다시 걸어올라갔고, 몇몇이 앞선 일행을 부르며 느린 속도로 뛰어갔다. 그 사이에서 자작나무 이파리들이 조용히 흔들리고 있었다.

산등성이에 걸쳐 있는 햇빛의 양을 보고 유정은 오후 네시쯤 됐겠구나 생각했고, 휴대폰을 보자 정말 네시였다. 어떤 감각들은 기이할 정도로 끈질기게 잠복돼 있다 이렇게 불쑥 능력을 발휘하곤 했다. 미산의 산을 보며 오후 전체를 보내는 게 열두 살 이후로 처음인데도 유정은 산등성이의 빛만 보고도 시간을 알아맞히는 것이다. 이제 저 산에 얼마나 빨리 저녁이 오는지, 얼마나 빨리 땅이 그늘지고 얼마나 급격히 기온이 떨어지는지, 매캐하고 메마른 공기가 어떻게 초겨울 대기를 채우며 어둠을 몰고 오는지 유정은 잘 알고 있었다.

일 년 전 이맘때 그 산문을 발표한 이후로 유정은 재상이 삼촌의 연락을 받지 않고 있었다. 마지막 통화는 수상 축하 전화였다. 잘했다고, 장하다고, 재상이 삼촌이 말했다. 유정은 감사하다고 말했다.

몇 주 뒤 소은과 함께 영화를 보고 나왔을 때 유정은 재상이 삼촌한테 부재중 전화가 와 있는 것을 보았다. 유정은 다시 전화하지 않았다. 며칠 뒤 다시 전화가 걸려왔다. 휴대폰에 뜨는 그 오랜 호칭을 내려다보면서 유정은 이전과는 또 다르게 자신을 눌러오는 이 새삼스러운 소름의 정체가 무엇일까 생각했다. 유정은 전화를 받지 않았다.

걸려오는 전화의 간격을 보면서 유정은 자신이 전화를 받지 않는 것에 대해 재상이 삼촌이 서운해하거나 괘씸해하고 있는 게 아닐까 생각했다.

며칠 뒤 재상이 삼촌은 유정의 엄마에게 전화를 해 유정의 남편 전화번호를 물었다. 엄마는 누구네 김장김치가 잘됐다거나 올해 무값이 비싸다는 말을 하듯 아무렇지 않게 그 말을 전하면서 재상이 삼촌한테 윤서방 전화번호를 가르쳐줬다는 말을 했다. 그러면서도 왜 재상이 삼촌의 전화를 받지 않는지 유정에게 묻지 않았다.

유정은 이전을 생각했다. 그 산문을 쓰기 이전. 친족 성폭력 얘기를 쓴 유정의 소설이 유정의 자전적 경험을 모티프로 한 것임을 밝히기 이전. 재상이 삼촌이 전화를 하면 받고 들렀다 가라고 하면 들르던 이전.

유정은 아무것도 알 수가 없었다. 가족들이 그 글을 읽은 것인지, 읽었다면 누가 읽고 누가 못 읽은 것인지, 그들이 알고 있는지, 모르고 있는지, 알면서 모르는 척하는 것인지, 글로 써서 발표까지 해놓고 왜 자신은 가족들한테 정식으로 얘기하지 못하고 있는 것인지, 직접 말은 못하지만 이렇게 썼으니 알아서 알아채주길 바라는 것인지, 계속 모르길 바라는 것인지, 아무것도 알 수가 없었다.

분명한 것은 가족들은 모두가 이전의 상태에 있고 유정 혼자 이후의 상태로 와 있다는 것이었다. 그 글을 쓴 뒤 유정은 더이상 이전처럼 그러려니가 되지 않았다. 하지만 유정 자신을 제외한 모든 상황은 이전 그대로였다. 그 불일치가 자신을 어떻게 휘저을지 유정은 그 산문을 송고할 때까지도 알지 못했다. 유정은 그 글을 써서 발표하는 것만으로도 무언가가 일단락될 수 있다고 생각했다. 삼십 년이나 지난 일 따위 이제 자신은 치고 나갈 수 있다고 생각했다. 크고 작은 타격이 온다 해도 유정 스스로 감당할 수 있을 거라고 생각했다. 그럴 근력이 이제는 있다고 생각했다. 피해 사실을 말한 뒤 새로운 상황이 시작될 거라고는, 이 경우에는 아닐 거라고 생각했던 것이다.

누군가 외투 끝을 잡아당기는 느낌에 유정은 뒤를 돌아봤다. 창용이 오빠의 큰아이였다. 일행들이 식당 밖에 모여 서 있었다. 유태가 얼른 오라고 손을 흔들었다.

유정은 나란히 서 있는 창용이 오빠 부부를 보면서 큰아이 손을 잡고 그쪽으로 걸어갔다. 밖에서 오래 놀아서인지 아이 손끝이 차가웠다. 유정이 다니던 초등학교의 병설유치원에 다니고 있는 아이였다. 자신이 매일 걸어다니던 교문 앞길을 이 아이도 매일 지나다니겠구나 생각하면서 유정은 일행을 따라 공원 쪽으로 걸어갔다.

곳곳에 해가 지기 직전의 빛이 낮게 내려와 있었다. 분수 물줄기처럼 하얗게 핀 무늬억새 사이에서 사람들이 계속 사진을 찍었다. 붉은 열매가 달려 있는 팥배나무 가지를 가리키면서 작은아이가 "아빠, 저거 따주세요" 하니까 창용이 오빠가 안 된다고 했다. 유태가 옆에서 걸어가면서 자기 아이와 같은 나이인 작은아이를 유심히 보았다. 아마도 유태의 아이는 내일부터 아빠한테 존댓말 훈련을 당하겠지, 유정은 유태의 뒤통수를 보면서 생각했다.

"근데 인제양양 터널이 정말 그렇게 길어요?"

도로 개통을 기념해서 세워놓은 조형물을 구경하다 유정이 묻자 창용이 오빠 와이프가 "끝이 없어요" 했다. "끝이 없구나……" 유정이 중얼거리자 큰아이가 그 터널에는 물방울도 있고 구름도 있다는 말을 했다. 운전자의 정신이 혼미해질까봐 터널 중간 중간에 디자인 조명이 있다고 창용이 오빠가 말했다.

조금 뒤처져 걸으며 일행들을 보고 있으니 유정은 어느 낯선 가족에 끼여 소풍을 온 듯 갑자기 가벼운 마음이 들었다. 그러자 오늘 중으로 미산을 무사히 떠날 수 있을 것 같다는 확신이 들었다. 문제될 것은 아무것도 없다는 강렬한 느낌. 조증 상태로 돌입

한 것이다.

창용이 오빠 와이프는 무릎을 덮는 니트 스커트에 크림색 슬립온을 신고 있었고 머리카락이 승모근 아래까지 길게 내려왔다. 집에서는 머리를 풀고 있을 짬이 없을 것인데 오늘 모처럼 풀고 나온 것 같았다. 이런 날은 사진을 찍어야 했다.

유정은 무늬억새 앞을 가리키며 창용이 오빠 와이프한테 아이랑 서보라고, 서보라고 말했다. 창용이 오빠 와이프가 어색해하면서도 아이와 함께 가서 섰다.

"요새 인싸맘들은 아이를 던지면서 찍는대요."

유정은 카메라 앱을 열며 말했다.

"던져보세요. 애를 던져보세요."

유태가 무슨 주책이냐는 표정으로 유정을 봤지만 유정은 좋은 사진이 나올 거라는 예감을 버릴 수 없었다. 창용이 오빠 와이프가 주위를 한번 보더니 아이의 겨드랑이에 양손을 끼우고 아이를 하늘 높이 던져올렸다. 아이가 까르르 하면서 엄마를 내려다보고 엄마도 고개를 젖히고 아이를 올려다봤다. 머리카락도 차르르 떨어지고 무늬억새는 눈이 부셨다.

유정은 사진이 너무 마음에 들었다.

다섯시가 막 넘었을 뿐인데도 해가 넘어가버리자 날은 금세 어둑해졌다. 아이들이 돈까스를 먹고 싶다고 했다. 유태도 푸드코트에서 전망을 보고 싶다고 했다. 밤이 되면 내린천교에 조명이 들어오는 것 말고는 볼 것이 아무것도 없다고 창용이 오빠가 말했다.

"맞아. 밤에는 산도 안 보여."

휴게소 실내로 들어가는 일행을 유정은 이번에도 좀 뒤처져 따라갔다. 편의점 옆의 캡슐토이 뽑기 앞을 지나며 아이들이 계속 뒤를 돌아보자 유태가 아이들을 데리고 그 옆의 동전교환기로 달려갔다. 유태가 지폐를 연이어 넣으며 레버를 돌리자 동전이 폭포수처럼 쏟아졌다. 아이들은 신나서 어쩔 줄을 몰라했다. 유태의 아이도 그 또래여서일까. 유태는 아이들이 뭐에 환호하는지 잘 알았다.

유정은 푸드코트 입구에 서서 커다랗게 걸려 있는 내린천휴게소 전경 사진을 쳐다봤다. 완전히 어두워지기 전의 저녁 무렵, 조명이 막 밝혀진 휴게소 건물을 상공에서 찍은 사진이었다. 비행접시 같기도 하고 야광 삼각자 같기도 한 기이한 건축물이었다. 유정은 허공에 떠 있는 저 삼각 접시의 어느 변에 유정의 일행이 서 있는 걸까 가늠해보다 푸드코트 안쪽으로 고개를 돌렸다. 좋은 자리를 막 잡았다는 표정으로 창용이 오빠 와이프가 유정을 부르고 있었다.

유정은 그쪽으로 걸어가면서 선생님한테 한번 더 중계를 했다. 선생님, 내린천휴게소 푸드코트가 너무 좋아요. 스타필드 푸드코트보다 열 배쯤 좋아요. 테이블이랑 의자가 너무 새것이고요, 약간 공항 느낌도 나고요, 천장에서 뭐가 자꾸 반짝거려요. 그리고 저분은 선생님과 나이가 비슷해 보여요.

통유리 맞은편 벽면 쪽으로 커다란 삼각창이 이어져 있었고 그 아래마다 팔인용 원형 테이블이 놓여 있었다. 정말 좋은 자리였다. 유정은 그 테이블 끝에 창용이 오빠 와이프와 잠시 마주앉아서 전광판의 대기 번호가 바뀌는 것을 물끄러미 쳐다봤다. 그러다 눈이 마주치면 조금 웃었고 다시 전광판을 쳐다봤다. 다음 번호에 창용이 오빠 와이프가 훌쩍 일어나 가버리자 유정은 테이블에 혼자 남았다. 아주 잠깐의 시간이 지났을 뿐인데도 삼각창 밖은 어둠이 몰려와 주유소 불빛과 인터체인지 불빛 너머로 산 윤곽이 빠르게 묻혀가고 있었다. 공원을 거닐던 것이 좀전의 저 밖이라는 게 믿기지 않을 만큼 그곳은 전혀 다른 좌표 위처럼 느껴졌다. 정신을 똑바로 붙들고 있지 않으면 울증 상태로 바로 곤두박질칠 수도 있었다. 되는 일이 아무것도 없을 것이며 아무것도 감당하지 못할 것이고 아마도 무슨 일인가를 저지를지도 몰랐다.

유정이 음식을 받아서 돌아오니 팔인용 테이블 중앙에서 작은 아이가 종알대고 있었다. 자기가 할 수 있다며 엄마의 밥을 비비더니 유태한테 만두 하나를 주면서 딸기맛이라고 우겼다. 맥락도 없이 토끼랑 어디를 가봤다는 얘기를 시작했고 다시 내가 한다고, 내가 한다고 떼를 썼다. 심술이 났나 싶었는데 금세 큰아이 손을 잡고 푸드코트 옆의 실내놀이터로 달려갔다.

사랑스러웠지만, 유정은 사랑스러운 아이들을 보면 급격히 침울해지곤 했다. 유정은 갑자기 소은이가 보고 싶었다.

아이들이 눈에 보이는 곳에서 놀고 있었기 때문에 이제 창용이 오빠 와이프는 아이들 핑계도 대지 못하고 테이블에 앉아 있어야 할 것이었다. 대홧거리가 필요하다는 생각이 들어 유정은 친구들의 연인이나 배우자를 소개받는 자리에서 종종 그랬듯 창용이 오빠의 어린 시절 이야기를 몇 개 꺼냈다. 당신의 배우자가 어린 시절에 어떤 개구쟁이였는지, 얼마나 어린이다웠고 어떨 땐 또 얼마나 의젓했는지. 하지만 유정은 창용이 오빠 와이프가 창용이 오빠의 어린 시절을 별로 궁금해하지 않는다는 걸 알 수 있었다.

유태라면 이런 자리에서 두 사람이 어떻게 만났는지 그런 걸 묻고도 남을 성격이었지만 유태는 그것에 대해 묻지 않았다. 아마도 창용이 오빠와 창용이 오빠 와이프는 지금껏 그런 질문을 한 번도 받아보지 않았을 가능성이 컸다.

"그래도 형수, 한국말 잘하시네요."

몇 마디 한 것도 없는데 유태가 창용이 오빠 와이프한테 그렇게 말했다.

"많이 늘었어. 너무 늘어서 탈이지."

창용이 오빠가 와이프를 보고 웃으며 말했다. 이어서 창용이 오빠는 큰아이가 태어났을 때 마을에서 잔치가 벌어졌던 얘기를 꺼냈다. 미산에서 육 년 만에 들린 아기 울음소리였다고 했다. 이 년 뒤에 창용이 오빠네서는 다시 아기 울음소리가 들렸고, 이후 오 년 동안 아기 울음소리가 안 들리자 마을 어르신들이 요새 들어 부쩍 셋째 낳으란 인사를 건넨다고 했다.

"형수가 아직 이십대신데 무슨 걱정이에요."

유태가 창용이 오빠를 보면서 말했다.

"미산에서 애 낳고 사는 형이 애국자다, 애국자야."

그러더니 유태는 잊고 있었다는 듯 점퍼 주머니에서 호두과자를 꺼냈다.

"드세요, 형수. 영자 미식회에 나온 거라길래 형수 드리려고 샀어요."

유정은 호두과자를 자기 쪽으로 당겨왔다.

"디엔 씨, 먹지 마세요. 저 새끼가 독 섞었을지도 몰라요."

유정은 진지하게 한 말인데 디엔 씨가 조금 웃었다.

막 걸음마를 시작한 아이 손을 잡고 한 남자가 테이블 옆을 지나갔다. 아기 띠를 한 여자가 음수대 쪽으로 급하게 걸어갔다. 더없이 어울려 보이는 연인이 이인 테이블에 마주앉아 우동을 먹고 있었다. 미산 같은 데서는 한 번도 살아보지 않았을 것 같은 곱게 늙은 부부가 막 자리를 찾아 앉는 게 보였다. 저 사람들은 여기에 왜 온 걸까, 유정은 문득 그런 생각이 들었다.

"미산이 정말 추워요."

유정과 유태가 미산의 추위를 익히 알고 있다는 걸 알고는 디엔 씨가 말했다.

"맞아요. 미산 정말 추워요."

유정은 그렇게 말하고 다시 삼각창을 보았다.

"하우양이라고, 처가가 거기야. 호치민에서도 한참 내려가."

창용이 오빠가 말했다.

유정은 또 불현듯 소은이가 보고 싶었다.

실내놀이터가 시들해졌는지 큰아이가 오더니 창용이 오빠한테 "아빠, 스티커북 사주세요" 했다. 작은 아이도 달려오더니 "아빠, 나도 사주세요" 했다. 창용이 오빠가 디엔 씨한테 만원짜리 한 장을 건넸다. 디엔 씨가 가자, 가자, 하면서 아이들을 데리고 편의점으로 갔다.

"형, 내년에 학부형이네?"

유태가 말하자 창용이 오빠가 한숨을 쉬었다. 디엔 씨가 애들한테 몇십만원짜리 전집을 사주고 싶어해서 허리가 휠 것 같다고 했다. 맥포머스 블록 얘기를 꺼냈을 땐 한바탕했다고 했다.

"한국말 늘더니 한국 여자들 하는 거 다 하고 싶어해서 큰일이다."

그러더니 창용이 오빠가 말했다.

"나는 그냥 노가단데."

유정은 창용이 오빠의 얼굴을 물끄러미 쳐다봤다.

"오빠. 일 끝나면 이장님이랑 술 먹지 말고 검색 좀 해요. 개똥이네 사이트 가면 중고 전집 싸게 나온 거 많아요."

그 말에 창용이 오빠가 유정을 보았다.

"유정이 넌 안 그러지?"

"……?"

"작가니까 비싼 전집에 안 낚이고 얼마나 알아서 책을 잘 사주겠어."

"……"

"애 밥 안 먹는다고 숟가락 들고 쫓아다니면서 안달하고. 유정이 넌 안 그럴 거 아니냐."

그렇게 말하며 창용이 오빠가 조금 웃었다.

유정은 의자에 등을 기대고 삼각창을 보았다.

뭔지 모르게 기분이 좀 족같다는 생각을 하고 있는데 유태가 자기 발을 가리키면서 창용이 오빠한테 무슨 말인가를 했다. 형, 누나는 족 말하는 거야, 족, 아마도 이런 식의 말을. 뭔가를 모르는 척하는 말을. 생각만 했을 뿐인데 저게 왜 저러나 싶어 유정은 유태를 불렀다.

"야, 유태야."

들리지가 않는지 유태가 대답이 없었다.

"유태야."

안 들리는 것 같았다.

유정은 부르기를 그만두고 다시 삼각창을 보았다.

유태와 창용이 오빠가 호두과자를 먹으면서 뭐라고 킥킥거리는 소리가 들렸다. 뚜렷이 잡히지 않는 그 킥킥거림을 듣고 있자 유정은 이상하게 발밑이 서늘해지는 느낌이 들었고, 갑자기 어떤 예감이 들었다. 곧 자신만 혼자서 어딘가로 이동할 것 같다는 예감. 소리없이 곤두박질치게 될 것 같다는 예감.

호두과자를 먹으면서 창용이 오빠가 유정을 보았다.

"유정이 넌 초등학생일 때도 뭐랄까, 분위기가 좀 남달랐잖아. 다른 애들이랑 달랐어."

"……"

"뭔가 좀 오묘한, 그런 게 있었어."

시간은 일곱시가 막 가까워지고 있었다. 밖은 완전히 어두워졌고 어두워질수록 삼각 접시만이 도드라지게 떠오르고 있다는 감각이 점점 분명해졌다. 유정은 발밑에 들어찬 허공이 어느 정도인지 알 수 없었다. 아이들이 스티커북 하나씩을 손에 들고 돌아왔다. 디엔 씨가 거스름돈 이천원을 창용이 오빠한테 건넸다. 그리고 유정을 보았다. 유정은 앉아 있던 자리에 그대로 앉아 있었지만 십 분 전과는 전혀 다른 좌표로 옮겨가 있었다.

첫날 했던 말을 생각해보라고 선생님이 말했다.

유정이 고개를 저을 때마다 선생님은 유정의 이름을 불렀다.

유정씨, 첫날 했던 말을 생각해보세요.

그러면 유정은 말했다.

선생님, 저는 무슨 말을 해야 할지 모르겠어요. 제가 여기에 오는 게 맞는지 모르겠어요. 이젠 그만 오는 게 좋을 것 같아요.

아무 말도 하지 않아도 됩니다.

선생님이 말했다.

그냥 앉아만 있다 가셔도 됩니다.

금요일 두시마다 한 시간씩 시간을 비워놓겠다고 선생님이 말했다. 유정 스스로 그곳까지만 걸어오라고 말했다. 전화까지는 하면서도 오지 않는 사람들이 너무 많다고 말했다. 그곳은 유정이 지금 살고 있는 동네에 있는 지하철역 근처의 한 상가건물 오층이었다. 흰색 원탁 테이블이 있었고 리모컨이 있었고 어피치가 그려진 정사각형 티슈통이 있었다.

그곳에 처음 전화를 했던 한 달여 전에도 유정은 말했다. 제가 여기에 전화하는 게 맞는지 모르겠어요. 유정은 그곳이 어떤 곳인지 알고 있었지만 자신이 그곳에 전화를 해도 되는지, 할 만한 것인지 판단할 수 없었다. 유정은 그때 무엇도 어떻게 할 수 없는 상태였지만 어떻게 하지 않으면 어떻게 될 것 같았기 때문에 집에서 가장 가까운 곳을 찾아냈다.

그때 유정이 붙든 생각은 하나였다. 노트북 앞에 앉아 글을 쓰는 것만으로는 타인으로부터도 자신으로부터도 스스로를 지킬 수 없다는 것이었다. 삼십 년 전의 시간들도, 일 년 전부터 시작된 새로운 상황도 유정은 더이상 감당할 자신이 없었다. 유정은 받아들여야 했다. 그동안 전전해온 육아 우울증과 부모 상담과 부부 상담과 만성적인 정신질환들이 아니라 어려서 받은 성학대, 그 문제를 직접적으로 마주하지 않고서는 아무것도 해결되지 않는다는 걸 받아들여야 했다.

그래서 유정은 전화를 했다. 저쪽에서 말했다. 네, 맞습니다. 여기에 전화하시는 게 맞습니다.

그곳에서 유정은 어쩌면 빠져나오고 있다고 생각한 질문으로 계속 되돌아갔다. 내가 왜 이런지 모르겠어요. 나는 왜 이런 걸까요. 내가 왜 이런 거죠? 그러니까 나는 왜 이러냐구요, 선생님. 나는 왜요. 왜 나한테. 왜 나는.

유정은 그런 자신이 한심하게 느껴졌다. 테이블 위에 놓인 질문에 제대로 답을 하지 않았던가.

'그 일이 일어나게 한 원인이 나에게 있다.'

매우 그렇다. 그렇다. 다소 그렇다. 조금 그렇다. 전혀 아니다.

유정은 그중 어디에 표시해야 할지 알고 있었다.

'내가 그렇게 행동했기 때문에 그 일이 일어났다.'

유정은 아니라고 답할 수 있었다.

'누군가 다른 사람이었다면 그런 상황에 빠지지 않았을 것이다.'

하지만 거기엔 아니라고 답할 수가 없었다.

유정은 거기에 아니라고 답해지지가 않았다.

유정은 자신이 무언가를 잘못하지 않았다는 건 납득할 수 있었지만 자신이 잘못된 존재가 아니라는 건 여전히 받아들이기가 힘들었다. 죄책감은 가까스로 넘어설 수 있어도 수치심은 여전히 거대한 벽이었다.

유정이 정신을 차리지 못하고 계속 고개만 젓고 있으면 선생님은 다시 유정을 불렀다.

유정씨, 유정씨는 그때 아동 여성이었고 가해자는 성인 남성이었습니다.

그러면 유정은 고개를 끄덕였다. 네, 선생님, 맞아요. 그렇습니다. 그래요, 선생님. 이건 누가 봐도 분명합니다. 맞아요, 선생님. 이건 웬만한 족들한테도 시원스레 합의가 되는 비참함일 겁니다.

그런데도요, 선생님. 그런데도, 그럼에도.

그럼에도 불구하고 유정은 자신이 늘 피하고 싶었던 벽 앞에 서면 선생님이 어떤 말을 해도 그 자리에 제정신으로 앉아 있기가 힘들었다. 선생님 얘기를 들을 땐 고개를 끄덕이며 수긍하다가도 집에 돌아와 혼자 남으면 다시 처음으로 되돌아갔다. 되돌아갈 때마다 유정은 자신을 오랫동안 파먹어온 그 끈질긴 충동을 제어하기가 힘이 들었다.

"오빠."

유정은 창용이 오빠를 불렀다.

실내놀이터에서 아이들이 트램펄린을 뛰고 있는 게 보였다. 조그만 몸들이 탄성을 받아 일정한 리듬으로 튀어오르고 있었다.

"내가 얼마 전에 술을 끊었거든요."

디엔이 저만치에서 텀블러에 물을 받는 게 보였다.

"왜 끊었는지 알아요?"

"왜 끊었는데?"

"술 먹으면 자꾸, 죽고 싶어져서요."

유정은 그 말이 얼마나 공허하게 흩어지는 말인지 알고 있었다. 하지만 유정은 그 말이 거기에 있는 사람 중 하나를 찌를 수 있다는 것 또한 알고 있었다. 유태는 더이상 웃고 있지 않았다. 유정이 스스로를 충분히 공격할 수 있다는 걸 유태는 아는 것이다. 그게 가족들한테 어떤 상처를 남길 수 있는지 유태는 이미 아는 것이다.

미산 내린천휴게소 사층의 삼각창 옆에서 그 말을 내뱉고 나서 유정은 다시 한번 깨달았다. 자신이 유태를 얼마나 다치게 하고 싶어하는지. 유정은 유태를 피 흘리게 하고 싶었다. 울음도 나오지 않을 만큼의 고통을 주고 싶었다. 유정이 마침내 무너지는 그 순간에 가장 힘들어할 사람이 유태이길 유정은 바랐다.

유정은 그대로 일어나 기다란 푸드코트를 걸어나왔다. 출입문을 열고 나와 전망대의 나무 덱을 빠르게 걸어올라갔다. 오후와는 비교도 안 되는 차가운 바람이 머리와 어깨로 쏟아져내려왔다. 전망대 끝까지 걸어올라가 유정은 난간을 붙잡고 섰다. 위를 보며 숨을 들이켰다. 어둠에 묻혀서 아무것도 보이지 않았지만 이 세상의 어떤 산과도 다른 경사를 가진 미산의 산이 앞에 있었다.

유정은 숨을 내뱉으며 뒤를 돌았다. 불을 밝힌 내린천휴게소가 눈앞으로 떠올라왔다. 거대한 진공관 같은 통유리 안에서 사람들이 천천히 흘러다니고 있었다. 유정은 숨을 몰아쉬면서 삼각 접시 아래의 고가도로를, 미산을 스쳐가는 차들을, 공원 위에 점점이 떠서 이쪽 길로 이어지는 가로등을 바라봤다. 나무 덱을 따라 누군가 위로 올라오고 있었다.

디엔은 유정의 얼굴을 한번 보고는 유정에게 유정의 휴대폰과 가방을 건넸다. 유정은 고맙다고 해야 할지 미안하다고 해야 할지 모르겠어서 그냥 고개만 끄덕였다. 그러고는 디엔과 잠시 십일월의 산바람 속에 서 있었다. 휴게소와 도로 불빛 너머로 터널 아치와 내린천교에 조명이 들어온 것이 보였다. 교각 기둥들도 희미하게 불을 밝히고 있었다. 저 불빛들 사이 어디쯤에 유정이 열두 살까지 살았던 마을이, 그리고 지금 디엔이 살고 있는 마을이 있을 것이었다.

유정에게 미산은 너무도 벗어나고 싶은 곳이었지만 또한 너무도 그리운 곳이었다. 그곳의 많은 것을 그리워하지 않으려고 애써왔지만 유정은 여전히 그곳의 많은 것들이 그리웠다. 이맘때의 마른 깻단 냄새가, 이맘때의 생무 냄새가, 새 공책 냄새가, 발을 씻던 따뜻한 물이, 어떻게 그리울 수가 있을까. 어떻게 그럴 수가 있을까. 어떻게 이럴 수가 있을까.

유정은 양손으로 얼굴을 덮고 서서 입김인지 소리인지 알 수 없는 것을 손가락 사이로 흘려보냈다.

나무 덱을 내려오면서 유정은 디엔에게 전화번호를 물었다. 돌아가면 사진을 보내주겠다는 말과 함께. 그러고는 유태한테 메시지를 보냈다.

'가자.'

흡연부스에 있다는 답이 왔다. 유정은 공원 끝 쪽으로 걸어갔다. 인터체인지로 이어지는 작은 도로 건너 유리부스에서 유태가 걸어나왔다. 부스 안에서 희미한 불빛이 나올 뿐 사방이 어두컴컴했다. 유태는 도로 이쪽으로 건너오지 않고 우두커니 서서 유정을 보기만 했다.

"이제 가자고."

흡연부스에서 몇몇 사람이 걸어나와 유태와 유정 옆을 지나갔다. 왼쪽에서 온 택시 한 대가 유정과 유태 사이의 도로를 지나 인터체인지로 빠져나갔다. 그리고 다시 사방은 조용해졌다. 왜 갑자기 그런 생각이 들었는지 몰랐다. 그렇게 한참을 서 있으니 유정은 어쩌면 유태가 모든 걸 다 알고 있을지도 모른다는 생각이 들었다.

"누나."

유태가 유정을 불렀다. 유태의 목소리를 듣자 유정은 다시 유태는 아무것도 모르고 있다는 생각이 들었다. 하지만 잠시 뒤엔 다시 유태가 다 알고 있다는 생각이 들었고, 곧이어 다시 그럴 리가 없다는 생각이 들었다.

유정은 간신히 척추를 지탱하고 서서 유태를 봤다.

선생님은 유정에게 말했다. 가해자는 유정과 전혀 다른 기억을 갖고 있을 수 있다고. 유정이 소설에서 가정했던 상황과도 완전히 다를 수 있다고. 유정이 짐작하거나 상상할 수 없는 반응을 할 수도 있다고. 하지만 지금의 유정에게 그런 것들은 중요하지 않았다. 유정은 가해자를 처벌받게 하고 싶은 생각도 없었고 이제와 사과를 받고 싶은 생각도 없었다.

유정이 원하는 것은 유태를 계속 보는 것이었다. 엄마를 계속 보고, 단톡방에 올라온 조카 사진을 보고, 소은이의 소식을 전하며 몇 달에 한 번이라도 둘러앉아 웃을 수 있는 것이었다. 유정도 알고 있었다. 유정이 그 말을 한다고 해서 가족들이 유정을 안 보진 않을 거라는 걸. 유정이 두려운 것은 유정 자신이 가족들을 안 보게 되는 것이었다. 유정이 두려운 것은, 무언가를 체념한 채로 계속 가족들을 보면서 그런 자기 자신을 다시 혐오하게 되는 것이었다. 유정이 원하는 것은 어떤 분열도 겪지 않고 제정신으로 가족들을 보는 것이었다.

유정은 선 채로 조금씩 가슴을 두드렸다. 유태를 건너다보면서 유정은 가슴을 두드렸다.

유태야.

넌 왜 계속 거기에 머무르려고 하니.

넌 왜 니가 어디에 서 있는지 알려고 하지 않니.

흡연부스의 불빛이 점점 흐려졌다.

"누나."

유태가 유정을 불렀다.

"누나는……"

말을 바로 잇지 못하고 유태가 숨을 골랐다.

"누나는 한 번이라도, 소설보다 먼저, 가족들 생각을 해본 적이 있어?"

"……"

"누나한테 누나 소설 말고, 다른 사람이 있어?"

"……"

뒤쪽에서 웅성대던 불빛들이 어딘가로 조금씩 밀려갔다. 유정은 무엇도 짐작할 수 없었지만, 유태가 어떤 소설 때문에 그러는지 알 수 없었지만, 어쩌면 모든 소설 때문이라는 생각이 들었고, 유정이 쓴 모든 것 때문이라는 생각이 들었고, 그런 생각이 들자 지난 추석 직후의 시간들처럼, 유정 자신이 단련해왔다고 느낀 근력들만으로는 어떤 것도 지탱할 수 없다는 느낌이 들었다.

선생님,

유정은 유태를 아프게 하고 싶은 순간이 수없이 많았지만 유태가 유정의 소설 때문에 다치길 바라진 않았다. 그건 유정이 가장 견딜 수 없는 방식이었다. 그건 유정을 가장 미치게 만드는 일이었다.

선생님, 유태가 소설 얘기를 합니다.

선생님, 유태가 저를 원망합니다.

유태가 저쪽에 저렇게 서서, 저를 원망합니다. 꼼짝도 안 하고 저렇게 서서 저를 원망합니다. 너무도 제정신인 채로 저를 원망합니다. 선생님, 유태가 제가 쓴 글을 원망합니다.

저는 여기 더 서 있을 수가 없을 것 같습니다, 선생님.

저는 이제 더 서 있을 수가 없습니다.

저는 제가 쓴 어떤 글도 더는 견디지 못할 것 같습니다, 선생님.

저는 이제 할 수 있는 게 없습니다.

저는 이제 갈 수 있는 곳이 없어요.

저는 제 비명을 저 혼자 듣고 있었을 뿐입니다.

혼자 지르고 혼자 듣고 있었던 겁니다.

유정씨,

첫날 했던 말을 생각해보세요, 유정씨.

유정은 고개를 저었다.

유정씨는 빠져나오고 싶다고 했어요. 오랫동안 갇혀 있던 원래 그래의 세계에서 유정씨는 빠져나오고 싶다고 했습니다. 자신을 비껴서 나오는 게 아니라 자신을 통과해서 나오고 싶다고 했어요. 그렇게 조금씩 빠져나오고 있다고 했습니다. 빠져나올 수만 있다면 어쩌면 죽지 않을 수 있을 것 같다고 했어요.

하지만 선생님, 저는 다시 끌려 돌아갔습니다. 어떻게 할 수도 없이 처음으로 되돌아가 주저앉았습니다. 다시 미산 그곳으로 처박혔습니다. 그래서 이렇게 선생님을 찾아왔잖아요.

유정씨.

선생님 저는

그때 느꼈어야 했던 것을 그때 느끼지 못했습니다.

그럴 수 있습니다, 유정씨.

선생님 저는 그때

느끼지 말았어야 했던 것을 느꼈습니다.

유정씨,

느끼지 말았어야 하는 것은 없습니다. 유정씨가 무엇을 느꼈든 그 이유로 폭력이 폭력이 아닌 게 되지는 않습니다.

유정은 고개를 저었다.

유정은 계속 고개를 저었다.

유정씨, 가해자는 유정씨가 태어나면서부터 봐오던 사람입니다. 유정씨에게 너무도 친밀했던 사람입니다.

유정은 계속 고개를 저었다.

계속 고개를 저었다.

그것으로는 부족합니다, 선생님. 그런 말만으로는 너무도 부족합니다. 어떤 걸 끌어와도 이 미칠 것 같음을 담아낼 수가 없습니다. 어떤 말로도 이 기막힘을 설명할 수가 없습니다. 어떤 글로도 아무것도 이해받을 수가 없습니다. 저는 미쳐버릴 것입니다, 선생님.

유정씨.

선생님은 제가 어떻게 버티길 바라시나요.

여기서 더 어떻게 버틸 수 있다고 생각하시나요.

선생님은 아시잖아요. 어떤 말들이 되돌아오는지 아시잖아요. 피해 사실을 말한 글에 어떤 소름끼치는 논리가 덧씌워지는지 선생님은 아시잖아요. 그런 글에 제가 속수무책으로 베일 수 있다는 거 아시잖아요. 흔들리지 말라는 말이 저를 얼마나 더 힘들게 하는지 아시잖아요.

알아요, 유정씨. 잘 알고 있습니다. 그리고 저 앞에 유정씨의 동생이 서 있다는 것도 알아요. 유정씨의 동생이자 유정씨 딸의 삼촌이 저기에 서서, 유정씨를 보고 있다는 것도 압니다.

유정은 가슴을 내리쳤다.

내리치고 내리쳤다.

제가 글을 그렇게 쓴 것입니다. 제가 그따위로 쓴 거예요. 제가 이 지경으로 쓴 것입니다.

유정씨, 유정씨는 쓰면서 조금씩 이겨내고 있었어요.

전혀 아닙니다, 선생님. 저는 아무것도 이겨낸 것이 없습니다. 이 모든 걸 글로 쓰기 전에는 이렇게 힘들지가 않았어요.

유정씨,

저는 너무 지쳤습니다, 선생님.

이제 한 방울의 기력도 남아 있지가 않아요.

여기까지도 충분히 버거웠습니다.

제가 원하는 것은 언제나 하나였어요.

몸안의 모든 수분, 모든 피를 빼내고, 모든 습기를 말리고, 비틀고, 보이지 않는 입자로 갈고 갈아서, 완전히 부수어서, 이 세상에서 완벽하게 없애버리는 것. 몸을 없애는 것. 이 지긋지긋한 몸을 없애는 것. 이해받지 못하는 몸을 없애는 것. 유정이 오랫동안 원해온 것은 그것이었다.

반병의 와인만으로도, 뜻하지 않은 장소와 불현듯 살아난 말이 기폭제가 되어서, 유정 자신도 예상치 못한 어느 날에, 폭풍 뒤에 남는 압도적인 외로움을 이기지 못한 어느 날에, 아주 오랫동안 유정을 파먹던 그 마음을 실행할 수도 있다는 걸 유정은 알았다.

그런 순간엔 자신이 아끼던 어떤 것도 자신을 붙잡아주지 못할 거라는 걸 유정은 알고 있었다. 소은이 스케치북에 적어준 사랑한다는 말조차도. 때마다 손질해 쓰던 캄포 도마도, 아침마다 손이 가던 새도도, 드물게 마음에 들어서 SNS에 올려둔 자신의 모습도, 당장이라도 쓰고 싶어서 마음을 부풀게 했던 다음의, 그다음의 소설들도, 아무 소용이 없어지는 순간이 올 수도 있다는 걸, 그 순간에 언제든 질 수도 있다는 걸 유정은 알고 있었다.

알고 있어서, 유정은 계속, 계속, 소리조차 나오지 않아서, 계속, 가슴을 쳤다. 유태도, 흡연부스도, 어떤 것도 이젠 보이지가 않은 채로, 서 있는 것인지, 무릎이 꺾인 것인지, 아무것도 알 수 없는 채로, 계속, 가슴만 내리찍었을 뿐인데, 찍어버렸을 뿐인데, 있는 힘을 다해 몸을 찍어버렸을 뿐인데 갑자기 고함소리가 들리면서 눈앞이, 달려오려는 유태의 모습을 밀어버리면서 차 한 대가, 유정의 앞으로 다가와 유정을 낚아채 실었다.

누군가 알아들을 수 없는 말로 화를 내고 있었기 때문에 유정은 더이상 어쩌지 못한 채 차가 빠른 속도로 인터체인지를 빠져나가는 것을, 고가를 돌기 시작하는 것을, 삼각 접시의 불빛이 까마득하게 멀어지는 것을 보았다. 교각 기둥이 점점 눈앞으로 다가오는 것을 보고서야 유정은 차가 마을로 내려가고 있다는 것을 알았다.

유정은 디엔이 계속 베트남어로 흥분하고 있는 걸 들으면서 쓰러지듯 눈을 감았다.

*

바람이 불고 있는 것 같았다. 그리고 창문 밖엔 자귀나무가 있는 것 같았다. 마른 콩꼬투리 같은 열매 껍질이 바람에 쓸릴 때 나는 소리였다. 이맘때에 가장 시끄럽고 스산한 소리를 내는 나무가 자귀나무였다는 생각을 하면서 유정은 눈을 떴다. 이불 아래에 놀이매트가 깔려 있는 걸 보니 유정은 아이들 방에서 잠이 든 것 같았다. 몸을 일으키려다가 허리 위쪽으로 통증이 느껴져 유정은 잠시 숨을 골랐다. 날이 다 밝지 않은 새벽이었다.

유정은 소리나지 않게 문을 열고 뒤꼍으로 나갔다. 밭 위로 얇게 서리가 내려와 있었다. 한쪽엔 다 뽑지 않은 배추가 시든 채 누워 있었고 한쪽엔 보랏빛이 나는 갓이 빽빽이 자라나 있었다. 윗집과 경계가 되는 밭 가장자리로 검게 썩은 장작과 녹이 슨 접이식 의자들이 포개져 있는 게 보였다. 유정은 여전히 소리를 내고 있는 자귀나무 쪽으로 고개를 돌렸다. 벽에 걸린 마른 시래기 단 위로 스카이라이프 안테나가 동그랗게 하늘을 향하고 있었다.

유정은 집 벽을 돌아 마당으로 나갔다. 엘피지 가스통과 빈 소주병 수십 개를 지나 돌아가자 아이들 씽씽카와 자전거가 나왔다. 유정은 디엔과 창용이 오빠가 사는 마당에 서서 저만치로 보이는 교각 기둥을 올려다봤다. 유정의 기억보다 물이 훨씬 줄어든 내린천이 그 아래로 흐르고 있었다. 유정과 유태와 창용이 오빠네 예전 집들은 저 천 건너에 있었다. 창용이 오빠의 아이들은 학교가 훨씬 가까워졌겠구나 생각하면서 유정은 마당에 있는 평상으로 가 앉았다.

디엔이 문을 열고 나오며 몸이 괜찮으냐고 물었다. 주먹으로 좀 두드렸을 뿐인데 왜 이렇게 쑤시는지 모르겠다고 하자 디엔이 평상에 걸터앉으며 말했다. 주먹이 아니라 폰으로 이렇게, 이렇게 내리찍고 있었다고. 유태보다 자기가 먼저 알아챘다고. 유정은 자신을 기어코 마을로 데려온 눈앞의 여자를 물끄러미 보다가 무슨 말인지 모르겠다는 듯 웃었다.

창용이 오빠와 유태는 밤새 현리에서 술을 마시고 사우나에 갔다고 했다. 거기에서 해장까지 하고 올 모양이었다. 유정은 사진을 보내주려고 카톡을 열었다가 디엔의 프로필 사진에 있는 상호를 보았다. 상호 옆에 디엔의 휴대폰 번호와 계좌번호와 시술 항목이 적혀 있었다. 남녀 자연눈썹. 콤보눈썹. 반영구 아이라인. 틴트입술. 속눈썹 연장. 속눈썹 펌. 이걸 다 직접 하냐고 하자 디엔이 그렇다고 했다. 백 프로 예약제 출장인데 유정에게는 특별히 오늘 해줄 수 있다고 했다. 유정은 다음에, 다음에 꼭 예약을 한 뒤에 하겠다고 했다.

마당에 햇빛이 반 찼을 무렵 유정은 디엔과 함께 아이들을 깨워 오뚜기 미역국라면을 끓여 먹었다.

아이들은 어제 휴게소에서 산 신비아파트 스티커북을 펼치고 한참을 놀았다.

유정은 소은에게 전화를 해볼까 하다가 학교 쪽으로 혼자 산책을 나갔다. 호박 넝쿨이 말라 있는 길을 따라 걷다보니 학교 생태텃밭 팻말이 보였다. 생각보다 더 가까웠다. 교문 앞 오르막길을 따라 노란 메리골드가 피어 있었다. 관사로 갈라지는 길 쪽의 콘크리트 담이 놀라울 정도로 예전과 그대로였다. 유태가 수박바 봉지를 끼워놓던 콘크리트 블록을 찾을 수도 있을 것 같았다. 창용이 오빠가 자전거를 세워두던 곳도 어디쯤인지 알 수 있을 것 같았다.

유정은 교문 옆에 있는 사자 동상 앞에 걸터앉았다.

거기에 앉아서 유정은 선생님을 만났던 첫날을 생각했다.

경기북부해바라기센터 진술녹화실 테이블에서 선생님과 문서를 작성하던 날을. 심리 상담을 받기 위해 필요한 절차였다. 선생님이 물어봐서 유정은 대답했다. 정확하진 않지만 할머니가 돌아가신 4학년 여름방학 이후부터였던 것 같아요. 유정은 선생님이 문서에 '1987년 여름 이후'라고 적는 것을 보았다. 그런 뒤 선생님은 유정 앞으로 문서를 돌려놓아주었다. 문서에는 가해자의 이름을 적는 난이 있었다. 그래서 유정은 이름을 적었다. 처음이자 마지막으로. 너무도 익숙하고 너무도 낯선 이름을, 그곳에 유정이 직접 적었다. 2019년 10월 4일에.

유정은 아주 오랜 시간이 지나도, 환갑쯤이 되더라도, 자신이 센터에 전화를 걸던 2019년 가을을 기억하게 될 거라고 생각했다. 신호가 가고 네, 라는 목소리가 들리고, 어떻게 찾아와야 하는지 적혀 있던 그 웹 발신 문자를 받던 과정 모두가, 유정에게 얼마나 절실한 응답이었는지를 유정은 아마도 기억하게 될 것이다.

디엔에게 메시지가 왔다. 유태와 창용이 오빠가 집에 왔다고 했다. 둘은 아직도 술이 덜 깬 것 같았다. 운전은 유정이 하기로 했다. 창용이 오빠는 어머니께 갖다드리라면서 양파와 감자를 한 상자씩 실었다. 유정은 고맙다고 말했다. 유정은 정말로 고마웠다. 그때 자전거를 태워준 것도 어제 황태구이를 사준 것도. 집에 가면 병원에 가서 엑스레이를 찍어보라고 디엔이 말했다. 유정은 전화해요, 라고 인사할까 전화할게요, 라고 인사할까 망설이다가 디엔에게 말했다.

"속눈썹 펌, 꼭 디엔 씨한테 하러 올게요."

유정은 디엔에게 인사했다.

"전화할게요."

유정은 운전석에 앉아서 그들 가족의 뒷모습이 사라질 때까지 사이드미러를 바라봤다. 아이들과 창용이 오빠, 디엔의 모습까지 담 저쪽으로 다 사라졌을 때 유정은 문득 마당 평상에 함께 놓여 있던 것들을 떠올렸다. 못이 박혀 있는 각목과 잘 익은 감 서너 개, 때가 탄 로프와 주먹맨드라미 몇 송이.

유정은 사이드브레이크를 내렸다.

유태는 뒷좌석에 널브러진 채 차가 터널 벽을 뚫어도 모를 것처럼 자고 있었다.

차는 인터체인지를 빠져나가 곧바로 터널로 진입했다.

유정은 머릿속이 하얘지도록 액셀러레이터를 밟기 시작했다.

노트

이것은 유정의 이야기지만 쓰는 동안 가장 많이 생각한 인물은 유정의 딸인 소은이었다. 내 소설에 나오는 딸들 중 분량이 가장 적었는데도.

이 소설을 발표하고 나서 내게 언어와 지면이 있다는 사실에 안도와 두려움을 동시에 느꼈다. 지금도 계속 그 무게를 생각한다.

디엔에게 준 큰따옴표에 대해서도.

이 소설을 쓰던 2019년 가을에는 상상하지 못했던 2020년을 보내고 있다. 지난겨울에 해놓은 메모를 보았다. '다른 감정들이 다 사라져버렸다. 이런데 뭘 쓸 수 있을까.'

그런데 나는 계속 쓰고 있다.

| **리뷰** |

쓰고, 썼다, 읽는 동안

백지은(문학평론가)

작가가 자기가 쓴 글에 대해 말하기는 왜 그토록 힘든가. 영화, 연극 등의 공연예술에 대해서는 그렇지 않으나 "자신이 쓴 책에 대해서, 특히 쓰고 있는 책에 대해서" 말하는 것은 불가능하다고 마르그리트 뒤라스는 말했다. "책은 미지의 존재이기 때문이고, 밤이기 때문이고, 닫혀 있기 때문에, 그래서 그렇다"*고. 무엇에 대해 쓸지 알고 있었고 그것을 쓴 것이지만, 쓴 것에는 쓰기 이전의 앎만 적히는 게 아닌 듯하다. 쓰기는 아는 것을 옮겨 적는 행위가 아니라 어떤 것을 씀으로써 알게 됨을 겪는 행위라고 할 수 있을까. 최은미가 한 인터뷰에서 "나에게 일어났지만 내가 겪지

* 마르그리트 뒤라스, 「글」, 『마르그리트 뒤라스의 글』, 윤진 옮김, 민음사, 2018, 24쪽.

는 않은 것이다. 내가 직접 살아낼 수 없었기에 책 속에 넣은 것이다"라는 뒤라스의 말을 떠올리며 오래전에 일어난 일을 "글로 쓴 뒤에야 비로소 겪기 시작"한 인물에 대한 공감을 드러낸 것을 읽었다.* 쓰기. 쓴 것. 그것으로 삶을 채우는 작가의 일은 자기 안에 있는 인식과 문장을 글로 끄집어내는 것이 아니다. 미지, 어둠, 어떤 덩어리가 자기를 이끌어간 자리에서 쓰기, 쓴 것, 작가의 일이 발생할 것이다. 그러니 이렇게 말할 수 있는 것이겠다. "쓰기 전에 쓰게 될 것에 대해 알 수 있다면 절대 글을 쓰지 않을 것이다. 쓸 필요가 없을 것이다."**

최은미의 소설 「내게 내가 나일 그때」의 화자 '유정'은 "자신을 가장 부딪히게 하고 굴절시켰던 것에 대해 쓰고 싶었고, 그래서 썼지만, 일 년이 지난 지금은 그 글을 쓴 것을 후회하고 있"는 인물이다. 그 글은 어떤 글이었던가. "친족 성폭력 얘기를 쓴 유정의 소설이 유정의 자전적 경험을 모티프로 한 것임을 밝"힌 글이었다. 그 글을 왜 썼던가. "어려서 받은 성학대"가 다뤄지는 소설을, '창작자로서 표현할 수 없는 것'을 주제로 한 산문을, 그녀는 왜 쓰기로 결심하고 이행했던가. "빠져나오고 싶"었기 때문이다. "오랫동안 갇혀 있던 원래 그래의 세계에서", "자신을 비껴서 나오는 게 아니라 자신을 통과해서 나오고 싶"었기 때문이다. 유정이 그

---

* 최은미+강화길, 「끝나지 않은 감정의 온도」, 『악스트Axt』 29호(2020. 3/4월호), 65~66쪽.

** 마르그리트 뒤라스, 같은 글, 46쪽.

글로 다른 이들에게 하고 싶은 일은, 아무것도 없었다. 친족-가해자에 대한 처벌이나 사과를 바라기는커녕, 단지 "어떤 분열도 겪지 않고 제정신으로" 엄마와 동생을 계속 보고 싶다고 생각했을 뿐이다. 그런데 그 글을 쓰고 난 이후 유정은 "자신이 단련해왔다고 느낀 근력들만으로는 어떤 것도 지탱할 수 없다는 느낌"에 더욱 힘들기만 하다. 왜일까. 그녀는 말한다. "어떤 말로도 이 기막힘을 설명할 수가 없습니다. 어떤 글로도 아무것도 이해받을 수가 없습니다. 저는 미쳐버릴 것입니다, 선생님." 어떻게도 잘 표현할 수가 없어서, 끝내 이해받지를 못해서, 그녀의 아픔은 치유되지 못한 것일 수도 있다. "저는 제 비명을 저 혼자 듣고 있었을 뿐입니다./ 혼자 지르고 혼자 듣고 있었던 겁니다." 말은 비명이 되었는데 아무도 그것을 들어주지 않아서 "폭풍 뒤에 남는 압도적인 외로움"을 이렇게 그녀 혼자 버텨내고 있는 중일 수도 있다.

마침내 유정이 "노트북 앞에 앉아 글을 쓰는 것만으로는 타인으로부터도 자신으로부터도 스스로를 지킬 수 없다"는 생각 하나를 붙들게 된 건, 당연하고도 올바른 결정이었으리라("네, 맞습니다. 여기에 전화하시는 게 맞습니다."). 그러나 유정은 자기 말을 잘 들어주고 온당한 해석과 위로로 답하는 심리 상담실의 선생님 앞에선 고개를 끄덕이다가도 집에 돌아오면 다시 처음의 질문으로 되돌아갔다("그런데도요, 선생님. 그런데도, 그럼에도."). 어쩌면 빠져나오고 있다고 생각한 질문, "내가 왜 이런지 모르겠어요." 그녀는 무엇을 모르는 것일까. 유정은 '그 글' 이전을 생각했다. 그리고 이후를 생각했다. 사실 "유정은 아무것도 알 수가 없었다." 가족들은 그 글을 읽었을까. 아직도 모르는 걸까, 알면서도 모르는 척하는 걸까. 글로 쓴 자신은 왜 직접 말하진 못하는가. 알아채주길 바라나, 계속 모르길 바라나. "분명한 것은 가족들은 모두가 이전의 상태에 있고 유정 혼자 이후의 상태로 와 있다는 것이었다." 앉아 있던 자리에 그대로 있었는데 불현듯 좀전과는 전혀 다른 좌표 위로 옮겨진 것 같은 느낌. 그 "불일치"가 휘젓고 있는 현재의 혼란을 후회의 고통으로 느끼는 그녀가 말한다. "저는 이제 갈 수 있는 곳이 없어요." "저는 제가 쓴 어떤 글도 더는 견디지 못할 것 같습니다." 이 견딜 수 없음은 몰이해의 외로움이 아니라 저 좌표 이동의 거리감에서 기인한 것이다. 그 냉혹한 체감이 힘겨운 그녀가, 고개를 저으며, 가슴을 내리치며, 계속 말한다. "제가 글을 그렇게 쓴 것입니다. 제가 그따위로 쓴 거예요. 제가 이 지경으로 쓴 것입니다." 그렇게 써진 글이 있기 전에 유정은 이토록 힘들지 않았으니 이것은 글이 가져온 절망이다. 다만 썼을 뿐인, 쓴 것의 절망.

다만 썼을 뿐인데, 다른 누구도 아닌 사랑하는 이들이 나의 쓴 것을 원망할 때, 그때의 절망은 다시 말하거니와 소통의 무능이 아니라 좌표의 이동을 직시한 결과다. 쓴 것은 내게, '원래' 내가 '그랬다'는 말들을 의혹으로 만들어 나로 하여금 그것을 통과하도록 이끌고, 그리하여 쓴 것은 내게, 비로소 '내가 나일 그때'를 가져다준다. 그러므로 유정이 가슴을 두드리며 "유태야. 넌 왜 계속 거기에 머무르려고 하니./ 넌 왜 니가 어디에 서 있는지 알려고 하지 않니"라고 소리없이 외칠 때, 유정의 고통은 차라리 자기가 쓴 것이 자기를 정확히 옮겨져야 할 자리에 데려다놓았음의 증거일 것이다. 이것이 '쓴 것의 절망'이라면, 무엇을 어떻게 쓴 것이냐에 따른 절망이 아니라 쓴 것이 초래한 그 이동을 받아들일 수밖에 없는 절망이라고 해야 한다. 유정이 이번에 쓴 것이 유정을 옮겨다놓은 좌표에선, 삼십 년 전 그때의 '창용이 오빠'와의 만남을 동화처럼 그려낼 선분이 그어지긴 어려운 듯하다. 하굣길에 자전거를 태워주곤 했던, 딸 소은에게 들려준 옛이야기에 항상 등장하던, 유정이 청소년소설을 쓰게 된다면 꼭 모델이 될 그 '창용이 오빠'와 "유정의 초등학교 친구들과 선생님, 동네 사람들과 가족들이 번갈아가며 등장"하던 "그 옛날 미산"의 세계에, 지금껏 유정이 드나들던 길은 허공으로 솟았거나 발밑으로 꺼져버린 것일까. 그리울 수도 안 그리울 수도 없는 '미산'을 백 미터 상공의 내린천휴게소에서 교각 아래에 두고 유정은 "뭔가를 모르는 척하는 말"들이 발밑에 파놓은 허공으로 "소리없이 곤두박질치게 될 것 같다는 예감"에 정신을 똑바로 붙들어야만 했다.

그러나 이 곤두박질의 예감, '쓴 것'이 자기를 데려다놓은 좌표 위에서 "서 있는 것인지, 무릎이 꺾인 것인지, 아무것도 알 수 없는 채로, 계속, 가슴만 내리찍었"던 유정의 고통은, 끝내 그녀를 주저앉히고 빠져나가지 못하게 붙잡을 것인가. 아니, 그럴 수는 없다. "다시 끌려 돌아갔"다고, "처음으로 되돌아가 주저앉았"다고, 일 년 전 '쓴 것'의 절망을 그녀가 드러낸 적 있었지만, 그 '쓴 것'이 '절망'인 진짜 이유는 그때의 좌표 이동이 준 충격이 아니라 모든 쓰기가 적중시키는 곳이 비로 '내게 내가 나일 그때'라는 사실을 그녀가 받아들이지 않을 수 없게 된 데 있지 않았을까. '내게 내가 나일 그때'는 삶의 매 순간이어야 하지만, 쓰지 않는 순간에도 살아 있는 우리는 쓴 것이 자기를 적중하는 그때에야 실은 "자신이 아끼던 어떤 것도 자신을 붙잡아주지 못할 거라는 걸" 아프게 자각할 터인데 그럼에도 쓰기를 포기할 수 없는 이에게 '내게 내가 나일 그때'의 좌표는 계속해서 새로 맞이해야 할 미지의 자리이리라는 사실 말이다. 그러므로 그때의 절망이 또다른 절망의 가능성으로 이어졌다면, 즉 그 글을 딛고 또 한 편의 소설 「내게 내가 나일 그때」가 쓰였다면, 쓴 것의 절망이란 "절망을 버티며 쓰기. 아니, 절망을 품고 쓰기"*에 좀더 가까워진다. '나'에 대해 쓰는 일이 '나'를 자유롭게 하지 못하는 것보다 더 나쁜 건 나를 나로 살게 하지 못하는 것이리라. 내가 쓴 것이 오히려 나에 대한 부정확한 말들을 부추기고 다시 그 말들이 나를 가두는 딜레마 속에서도, 쓴 것의 구속은 오해에 갇히는 구속이 아니라 오해라는 구속에 저항하는 구속임을, 작가들은 궁극적으로 지속적으로 알고 있는 것 같다. 「내게 내가 나일 그때」의 '유정'을 그려낸 작가가 "후회만으로는 설명되지 않는 다른 무언가가 있다"**라고

* 마르그리트 뒤라스, 같은 글, 24쪽.

** 최은미+강화길, 같은 인터뷰, 66~67쪽.

말했을 때도 그 저항을 들을 수 있었다.

작가에게 자기가 쓴 글은 자유롭지 않은 대상일 수도 있다. 쓰기 또는 쓴 것이 그를 자유롭지 않게 한다는 뜻은 아니다. 내게 내가 나인 그때, '나'가 세 번 적히는 그 자리는 아무때 아무렇게나 이를 수 없지만, 오직 그 자리에서만 나는 나로서 나를 해방할 수 있는 게 아닐까. 그래서 유정은 쓰고, 썼다. "두세 달의 시간 동안 유정은 소은에게 독감 주사를 맞히고, 에어코튼 레깅스를 주문하고, 글을 쓰고, 두부를 구워먹고, 핑크뮬리를 보러 가고, 글을 쓰고, 같은 반 남자아이가 소은에게 '못생겨타 ㅅㅂ'라고 보낸 문자를 보고, 담임선생님과 상담을 하고, 글을 쓰고, 문학상 수상 축하 메시지를 받고, 감사의 답을 하고, 글을 썼다." "쓰다와 썼다 사이, 썼다와 또 써야 한다 사이"*에서 그녀는 살아 있고 또 쓰고 있다. 썼던 것의 절망 위에서, 또 써야 하기에, 다음 절망의 가능성을 향해 쓰기. 그러니 쓰기는 자기보다 멀리까지, 때로 스스로 버티기 힘든 데까지 가버리는 일이다. 쓰기에 다가가기, 쓰기를 지속하기는 자기를 넘어서는 자기의 강함을 바라보는 일이다. 그것이 얼마나 고독한 일인지, "머릿속이 하얘지도록" 내달려야 하는 일인지, 스스로 쓰고 있지 않으면서 숨막히는 어지러움과 명료한 격앙으로 그것을 겪었던 건 오직 「내게 내가 나일 그때」를 읽는 동안이었다.

---

* 마르그리트 뒤라스, 「검은 덩어리」, 『물질적 삶』, 윤진 옮김, 민음사, 2019, 37쪽.

기준영

들소

작가노트

내가 그린 들소 그림은

리뷰 | 윤성희

저만치서 내게로 돌진해 오는 그것

기준영
2009년 문학동네신인상에 단편소설 「제니」가 당선되어 등단. 2014년, 2016년 젊은작가상, 창비장편소설상 등 수상. 소설집 『연애소설』 『이상한 정열』 『사치와 고요』, 장편소설 『와일드 펀치』 『우리가 통과한 밤』이 있다.

들소

집주인 할아버지와 할머니는 마당으로 나와 내게 무용을 배워 본 적이 있느냐고 물었다. 우리 모녀의 단출한 이삿짐 상자들이 집안으로 모두 옮겨지고, 우리를 그곳에 내려놓은 용달차도 떠나간 뒤에 넌지시.

나는 사철나무 그늘에 단정히 선 채 대답했다. “아뇨, 제 이름은 고푸름이에요.”

나는 그 새로운 관계를, 불쑥 내 이름을 대는 것으로부터 시작했다. 잘 모르는 것들에 둘러싸여 있다는 두려움 때문이었다. 나는 먼지가 날 테니 밖에 나가 있으라는 어머니의 지시를 얌전히 따르는 중이었다. 내가 바라보고 선 쪽에 우리 모녀가 살게 될 방의 창문이 나 있었고, 열린 창 너머로 몸과 마음이 분주해 두 볼이 상기된 어머니가 오가는 모습이 보였다가 안 보였다가 했다.

"내 둘째 딸은 이름이 이에스더야." 할머니가 말했다. "지금 스위스에 춤추러 갔다."

할머니는 내게 당신 딸의 존재를 알리고 싶었으나 농심을 깨뜨릴 수는 없어서 없는 일을 지어냈다. 아니면, 당신의 환상이 어린아이를 사로잡는 현상을 지켜보고 싶어서. 나는 눈을 동그랗게 치켜뜨고 내가 가져본 적 없던 풍경들을 그려보았다. 스위스의 호숫가, 댄스홀, 춤을 추는 이에스더.

"사진을 보고 싶어요. 어떻게 생겼어요?"

할머니는 할아버지가 옛 사진들을 모조리 태웠다고, 또 할아버지는 이에스더가 사진을 몽땅 들고 '날아가버렸다'고 서로 다른 말을 했다. 그래서 나는 이에스더가 내 어머니와 비슷하게 생겼다는 할머니의 말이 사실인지 눈으로 확인할 수 없었다.

*

우리 모녀는 뜻밖의 장소에서 안식을 찾았다. 우리에게 마당이 있는 너른 주택의 방 한 칸이 거의 공짜로 주어진 이유는 믿을 수 없을 만큼 감상적인 것이었다. 집주인 할머니의 말에 따르면 내 어머니가 오래전에 잃어버린 당신의 둘째 딸과 생김새가 비슷해서였다. 그러니까, 딸 생각이 나서. 거기 동정어린 시선이 깃들어 있다고 느낀 어머니는 그 이야기를 고스란히 내게 옮기지는 않았다. 호락호락하지 않은 세상살이의 쓴맛을 보고 있던 사람답게 대가를 기대하지 않는 순수한 호의란 경험상 없었다는 사실을 먼저 상기했다. 하지만 “감사합니다” 하고 고개를 수그려 인사하고는 어떻게든 그해 가을부터 이듬해 봄까지만 신세를 지고 은혜를 갚겠다고 다짐했다.

노부부에게는 집 근방에 당신들 소유의 건물이 한 채 있었다. 그 건물에 든 옷가게, 분식집, 피아노 학원, 만화책 대여점 등으로부터 세를 받아 생활을 꾸려갔다. 그들은 땅을 물려받고 건물을 세운 뒤로는 각자 비슷한 시기에 직장에서 나와 더한 욕심 없이 한자리에서 조금씩 닳아가는 삶을 택했고, 자족했다. 부부는 혈기 왕성하던 시절에 미리 노후의 생활을 그려본 적이 있었다. 소소하게 여행을 다니고, 선행을 베풀고, 젊은이들과 대화하는 법을 잊지 말자고, 인생을 다시 배우자고 약속했다. 하지만 둘째 딸 에스더가 열여섯 살 나이에 실종되면서 부인은 큰 충격을 받아 부분적으로 기억을 상실했고, 그 구멍난 자리에 관해서는 오래도록 누구와도 제대로 대화하기 힘들었다. 스위스에서 무용수로 활약하는 에스더는 없었다. 혹 그런 춤꾼이 있더라도 할머니의 딸은 아닐 것이었다.

내 어머니는 학습지 회사에서 사무보조원으로 일했다. 인력 교체가 잦고, 필요 이상으로 단합을 요구하는 문화가 있던 곳이었다. 어머니는 쓸데없는 말은 삼갔지만, 떠들어야 할 자리에서는 사람들의 기분을 맞춰가며 잘 떠들었다. 일 처리에 꼼꼼하고 눈치가 빠른 편이었고, 능치며 눈속임도 할 줄 알아서 친목의 자리에서 푼돈 내기 고스톱을 칠 때도 시급에 달하는 만큼은 꼭 돈을 따냈다. 시간은 돈이었다. 어머니는 내가 무럭무럭 자라나는 게

때로는 무섭다고 했다.

당시 어머니가 내게 자주 한 말은 '등을 펴고 다녀'였다. 움츠러들어 있으면 그것만으로도 얕보는 사람들이 있다고, 등을 펴면 기분도 쫙 펴진다고. 반면에 내가 어머니에게 자주 한 말은 '조심해'였다. 차 조심해. 계단 조심해. 감기 조심해. 나는 어머니가 다치거나 아프면 어떡하지, 하고 내심 걱정스러워하면서도 등을 꼿꼿이 펴고 다니려고 부단히 노력했다.

"주인 할머니 딸이 스위스에 있대. 무용수래."

이사 후 며칠이 지나 잠자리에서 곰곰이 생각에 잠겨 있던 내가 어머니에게 그 말을 먼저 꺼냈다. 할머니의 둘째 딸에 관한 말을. 어머니는 "쉿!" 하고 우리가 덮고 있던 이불을 머리 위까지 끌어당겼다.

"그래서 뭐랬어?"

"사진 보여달라고. 그럼 안 되는 거였을까?"

"아아아니."

어머니는 하품을 길게 하며 손등을 이마에 얹더니 금세 "으으음" 하고 짧게 잠꼬대를 내뱉었다가 눈을 반짝 떴다. "그래, 학교는 어때? 친구들은?"

"괜찮은 거 같아."

"친구들한테 친절하게 잘 대해. 할 수 있지?"

"응."

나는 사교적이지 못한 성격이라 전학생으로서 어색하게 의욕만 앞세우다 일을 그르치지 않게 되기만을 바랐다. 괜스레 미움 받는 일이 발생하지 않도록 조심조심, 가만가만 지내다가 겨울방학을 맞이하고, 새 학년이 되는 때에 누구도 함부로 얕잡아볼 수 없도록 키가 훌쩍 커서 나타나고 싶었다.

내 부모는 고등학교를 졸업한 해에 나를 낳았다. 나는 팔 개월 만에 세상에 나온 미숙아여서 인큐베이터에서 더 자라나야 했다. 어린 부부는 아무런 준비 없이 닥쳐오고 있는 앞날의 시간에 대해 감당하기 버거운 심정이었을 것이다. 결혼은 생활이고, 생활에는 돈이 드니 해결점을 찾아야 했다. 아버지는 지방에서 숙박업을 시작한 먼 친척이 일자리가 있다고 불러들이자 그 이상의 좋은 기회는 자기 인생에 다시없을 거라고 믿었다. 어머니는 그 굳은 믿음이 가엾고 슬퍼서 남편도 자신도 더는 사랑할 수 없게 되었다고 했다. 두 사람은 서류상으로는 여전히 부부였지만, 왕래가 끊긴 지 오래였다. 나는 부모가 결국은 어떻게든 헤어지게 되리란 걸 알고 있었다. 그건 무슨 예감 같은 게 아니었다. 찬바람이 불면 겨울옷을 꺼내 입어야 하는 것처럼 제때 받아들이지 않으면 몸이 질병에 노출되는 일과도 같았다.

주인 할머니는 나누는 걸 즐기는 사람이었다. 떡집에서 떡을 맞춰 주변에 돌릴 때도, 찹쌀로 새알심을 만들고 큰 솥에 팥을 가득 넣고 삶아 손수 팥죽을 끓여 나눌 때도 있었다. 약사인 사위가 관절이나 눈에 좋은 영양제들을 할머니의 당부에 따라 잊지 않고 챙겨 오면 그걸 동네 친구분들과 나눴고, 손자 재근이가 놀러왔다가 문밖을 나서는 길에 "할머니, 또 봐요" 하면 "또 봐요, 또 봐요, 또 봐요" 하고 메아리로 돌려주어 아이를 까르르 웃게 했다. 할머니의 큰딸은 각종 유기농 과일과 채소를 할머니에게로 자주 가져왔는데, 돌아갈 때는 참기름, 들기름, 김치, 멸치 같은 것들을 챙겨 갔다. 사람들이 복닥거리고 각종 음식냄새가 어우러지기 시작하면 그 오래된 집은 커다란 생명체로 변해 큰 숨을 들이쉬고 내쉬는 듯했다. 우리 모녀의 심장도 덩달아 빨리 뛰었다. 어머니는 손님이 들면 방해가 되지 않도록 조용히 방안에서 시간을 보내는 편이었지만 밖에서 일손이 필요한 듯한 낌새가 느껴지면 어느새 자연스레 그들 틈에 끼었다. 그런 때 나는 어머니 곁에서 예쁘게 웃고만 서 있어도 체리가 든 초콜릿이나 말린 바나나, 센베이 등의 간식거리를 받았다.

널따란 집에 할머니와 내가 단둘이 남는 날도 종종 있었다. 할머니는 쉼없이 꼼지락거리면서 일거리들을 찾아내는 게 습관으로 굳은 사람이라 수건과 속옷을 삶아 마당에 널어놓고, 마루를 닦고, 식기들과 옷들을 정리해 재배열하고, 밤을 삶아 소쿠리에 담고, 작은 떡볶이떡 모양으로 썰어낸 무를 고르게 펴 햇빛에 말리고, 내가 만화책을 빌려볼 수 있도록 만화책 대여점에 데려가 인사도 시켜주고, 한숨 돌리는 시간에는 꼭 작게 소리내 기도를 했다. 중얼거리는 소리 중에 내가 제대로 알아들을 수 있는 부분은 할머니가 가슴을 치는 동작과 함께 읊는 '제 탓이오, 제 탓이오, 저의 큰 탓이옵니다. 그러므로 간절히 바라오니'였는데, 나는 그때마다 할머니가 어딘가에 우리가 모르는 장엄한 세계가 있다는 걸 내게 알리려 한다고 느꼈다. 그리고 그 세계 쪽에서도 다른 편에 다른 세상이 있다는 걸 알아채도록 하기 위해서는 누군가 끝없이 노크하며 인기척을 내야 한다는 것도. '하느님 거기 있어요? 지옥 불도요? 맙소사. 제가 어떤 죄를 지었는지 이야기를 했었나요?'

할머니가 완전히 무기력해져서 가만히 누워 있는 날은 드물었지만, 기쁘고 즐겁던 날들의 기억들을 몰아내기 충분할 만큼 불길한 느낌을 주었다. 나는 새로 빌려 온 만화책에서 미스터 화이트 씨가 줄리안이라는 남자를 구둣발로 차서 줄리안 씨가 진흙탕에 몸을 구르게 됐을 때, 미스터 화이트 씨의 그런 못되어처먹은 행동이 아름다운 이사벨과 뮤리얼 자매의 눈에 띄었으면 좋겠다고 생각하며 책장을 넘기다가 가슴이 몹시 뛰었다. 만화책 때문인지 할머니의 눈에 맺힌 눈물 때문인지 잘 몰랐지만, 할머니가 슬프거나 아파서 눈물을 글썽이는 게 아니기를, 할머니 말대로 할머니에게 '나는 지금 눈물이 난다' 하고 생각하면 눈물이 뚝 떨어지고, '나는 지금 얼굴이 빨개지고 있다' 하고 생각하면 얼굴이 새빨개지는 능력이 있어서이기를 바랐다. 그러고는 책의 마지막 장면을 펼쳐 미스터 화이트 씨의 피할 수 없는 운명이 무엇인지 확인했다.

그러던 어느 날이었다. 내가 즐겨 읽던 책들에서 화제를 전환할 때 자주 나오던 바로 그 표현, '그러던 어느 날'. 부슬부슬 비가 와서 낮인데도 어둑하게 느껴져서 그게 날씨 때문이란 걸 알면서도 혹 시계가 고장이 난 건 아닐까 싶어 시계를 얼핏 보고는 다시 자세히 들여다봤다. 오후 세시 언저리였다. 할머니가 마당이 내다보이는 마루의 창문가에 다가서서 "그러면 안 되는데" 하고 중얼거리더니 종종걸음으로 마루를 가로질러 주방 쪽으로 나아가다가 중간에 딱 멈춰 섰다. "아니, 아니, 아니" 하고 고개를 가로저으며 짧은 소리를 내고는 어깨를 들썩이며 씩씩거리기 시작했다. 왜, 무슨 말을 하려는 건가 하며 귀기울여 기다리고 있었는데 할머니는 그다음 말을 한꺼번에 잃어버렸다. 그런 것으로 보였다. 무엇을 해야 할지, 무엇을 하려던 건지도 까맣게 잊었는지 갑자기 입술을 앙다물고는 오들오들 떨었다. 나는 겁을 집어먹고 슬금슬금 걸어가 할머니의 손가락들을 내 손으로 감쌌다. 내 손에 잡혀온 것이 차고 굳은 듯해 얼른 도로 손을 거두어들이고 싶었지만, 그 생각만으로도 이미 죄책감이 느껴져서 도저히 그럴 수가 없었다. 할머니는 어디론가 쏙 빠져나가고 할머니를 닮은 다른 물질이 나와 연결되려는 것 같았다. 그때부터 내 몸도 덜덜 떨리기 시작했다. 어떡하지, 어떡하지, 어떡하지. 내가 그 순간 간절히 기다린 사람은 할머니가 매일 기도하는 신이 아니라 할아버지였다. 할아버지는 낚시가 유일한 취미였는데, 잡자마자 곧 놓아줄 물고기들을 하염없이 기다리고 또 기다리는 방식으로 그 나름대로 자꾸 혼자가 되었다. 호리호리한 체격에 말과 동작이 경박하지 않고 느릿느릿 여유롭게 보였던 그는, 입이 짧다고 할머니의 타박을 듣는 와중에도 내게 낚시에 쓸 지렁이를 꺼내 보여주며 만져볼 수 있도록 해주었던 그는, 할머니와 나 사이에 느닷없이 찾아온 그 정체 모를 시간, 알 수 없는 완강한 힘으로 숨막히게 꽉 차오르는 침묵의 시간을 함께 견뎌주지는 못했다.

나는 간신히 힘을 그러모아 내가 할머니 눈앞에 있다는 사실을 할머니가 인지할 수 있도록 말을 걸었다.

"괜찮아요? 괜찮아요? 괜찮아요? 저예요, 푸름이에요. 지금 나 보여요?"

내가 발을 동동 구르자 할머니가 스르륵 자리에 앉았다. 나도 홀린 듯 그 앞에 따라 앉았다.

"고푸름."

할머니가 그렇게 말하고 주름진 손으로 내 머리통을 문질러서 머리칼을 헝클었다. 나는 할머니가 금세 도로 침묵 속으로 빠져들까봐 무슨 말이건 나오는 대로 했다.

"나는 물이 무서워요. 불이 무서워요. 또 폭풍이 무섭고 천둥이 무서워요. 뾰족뾰족한 것들이 무섭고, 와글와글 다글다글 징그러운 것들도 무서워요. 긴 다리를 후들거리면서 빠르게 휙 지나다니는 벌레들이 무서워요. 깜깜한 밤에 소리를 지르며 우는 동물들을 혼자 상상해볼 때 너무 무서워요. 한밤중에 유리창에 흔들거리는 나무 그림자가 무섭고, 또, 또, 할머니가 아까 아무 말도 안 해서 정말 무서웠어요."

그러자 할머니가 나를 품에 꼭 끌어안으며 말했다.

"에스더. 착한 에스더."

*

그해 가을은 예년보다 따뜻했고 어머니에게는 남자친구가 생겼다. 친구의 소개로 다른 친구들과 다 같이 만나는 사이라고는 했지만, 그 사람 이야기를 할 때면 얼굴이 환해지고 눈이 반짝였다. 그는 내가 생각하는 기준으로는 잘생긴 사람이 아니었다. 넓적한 얼굴에 밋밋한 이목구비를 지녔고 손톱도 손끝도 뭉툭해서 내 스타일은 아니었다. 내가 그 말을 했더니 어머니는 "스타일?" 하고 깔깔 웃었다. 정말 크게 소리내 웃기에 어머니가 그를 좋아하고 있다는 걸 느꼈다. 그는 종종 나를 위해 색연필이나 스티커, 머리핀을 사서 어머니 손에 들려 보내는 다감함이 있었지만, 볼링장에서 볼링을 치다 두세 번 만났을 뿐인 다른 여자친구와의 관계 속으로 도피했다가 염치없이 도로 나타났다. 어머니는 최종적으로는 실망하거나 실의에 빠진 것처럼 보이지는 않았다. 나는 어머니가 원래 그렇게 쉽게 정들고 어렵지 않게 정을 떼는 사람이었던가 아니었던가 헷갈렸다. 내가 그런 걸 헤아리고 있다는 사실을 어머니가 눈치채지 않았으면 하고 바랐다.

이 무렵 나에게도 남자인 새 친구가 생겼는데 곱상하게 생긴 길우라는 아이로, 중학생인 제 누나를 끔찍이 자랑스러워했다. 누나가 스포츠는 뭐든지 즐겨 잘하고 다룰 줄 아는 악기만 해도 네 가지가 된다기에 나도 굉장하다고는 생각했다. 한편으로는 계주에서 바통을 놓치며 넘어지고, 만만하게 다룰 수 있는 악기는 캐스터네츠 정도밖에 없는 나를 길우가 어떻게 생각할지 궁금해졌으나, 그 말은 어떤 형태의 질문으로도 절대 입 밖으로 꺼내지 말아야 한다고 여겼다. 내가 하고 싶은 다른 말이 훨씬 더 중요했다. 길우가 내게 아름답게 느껴진다는 것이었다.

아름다움은 귀했다. 나는 기꺼이 현혹됐다. 그 사실을 언제나 염두에 두고 있지는 않았지만, 누군가 '당신이 중요하게 생각하는 가치는 무엇입니까?'라는 제목의 설문 조사 용지를 나눠주며 오십여 가지 보기 중에서 하나를 골라 표기하라고 한다면 무의식적으로 가장 먼저 그 단어를 발견하게 될 사람이 나라는 걸 알았다. 하지만 '아름다움이란 무엇인가요?' 하고 누군가 묻는다면 설명하기가 무척 힘들어질 것이었다. 그건 이를테면 이런 모양새이다.

볕이 좋은 가을날이다. 교실의 창문 중 두 개는 완전히 열려 있고, 탁자 위에는 비어 있는 하얀 꽃병이 놓여 있다. 우리 반 담임이 이제 그걸 누군가에게 주고 싶어한다. 상으로 주고 싶어한다는 점에서 그 꽃병은 트로피를 연상시키기도 하지만 트로피는 아니다. 트로피처럼 한 손에 잡히는, 매끈하고 하얀 도자기로 된 꽃병이다. 담임은 허름하고 품이 넉넉한 회색 양복을 입고 다닌다. 와이셔츠 단추를 두 개 풀어놓아 벌어진 옷 틈 사이로 목둘레 부분의 안감이 살짝 보이는데, 희고 깨끗하다. 학생 중 누군가는 아마도 담임의 허름한 양복 또한 청결하리라는 걸 짐작하며 그의 집 옷장 속에 해지고도 품이 넉넉한 회색 양복이 적어도 서너 벌 정도 나란히 걸려 있는 장면을 상상하고 있다. 담임은 귀가 살짝 어두워서 누군가의 무슨 말을 귀담아듣고 있을 때는 미간에 약간 주름을 잡고 고개를 앞쪽으로 쑥 빼는 버릇이 있다. 또 약간의 악취미가 있다. 학생들을 혼내야 하는 때에 체벌이나 훈계 대신 상, 또는 선물을 준다. 그 선물은 보통 이상한 것들이다. 부러진 나뭇가지, 한 줌의 노끈, 헝클어진 털실, 부패중인 낙엽 한 더미 등 온당치 않은 일들이 벌어지는 현장에 놓여 있던 무엇이든 그의 선택에 따라 상이나 선물이라 호명될 수 있다. 전에 교실 뒤쪽에서 바닥을 뒹굴며 싸우던 남학생 둘은 손잡이가 떨어진 주전자를 상으로 받았다. 담임은 그애들을 학생들 앞쪽으로 불러 세우고는 싸우던 모습 그대로 재연해 보이도록 청했다. 그렇다. 청했다. "자, 시작해보실까요?" 싸움꾼들은 구경거리가 되어 좀전까지만 해도 거침없이 휘둘렀던 제 주먹과 발을 다른 구경꾼들과 마찬가지로 조금은 의식적으로 바라보며 움직일 수밖에 없다. 오로지 이제 그만하라는 말이 떨어져야 그 우습고도 굴욕적인 상황에서 벗어날 수 있다. "참들 보기 좋구나. 그렇게 생각하지 않니?" 담임은 온 학생들을 찬찬히 둘러보며 묻고는 주전자를 두 싸움꾼에게 하사했다. 그리고 두 학생은 손잡이가 떨어진 주전자의 주둥이와 몸통을 각기 붙잡고 교실 뒤끝까지 천천히 걸어가는 의식을 치렀다.

다시 그날로 돌아가기로 한다. 별 좋은 가을날이다. 길우는 수업시간에 소설책을 몰래 읽다가 막 발각된 참이다. 선물이 무엇인지 알게 됐고, 회피할 길은 없다. 길우는 혼자 몰래 읽던 책을 들고 자리에서 일어나, 이제 교실에 있는 아이들 모두가 알아들을 수 있을 만큼은 소리를 내어 그걸 읽어내야만 한다. 길우는 난처한 상황에 달리 대처할 방법을 몰라서 미소를 지어 보이며 눈앞에 책을 펼쳐 든다. 탐정소설이다. 탐정이 시체의 혈흔을 살피는 대목을 골라 읽는다. 죽은 자는 체격이 좋고 머리가 벗어진 중년 남자로 흰색 실크 로브를 걸치고 있는데, 불룩 나온 배 부분이 검붉은 피로 물들었다. 그 얼룩은 그가 누워 있는 검푸른 카펫, 크고 작은 다이아몬드형 문양이 반복되는 그 카펫까지 이어져 작은 문양 한 개를 완전히 덮었다. 시체의 눈가에 찢긴 상처가 났고, 그 옆쪽으로 약간 이가 빠진 칼이 버려져 있다. 방안에는 피냄새와 썩은 과일향이 섞여 감돈다. 길우의 얼굴에 가을 햇살이 닿아 옅은 금빛이 감돈다. 빛이 얼굴에서 목, 어깨로 내려오는 선을 타고 하얗게 부서진다. 머리칼 몇 가닥이 공중으로 살짝 올라서 있다. 보이지 않는 손이 감아올린 것처럼. 부드럽고 청량한 바람이 길우의 머리칼과 내 머리칼을 동시에 건드리고 지나간다. 나는 얼굴에 열기를 느낀다. 참혹하고도 황홀한 내 감정을 어쩌지 못한다. 이 순간이 그대로 한 장의 그림처럼 내 안에 천천히 스미고 섞이기를 기원한다. 빈 꽃병을 한 손에 움켜쥐고 선, 해진 정장 차림의 선생과 그 앞에서 빛나는 얼굴로 말을 쏟아내는 소년과 바닥에 쓰러져 있는 이미 죽은 사람, 반질거리는 흰색 실크 로브, 버려진 칼과 검붉은 피. 그리고 그 순간을 정확히 이해하려는 탐정에 대해서도 생각하지만, 그에 대한 묘사는 충분치 않아 그는 결국 시신 옆에 길게 늘어진 그림자로만 남는다. 현장을 증언하는 소년의 얼굴은 해사하고, 소년의 얼굴과 몸에 드리워져 이 모든 일을 낱낱이 함께 호흡하는 햇살은 곡식을 무르익게 하고 과일에 즙이 차오르게 하는 그 빛과 같다.

오후의 학교 운동장 벤치에 앉아, 나와 길우는 학예회에 관해 이야기를 나누고 있었다. 담임이 길우에게 상으로 빈 꽃병만 준 게 아니라 과제를 하나 더 안겨주었기 때문이다. 담임은 학예회 때 반 아이들이 다소 교훈적인 연극 한 편을 무대에 올릴 수 있도록 지도해왔다. 쥐들이 누가 고양이 목에 방울을 달 것인가로 토론을 벌이는 이솝우화를 가지고 학생들이 공동 각색을 하도록 했고, 각기 배역을 맡아 공연에도 참여토록 유도했다. 원래 우화는 말로만 떠들 뿐 방울을 달 용기 있는 쥐가 한 마리도 없어서 뿔뿔이 흩어지고 마는 게 마지막이었지만, 우리의 연극 속에서는 일곱 마리의 쥐들이 계획은 실패하더라도 그 과정에서 위기를 타파할 지혜를 모으는 것으로 수정되었다. 전학생이었던 나는 대사가 없는 나무 역할을 맡았다. 갈색 옷을 걸치고 손보다 큰 초록색 장갑을 끼고 머리에는 꽃핀 두 개를 꽂고서 무대에 올라, 날씨가 좋으면 활짝 웃고 궂으면 찡그리는 표정 연기를 하면 됐다. 쥐들이 싸우면 근심하는 표정을 짓고, 쥐들이 협심하면 두 팔을 환호하듯 흔들었다.

길우는 원래는 아무런 역할이 없었는데, 담임의 지시에 따라 갑작스레 스스로 역할을 만들어 극 속에 끼어들어야 했다. 길우는 무엇을 하면 좋을지 알지 못했다.

"여덟번째 쥐!"

내가 말하자 길우는 쥐는 더 필요 없을 것 같다고 했다.

"생선가게 주인."

"나는 너처럼 나무 같은 걸 하고 싶어."

나는 내 역할을 길우에게 양보할 수 있다고 했다. 장갑도, 핀도, 갈색 옷도 다 내줄 것이라고.

"뺏는 건 싫어."

"그냥 주는 거야."

"그냥 받는 거는 싫어."

"'싫어'는 이제 그만해. 우리집에 가자."

나는 길우를 집으로 데려갔다. 할머니와 친구분들이 마루에 둥그렇게 모여 앉아 그 자리에 참석하지 못한 다른 동료를 위해서 기도하고 있었다. 할머니는 기도중에 일어나서 큰 배를 하나 깎아 반투명한 흰 플라스틱통에 담아주었는데, 나는 그걸 들고 내 방으로 가지 않고 길우와 마당으로 나갔다. 어머니와 내 생활이 고스란히 한자리에 들어차 있는 모습을 노출하고 싶지 않았다. 그건 너무 많이 보여주는 일이 될 것이었고, 동시에 겨우 그런 것들로만 보이게 되는 일이었다.

나는 마당에 있는 채송화, 샐비어, 사철나무, 목련나무, 사과나무, 감나무를 길우에게 '소개'했다. 집 뒤쪽에 커다란 버드나무도 있었다고 할머니에게 전해들었는데 그건 내가 이곳에 오기 전, 그보다 훨씬 이전에 베여 지금은 그루터기만이 남아 있다고, 또 봄이 되면 마당이 어떻게 변할지 궁금하다고 말했다. 길우는 아버지 차를 타고 가다가 교통사고가 났던 일을 이야기해주었다. 눈을 떠보니 병원이었는데, 아버지는 목과 허리를 다쳐서 치료를 받았지만, 자기는 멀쩡했다고.

"나한테 행운석이 있었거든. 우리 누나가 준 거야."

길우가 입고 있던 점퍼 안주머니에서 자주색 작은 주머니를 꺼냈다. 부드럽고 광채가 도는 천으로 만들어진 주머니였다.

"손 좀 펴봐."

나는 한 손을 펴서 길우에게 내밀었다. 길우가 주머니의 검은 끈을 잡아당겨 풀고 가볍게 내 손 위에서 주머니를 털어내자 매끄럽고 하얀 돌멩이 하나가 톡 떨어졌다.

"이거, 너 줄게."

"나한테 이걸 왜 줘?"

"그냥."

"안 받을래. 네 거잖아. 싫어."

"오늘 치 '싫어'는 내가 다 써버렸다. 넌 좋아할 수만 있어."

길우는 마당을 돌아다니며 나무들을 살피더니 자기는 '바람' 역을 맡겠다고 했다.

"이렇게 나무 근처를, 하얀 천 같은 거 두르고 몇 번 왔다갔다 하면 될 거 같아. 네가 그때 나만 알아볼 수 있는 사인을 보내줘. 그럴 수 있어?"

"사인? 뭐라고 어떻게 보내면 돼?"

"나야 모르지, 네 마음이니까. 근데 내가 그때는 알아볼 거 같긴 하다."

전보다 훨씬 친밀해졌다는 느낌이 급격히 은밀해져서, 다음날 학교에서 길우를 만났을 때는 도무지 자연스럽게 행동할 수가 없었다. 그런 스스로가 낯설어서, 나는 길우에게 행운석을 주고, 또 길우의 자랑거리도 되어주는 길우의 누나를 먼발치에서 지켜보았다. 머리칼을 한껏 치켜다 정수리 부분에서 하나로 묶은 길우의 누나는 노란 얼룩무늬 아기 고양이 한 마리를 품에 안은 채 주택과 주택 사이로 난 골목길로 들어서더니 조금씩 작아지며 멀어져갔다. 이토록 애틋한 내 마음이 한순간에 볼품없이 사소하고 너절한 이유로 완전히, 그야말로 바람처럼 사라질 수 있다는 걸 나는 알고 있다고 여겼고, 그 때문에 이미 슬펐다.

*

"엄마 우리 생각을 좀 해요, 남 말고 우리 생각."

할머니의 큰딸이 그렇게 외치는 소리를 들었기에 나는 주방으로 몸을 들이려다 말고 다섯 발자국쯤 뒷걸음쳐서 물러났다.

"아버지도 그렇지, 어떻게 그 사람들 뭘 믿고 그럴 수가 있어요?"

우리 모녀와 관련된 이야기인가 싶어서, 나는 내 방으로 냉큼 돌아갈 수가 없었다. 들려오는 내용을 선별해야 했다. 내가 어머니에게 배우고 싶었던 좋은 점 중 하나는 그것이었다. 선별하는 것. 필요한 정보와 그렇지 않은 정보를 가려내고, 반응해야 할 것과 그저 지나쳐야 할 것을 구분하는 것. 그런데 할머니가 "그 이야기는 접어두자. 나중에 해" 하고 금세 대화를 포기하는 통에 감정만을 전달받았다. 할머니는 고심하고 있고, 아마도 무언가를 이미 속으로 결정해버린 것인지도 몰랐는데, 그게 무엇이든 흘가분하지는 않으며, 할머니의 큰딸은 속 끓이며 애태우고 있었다.

그리고 낮에 홀로 낚시터에 갔던 할아버지는 그날 밤늦게서야 돌아왔는데, 어쩐 일인지 사위의 차 조수석에 동승한 채였다.

그 밤 우리 모녀는 마치 없는 듯이 방에서 숨죽여 지냈다. 화장실에 갈 때 발소리를 내지 않으려고 양말을 갖춰 신었고, 잠이 오지는 않았지만 어쨌든 이부자리에 들었다.

어머니는 이불을 뒤집어쓰고서 우선 좋은 상황에 대해 내게 속닥거렸다. 회사에서 이 년 연장 계약을 하게 되어 잘 버틴 보람이 생긴다고, 이 집에서 좋은 기운을 많이 받았으니 고마운 일이라고. 그러고는 "참 기막혀" 하고 한숨을 열게 내쉬었는데, 나는 곧 그게 자책의 의미는 아니란 걸 알게 됐다.

"피아노 선생이 그럴 수도 있는 거야, 그러니까. 사람은 누구나 그렇게 될 수 있어. 사람은 사람됨을 장담 못해. 사람은 고귀하고, 또 아주 우스운 거야."

어머니가 가타부타할 수 있는 피아노 선생이라면 먼 데 있는 모르는 사람이 아니라 가까이 지켜본 적 있는 사람일 텐데, 그렇다면 나도 아는 인물일 것이었다. 할머니와 할아버지의 건물에 든 예지피아노학원의 선생. 평범한 인상에 아담한 키, 말하는 속도가 아주 빠르고, 흥분하면 목이 조금 빨개지던 사람.

"왜 그러는데? 뭐가 어떻게 됐는데?"

나는 그 밤에는 제대로 된 대답을 듣지 못했고, 다음날 다시 집안에 언성이 높아지면서 내막을 좀 알게 되었다. 할아버지와 할머니가 큰딸에게 큰소리로 야단을 맞고 있었다. "그걸 믿었어요? 그 말을 믿어요? 뭘 보고 그런 말을 믿어요? 대답 좀 해보세요,

네?" 자식에게 '애처럼 선불리 믿는 마음'을 휘어잡히는 할아버지, 할머니와 그들 대신 아프다고 소리지르고 있는 것 같은 자식의 무르고 약한 젊은 마음.

할아버지는 피아노 선생의 큰오빠가 속해 있는 장학재단에 당신 목돈이 의미 있게 쓰일 줄 알았다. 부실 운영에 탈세에 돈이 줄줄이 다른 데로 새고 있어 문제가 곪아터질 지경에 이른 곳의 명목이 '장학'일 수도 있다는 걸 이런 식으로 무슨 대가를 치르며 알아가야 하는 나이가 아니었다. 당신이 그렇게 헛살아왔다고는 생각지 않았다. 하지만 미약한 목소리로 후회한다고 대답하고 있었다. "그럴 줄을 몰랐다. 후회한다."

할아버지와 할머니는 당신들이 이제 전처럼 지혜롭지도 않고, 전과 비슷한 일에도 전보다 많은 힘이 든다는 걸 인정한다고, 인내심도 점점 부족해진다면서 큰딸과 사위의 제안을 받아들이겠다고 했다. 그 제안이란 이듬해 날이 풀리면 아파트로 이사하는 것이었다. 간소하고 편리한 다른 생활로 몸을 들이며 지난 과오와 슬픔을 옛집에 떼어놓는 것이었다. "그러니까 이제 그 이야기는 그만하자꾸나."

어머니는 봄까지는 시간이 좀 남아 있다는 데 한시름 놓았다. 어머니는 크리스마스를 앞둔 즈음 할머니의 친구분들이 모여 기도하는 모임에 나를 데리고 딱 한 번, 그러니까 처음이자 마지막으로 참석했다. 그때 나는 내 기준으로는 퍽 지루하게 느껴졌던 성가를 웅얼웅얼 따라 하다가 잊고 있던 기억이 하나 살아났는데, 그 예지피아노학원 선생이 우리 모녀처럼 언젠가 단 한 번 할머니의 기도 모임에 천식을 앓는 자기 딸을 데리고 와서 묵직한 목소리로 꽤 근사하게 성가를 불렀다는 사실이었다. 피아노 선생이 '세상 즐거움 다 버리고 세상 자랑 다 버렸네' 하는 대목을 부를 때 목의 아랫부분이 빨개지던 것, 노랫소리가 커지던 그 부분에 맞춰 참아오던 밭은기침을 뱉어내고서 안도의 한숨을 내쉬며 고개를 수그리던 그 딸의 모습이 떠올랐다.

학예회 날 아침에 비가 내렸다. 어머니는 회사 일로 참관을 할 수 없었던 게 미안했던지 등을 펴고 당당하게 해내라는 말과 함께 내 주머니에 용돈을 챙겨넣어주었다.

"그러지 않아도 돼. 나무는 서 있으면 그만이야. 그게 나무의 아름다운 점이야."

내가 그렇게 어머니를 위로하려 들었더니, 어머니는 입바른 소리를 하면 실수하고 망신당하기 쉽다며 정신 차리고 잘해내라고 했다.

일곱 마리 쥐와 고양이에 관한 연극이 시작되었을 때, 나는 내가 극 중 어딘가에서 미끄러지고 말 것이라는 예감에 사로잡혔다. 왜냐면 그날 '바람'이 나타나지 않았고, 내가 복도에서 담임과 옆 반 선생이 대화하는 내용을 엿들었기 때문이었다. 옆 반 선생은 길우네랑 같은 아파트 주민이었는데 그분이 말하길, 길우가 자꾸 어지럽다더니 한 줌 모래처럼 바닥에 스르륵 쓰러졌다고 했다.

"새벽에 구급차 불러서 응급실로 갔어요. 길우 엄마가 완전 넋이 나갔더라고요. 교통사고 후유증일 수도 있어서 뇌도 검사한다던데, 심란하네요. 별일 없어야 할 텐데요."

나는 무대에 올라 초록색 장갑을 낀 양손을 가만히 위로 들고 선 채로 눈물이 솟는 걸 참았다. 수술대에 누워 머리에서 피를 흘리는 길우의 모습이 자꾸만 떠올랐다. 행운석을 집에 두고 온 자신이 형편없는 바보 같았고, 그걸 받지 말았어야 했다고, 길우의 행운은 길우에게 머물도록 그대로 두는 게 좋았으리라고 생각했다. 소중한 걸 잃는 기분에 대해서라면 어느 정도 알고 있다고 여겼는데, 아니었다. 나는 아무것도 몰랐다. 모르는 채로 더 잃게 될 것이다, 뼈가 시려올 때까지.

나는 이에스더가 되어본 적이 있었다. 할머니가 원하는 게 내가 원하는 것과 같다고 느꼈고, 그건 우리 둘만의 확신이었으니 둘 사이에만 묻어두었다. 일생에 단 한 번, 돌에 새겨둔 언약처럼. 나는 마루에 서 있었지만, 스위스의 자연 속에도 있었다. 스위스에 가본 적이 없다는 사실은 문제가 되지 않았다. 나는 무릎이 나온 하얀색 면바지와 분홍색 니트를 입고 있었지만, 동시에 무지갯빛 한복 속에 바스락거리는 속치마를 갖춰 입고 나풀거리는 다른 이의 환영이었다. 할머니는 두 손을 모아 당신의 입가에 가져갔다. 나는 중앙에 할머니를 앉히고 천천히 마루를 돌다가 점점 속도를 내며 나와 에스더에 집중했다. 북 없이 북춤을 추었다. 칼 없이 칼춤을, 부채 없이 부채춤을 추었다. 나는 생과 사 사이의 함정에 빠져버린 가련한 젊은 여자 에스더였지만, 들썩이며, 흔들리며, 벽장에서, 천장에서, 마당의 나무 그림자 뒤에서 튀어나와 춤을 추었다. 그때는 모든 순간이, 모든 감정이 완전하다고 느껴졌다.

나는 이제 나무 복장을 한 채로 길우가 되어본다. 길우만큼 어지럽고 눈앞이 깜깜해지고 싶다. 그러자 귓속이 윙윙 울리면서 발밑이 덜컹거린다. 어쩌면 이 모든 게 마지막이겠지. 나는 숨이 끊어지며 지상에서 완전히 길을 잃을 거야. 엄마는 나를 잃고 울겠지. 쥐들의 행렬이 눈앞에서 지워져간다. 나는 발밑이 들리는 것 같은 느낌에 저항하며 발꿈치로 바닥을 짓누른다. 넘치게 사랑받았다는 느낌이 차오른다. 감당할 수 없는 무언가가 어마어마한 진동을 내면서 저만치서 내게로 돌진해오는 듯하다.

또 한편으로는, 다행하고 무사한 길우와 내 미래를 본다. 운명에는 탄성이 있다. 어느 한때 우리는 마흔세 살쯤이고, 하루가 저무는 속도로 하루를 잃는 보통의 어른이다. 아이일 때보다 훨씬 많은 비밀을 품고 살지만, 비슷한 스타일의 외투 서너 벌 속에 스스로를 단정히 채워넣는 사람이다. 아름다움이라는 단어를 귀중하다는 표현과 나란히 붙여놓고 볼 수는 있으나 타인에게 쉽게 발설하지 않는 사람. 다만 우스워지지 않으려고 애쓰는 것만으로도 온몸에 진땀을 흘릴 만큼 힘을 들여야 하는 사람. 그리고 이 모든 연극에는 아직 알려지지 않은 배역이 하나 더 있다고, 나는 그게 들소라고 느낀다. 지금 저만치서 그게 오고 있다고.

| 작가노트 |

내가 그린 들소 그림은

자신이 알던 누군가와 닮았다는 이유로 타인에게 제 방과 그 방의 전망을 열어주는 사람에 관한 이야기를 쓰고 싶었다. 첫 마음은 그랬다. 나는 이 모티브로 적어도 네 편 정도의 이야기를 쓸 수 있을 것 같은데, '닮은 사람'이란 무엇을 의미하고, 또 무엇을 불러일으키는가? 등등을 상상하는 일이 내게 매우 흥미로워서이다.

하지만 이번에는 제목을 「들소」라 붙였고, 내 유년기의 추억이 있는 외가의 풍경 중 일부를 가져와 형태를 바꾸어 이곳저곳에 심어놓았으며, 그러는 동안 이야기의 양상과 흐름이 변화했다. 글이 나아가고 머무는 곳마다 푸름이라 불리는 아이와 아이의 엄마, 집주인 노부부가 서 있는 터전을 골똘히 들여다보면서 누구에게나 생을 시시각각 선명히 체감하고 또 풍부히 예감하는 시기가 있다는 걸 떠올렸다.

그리고 기억의 도막 몇 개를 인물들에게 불어넣었다. 물론 기억하는 모습 그대로는 아니었다. 내가 가지고 있던 재료들은 다음과 같다. 애거서 크리스티의 추리소설 시리즈, 엄마의 검은색 팬티스타킹을 입고 참여했던 학예회 연극, 아침저녁으로 기도문 읊는 소리가 나직이 흘러나오던 외증조할머니의 방. 그런가 하면, 글을 쓰는 동안 그곳의 냄새와 발밑의 감각까지 줄곧 선명하게 의식하고 있었으면서도 그 귀퉁이조차 담아내지 않은 장소도 있다. 너른 마당의 창고 두 곳, 그리고 뒷문과 도로 사이에 놓인 음습한 통로.

때로 이상한 매혹을 느끼며 떠올리게 되는 소설 속 장면들이 있다. 그 저자가 나일 경우에도 그렇다. 독자들에게는 어떻게 다가가는지 무척 궁금해진다. 예를 들면 이런 부분들. 소설 속 피아노 선생이 노부부와 신뢰를 유지하려는 목적을 품는 동시에 그들을 이용하려는 의도를 감추거나 스스로 외면하며 교인들의 회합에 섞여 자기 딸과 함께 찬송가를 부르는 장면. 애틋한 마음이 금세 볼품없이 하찮아질까 두려워하는 아이가 고양이를 안고 걸어나가는 사춘기 여학생의 모습을 멀찍이서 오래도록 지켜보는 장면. 약간의 광기를 공유하는 노인과 아이가 칼춤과 북춤을 홀린 듯 시연하고 또 지켜보는 기이한 구도. 사물의 호명법이 뒤바뀐 다른 세상을 상정하고 끔찍한 살인사건의 현장 이미지와 풍요로운 가을빛을 동시에 떠올리는 일에 관하여도.

생각의 고리들을 끊었다가 성기게 잇는다. 도로 뚝 떼어내 영 다른 데에도 붙여본다. 인생의 어느 시기마다 스스로가 놓인 정황에 따라 그 대답이 달라질 질문들이 스며 있으리라 추리하고 헤아리는 건 노회한 어른들의 놀이로도 매력적인 일이다.

그러니 '들소'는 무엇일까?

| 리뷰 |

저만치서 내게로 돌진해 오는 그것

윤성희(소설가)

아름다운 단편이란 무엇일까? 단편을 정의내리는 많은 말들이 있겠지만 내가 가장 좋아하는 말은 이것이다. "누군가의 삶 혹은 인간관계를 슬쩍 들여다보는 눈길." 윌리엄 트레버의 말인데, 이 문장을 읽은 이후 나는 단편을 쓰기 전에 종종 이 말을 생각한다. "슬쩍 들여다보자. 슬쩍." 글을 쓰기 전에 이렇게 중얼거리면 어깨에 힘이 조금은 빠지는 것 같다. 저 문장을 읽기 전까지 나는 단편에서는 슬쩍 들여다보는 것보다 재빨리 포착하는 것이 더 중요하다고 생각했다. 새들이 물고기를 낚아채듯. 그런데 막상 소설을 써보니 재빨리 포착하는 것에는 한계가 있었다. 감각의 문제라 할까…… 재빨리 포착하는 능력은 내게 없는 것 같았다. 그보다는 오래 두었다가 가라앉게 만드는 것이 내 체질에는 맞았다. 기준영의 「들소」를 이야기하는데 내 이야기가 너무 길었다. 다른 도입을 수없이 생각해봤지만 이 글은 이렇게 시작할 수밖에 없었다. 이 단편을 처음 읽던 날 내 머릿속에 든 생각이 바로 '아름다운 단편이란 무엇일까?'라는 질문이었기 때문이다. 그 질문이 떠올랐고 질문의 답을 찾기 위해 우왕좌왕하던 내 모습이 떠올랐기 때문이었다. 그리고 어떤 정의보다 그 정의를 넘어서는 작품을 만나는 것이 더 좋은 해답 찾기라는 것을 새삼 깨달았기 때문이었다. 나는 「들소」를 읽고 이 작가가 누구인지 너무나 궁금했기에 행복했다. 그리고 좋은데 뭐가 좋은지 정확히 말할 능력이 모자라 그저 어리둥절해하며 오랫동안 가만히 있었다. 아, 좋은 작품은 그냥 좋구나, 어떻게 좋은지 말로 설명할 수 없어도 좋구나, 하면서.

「들소」는 한 소녀가 노부부가 사는 마당 있는 너른 주택으로 이사를 오면서 시작한다. 딸을 잃어버린 상처를 안고 있는 노부부가 모녀에게 거의 공짜로 방을 내주었기 때문이었다. 소녀의 어머니가 자신들이 잃어버린 딸과 비슷하게 생겼다는 이유만으로. 이 소설은 소녀가 노부부의 집에서 보낸 '그해 가을'에 관한 이야기이기도 하고, 소녀와 길우의 우정과 성장에 관한 이야기이기도 하고, 아름다움에 관한 이야기이기도 하다. 그리고 낯선 환경에 던져진 소녀가 자신을 둘러싼 세계를 자신만의 방식으로 감각하는 소설이기도 하다. 내가 이 소설을 말로 설명할 수 없는 이유는 (내 능력의 문제도 있지만) 세계를 감각하는 소설이기 때문이 아닐까 생각한다. 주인공이 자신을 둘러싼 세계를 해석하는 소설을 읽을 때는 해석의 틀에서 질문을 던져볼 수 있지만 세계를 감각하는 소설을 읽을 때는 감각을 음미할 수밖에 없으니까. 뭐, 거듭 말하지만 내가 말주변이 없어서 이런 핑계를 대는 것만은 아니다.

그러니 「들소」 장면들을 먼저 음미해보자.

빈 꽃병을 한 손에 움켜쥐고 선, 해진 정장 차림의 선생과 그 앞에서 빛나는 얼굴로 말을 쏟아내는 소년과 바닥에 쓰러져 있는 이미 죽은 사람, 반질거리는 흰색 실크 로브, 버려진 칼과 검붉은 피. 그리고 그 순간을 정확히 이해하려는 탐정에 대해서도 생각하지만, 그에 대한 묘사는 충분치 않아 그는 결국 시신 옆에 길게 늘어진 그림자로만 남는다.(283쪽)

이 묘사는 수업시간에 탐정소설을 읽다 들킨 길우가 그 벌로 소설의 한 대목을 반 아이들 앞에서 읽는 장면 중 일부이다. 교실에서 책을 읽는 소년이 있고, 책 속에는 시체의 혈흔을 살피는 탐정이 있다. 이 두 개의 장면은 "순간이 그대로 한 장의 그림처럼 내 안에 천천히 스미고 섞이기를 기원한" 주인공의 마음을 통과하고…… 그래서 이런 엄청난 묘사가 나오게 된다. 이것은 오직 소설만이 할 수 있는 묘사이다. 두 개의 시공간이 겹쳐지는 것. 이런 묘사 방식은 이 소설 곳곳에 나온다. 잃어버린 딸이 스위스에 춤추러 갔다고 믿는 노부인 앞에서 잠시 그녀의 딸이 되어 춤을 추는 소녀의 모습을 묘사하는 장면도 또한 슬프고 아름답다.

나는 마루에 서 있었지만, 스위스의 자연 속에도 있었다. 스위스에 가본 적이 없다는 사실은 문제가 되지 않았다. 나는 무릎이 나온 하얀색 면바지와 분홍색 니트를 입고 있었지만, 동시에 무지갯빛 한복 속에 바스락거리는 속치마를 갖춰 입고 나풀거리는 다른 이의 환영이었다. (……) 북 없이 북춤을 추었다. 칼 없이 칼춤을, 부채 없이 부채춤을 추었다. 나는 생과 사 사이의 함정에 빠져버린 가련한 젊은 여자 에스더였지만, 들썩이며, 흔들리며, 벽장에서, 천장에서, 마당의 나무 그림자 뒤에서 튀어나와 춤을 추었다.(291쪽)

이런 장면을 보면 슬쩍 들여다보는 것이 무엇인지, 또 재빨리 낚아채는 것이 무엇인지, 알 것만 같다. 그리고 또 이런 생각도 들었다. 우연히 길을 걷다 아무도 살지 않는 집을 발견한다. 그래서 그 집에 들어가봤더니 앨범 하나가 버려져 있다. 그 앨범에는 몇 장의 사진이 남아 있다. 한두 개. 많아야 다섯 개 정도. 각기 다른 페이지에 있는 사진들은 연결이 되지 않는다. 단편소설이란 그런 앨범 속 사진을 보는 것이 아닐까? 그 사진들이 나비처럼 날아갈 수 있게 해주는 게 아닐까? 「들소」를 읽다 아름다운 단편이란 그런 게 아닐까, 생각했다.

왜 들소일까? 연극 무대에서 주인공은 길우가 되는 상상을 한다. 소설 앞 장면에서 소녀는 딸을 잃은 후 그 구멍에서 헤어나오지 못하는 할머니를 보며 "할머니 말대로 할머니에게 '나는 지금 눈물이 난다' 하고 생각하면 눈물이 뚝 떨어지고, '나는 지금 얼굴이 빨개지고 있다' 하고 생각하면 얼굴이 새빨개지는 능력이 있어서이기를" 바란 적이 있다. 이 문장과 연결해서 생각해보면 소설의 마지막 장면이 연극무대인 것은 당연한 수순일 것이다. 정교한 구조이다. 연극무대에서 나무 복장을 입은 소녀는 길우가 되는 상상을 한다. 마루에 서서 스위스 자연 속에서도 서 있던 소녀처럼. 시공간을 넘나들며 소녀는 감각한다. 그러니 마흔세 살쯤인 보통의 어른이 된 미래도 볼 수 있는 것이다. 그렇기 때문에 '진동'을 느낄 수 있는 것이다. 세계의 축 따위는 없으니 세상은 흔들려야 한다. 발꿈치로 바닥을 짓누르며 서 있어도 "감당할 수 없는 무언가가 어마어마한 진동을 내면서 저만치서 내게로 돌진해오는 듯하다." 소녀는 땅을 흔들며 다가오는 그것을 느낀다. 소녀는 들소를 본다, 라고 말하지 않는다. "나는 그게 들소라고 느낀다"라고 말한다. 보는 것과 느끼는 것은 엄청나게 다르다. 느끼는 순간 소녀는 여러 사람이 될 수 있다. 동시에 여러 곳으로 여행을 떠날 수도 있다. 저만치서 들소가 다가오는 것을 느끼며 나무 복장을 한 채 무대 한쪽에 가만히 서 있는 여자아이. 나는 이 소설을 읽다 몇 번이나 그 아이의 환영이 되어본다.

2020
김승옥문학상

김승옥문학상 취지
심사 경위 및 심사평

김승옥문학상 운영위원회

김화영 류보선 이기호 허희순

심사위원

김화영 류보선 백지은 신수정 윤대녕 윤성희 하성란

| 김승옥문학상 취지 |

1960년대 한국 현대소설의 빛나는 한 정점을 보여준 작가 김승옥의 등단 오십 주년을 기념하여 그의 문학과 산문 정신을 기려 2013년 KBS순천방송국에서 제정한 문학상으로, 2019년부터는 순천시의 지원으로 문학동네가 새로이 주관하게 되었다.

김승옥은 1941년 일본 오사카에서 태어나 전라남도 순천에서 유년 시절과 청소년기를 보냈다. 순천중고등학교를 졸업한 그는 1960년 서울대학교 문리과대학 불문과에 입학했다. 1962년 한국일보 신춘문예에 「생명연습」이 당선되어 문단에 첫발을 내디딘 순간부터 그는 즉각 한 세대의 젊은 감성과 미학을 대표하는 존재로 예외적인 빛을 발하기 시작했다. 같은 해에 동인지 『산문시대』를 펴내는 동시에 「환상수첩」 「건」을 발표, 1964년 「무진

기행」, 그리고 마침내 1966년 첫 창작집 『서울, 1964년 겨울』을 발표함으로써 '감수성의 혁명'이라는 찬사를 한몸에 받으면서, 1960년 학생혁명을 주도한 '4·19 세대', 그리고 일제 교육의 일환인 강제적 일본어 세례를 받지 않고 우리말로 정규교육을 받은 첫 '한글세대'의 상징이 되었다. 1965년 제10회 동인문학상 최연소 수상, 1977년 제1회 이상문학상 수상은 그 웅변적인 예이다.

앞선 세대의 무기력한 전후문학과 결별하고 "태초와 같은 어둠 속에서" 안개 속의 낭떠러지로 전 인격을 내던지며 그는 새로운 감수성의 촉수를 더듬어 "자기 세계", 즉 진정한 자아를 찾기 위하여 "죽음의 팻말을 새기며" 길을 떠났다(『산문시대』 창간사에서).

그의 대표작들은 대부분 1960년대 초반에 발표되었고 단편소설이 중요한 몫을 차지하지만, 암울하면서도 폭발적인 젊음의 세계를 그만의 감각적이고 개성적인 문체로 형상화함으로써 단숨에 우리 현대소설의 가장 정치하고 드높은 봉우리에 이르렀다. 그 압축적인 창조성으로 미루어 지극히 예외적으로, 작가의 생존 중에, 이 상을 제정한 의의 또한 예외적이라 하겠다.

김승옥문학상 운영위원회

김화영 류보선 이기호 허희순

| 심사 경위 및 심사평 |

김승옥문학상이 문학동네로 주관사를 바꾼 이래 두번째를 맞았다. 등단 십 년 이상의 작가들이 한 해 발표한 단편소설 가운데 최고의 작품에 수상의 영예를 선사하고자 하는 김승옥문학상은 올해도 전년과 마찬가지로 작가들의 이름을 지운 채 블라인드 방식으로 심사를 진행했다. 이는 가능한 한 기성 작가들에 대한 선입견을 배제한 채 작품의 완성도에만 집중하고자 하는 김승옥문학상 나름의 심사 방식이라고 할 수 있을 것이다. 그 결과 완전히 새로운 방식으로 기성 작가들의 작품에 낯설게 다가설 수 있었던 것은 가외의 소득이라고 할 만하다.

2019년 7월부터 2020년 6월까지 일 년 동안 발표된 단편소설 중 조건에 부합하는 작품을 문학평론가 류보선, 백지은, 신수정 그리고 소설가 윤대녕, 윤성희, 하성란씨가 나눠 맡아 예심을 진행한 뒤 각자 3~4편의 작품을 추천하였고, 심사위원장인 김화영 선생이 합류하여 예심 추천작 총 19편에 대한 본심을 진행하였다. 그리고 최종적으로 7편의 작품을 선정하였다. 당연히 이 과정은 당대 최고의 작품들을 상대로 한 힘겨운 선택의 시간일 수밖에 없었다. 우리의 선택이 최선이 아닐 수도 있을 것이다. 다만 우리는 이 7편의 작품이 지난 일 년 동안 우리 소설이 놓인 자리를 가장 예리하고 묵직하게 대변하고 있다는 생각에는 변함이 없다.

작년에 이어 올해도 우수상의 영예를 차지한 권여선은 「실버들 천만사」를 통해 우리에게 익숙한 모녀 서사를 전혀 다른 방식으로 들려준다. 모녀 사이에 드리운 닮음의 실을 가능한 한 "몇천 몇만 가닥이든 끊어내고" 싶어하던 엄마 반희씨가 딸 채운과의 일박 이일 여행을 통해 딸을 두고 집을 나올 수밖에 없었던 과거의 두려움을 딛고 "모녀 사이에 수천수만 가닥의 실이 이어져 있다면 그걸 밧줄로 꼬아 서로를 더 단단히 붙들어 매자"는 다짐에 이르기까지의 일련의 과정을 산뜻하고 개운하게 엮어내는 이 작품은 최근 우리 문학이 도달한 여성 서사의 가장 긍정적인 버전이라고 할 만했다.

기준영의 「들소」 역시 모녀 서사의 일종이라고 할 수 있겠다. 다만 「실버들 천만사」가 엄마의 내면적 변화에 초점을 맞추고 있다면 이 소설은 고등학교를 졸업하던 해 딸을 낳고 아이의 아버지와 왕래가 끊긴 채 홀로 가계를 꾸려가야 했던 엄마의 십대 딸을 주인공으로 설정하고 있다는 점에서 색다른 양상을 보여준다.

기준영의 기왕의 소설이 그러하듯 동화적 면모가 두드러진 이 소설의 백미는 이러한 상황에 놓여 있는 소녀가 선보이는 '고독한 교감'의 방식일 것이다. 시의성이 두드러진 소재에도 불구하고 윤리적 결단이나 정치적 선택 대신 소설 장르 본연의 삶의 천착에 집중하고 있는 이 작품은 소설의 마지막 부분, 느닷없이 돌출하는 '들소'에 대한 호명과 함께 쉽게 잊히지 않는 매력을 선사하고 있다.

은희경이 오랜만에 발표한 작품 「우리는 왜 얼마 동안 어디에」는 뉴욕을 배경으로 하고 있다. 영화와 사진 속에서 휘황찬란한 아우라를 내뿜고 있는 그 도시는 그곳을 삶의 터전으로 삼고 있는 여성이든, 그 여성의 삶을 동경하며 서울에서의 비정규직의 고단한 일상을 위로받고자 하는 여성이든 그 누구를 막론하고 어떤 이들에게도 쉽사리 안식과 평화를 부여하지 않는다. 뉴욕이든 서울이든 우리는 각자의 삶을 묵묵히 견뎌나가고 있을 뿐이다. 은희경이 마련하고 있는 이 서늘하고 고독한 실존의 현장은 소설의 말미에서 맨해튼이 바라다보이는 벤치에 나란히 앉아 있는 두 여성의 쓸쓸하고도 애잔한 모습을 통해 감각적으로 구현된다. 여전히 투명하고 명징한 그녀의 문장이 그 감각을 더욱 두드러지게 만들고 있음은 다시 말할 필요도 없다.

정한아의 「바다와 캥거루와 낙원의 밤」의 주인공은 막 두번째 이혼을 감행한 여성이다. 피도 눈물도 없는 자본가 아버지의 건물 관리인이자 건물 청소부 역할을 떠맡으며 십대 딸과 함께 간신히 일상의 균형을 유지하고 있는 이 여성은 박사학위를 소지하고 있음에도 불구하고 정규직 교수가 되기는커녕 그나마 맡고 있던 대학의 강의마저 다시 맡기 어려운 형편이다. 늘 조금씩 아버지의 궤도 바깥으로 미끄러져나가는 트랙을 선택하고야 마는 이 여성의 삶이 그녀가 맡기로 한 임차인들의 삶과 구별되지 않는 것은 당연하다. 꽉 짜인 서사와 건조한 문체로 우리 사회의 주변부 인생들이 처한 극한의 삶을 조망하는 이 소설은 아마도 정한아의 대표작 가운데 하나가 될 것으로 보인다. 그녀에 따르면 '낙원'과 '행복'은 이제 헛된 기호로만 떠돌고 있을 뿐이다.

최은미의 「내게 내가 나일 그때」를 읽는 것은 고통스럽다. 작가와 거의 등신대로 등장하는 소설가 유정이 "자신을 가장 부딪히게 하고 굴절시켰던 것"에 대해 산문을 쓰고 난 뒤 겪게 되는 후회와 모멸의 감정을 배경으로 '친족 성학대'라는 뜨거운 어젠다를 겹쳐놓는 이 소설의 구성 방식은 여러 가지 의미에서 우리를 심문한다. 소설의 화자 유정이 '글쓰기'를 빌려 간신히 자신의 트라우마를 표현하고자 했으나 아무 일도 없었다는 듯 뚜렷하게 달라진 것이라곤 찾아볼 수 없는 현실의 강고한 벽은 자연스럽게 '표현할 수 없는 것'을 표현하고자 하는 글쓰기가 무엇인지 되묻는 계기로 작용하기도 한다. 과연 부계로 이어지는 혈연의 역사를 전복하고 그것이 숨겨온 상처의 이면을 조망하는 글쓰기는 요원한 것일까?

황정은의 「年年歲歲 1: 하고 싶은 말」이 여기에 조응할 수도 있을 것이다. 전년도 우수상 수상작이기도 했던 「파묘」에 이어 '한씨 가족'의 일대기를 조망하고자 하는 연작의 하나인 이 소설은 이번에 그 가족의 장녀 '한영진'을 초점 화자로 설정한다. 둘째 딸의 입장이 두드러졌던 「파묘」에서 엄마 이순일에게 자신의 가정을 맡기고 돈 벌러 나가는 인물로만 등장했던 한영진은 가계의 몰락과 더불어 자신의 꿈을 접고 일찍 가장이 될 수밖에 없었던 인생의 면면을 진솔한 에피소드와 더불어 담담하게 풀어놓는다. '하고 싶은 걸 다 하고 살 수 없다'로 요약되는 그녀의 삶은 황정은의 정교한 디테일과 삶에 대한 웅숭깊은 시선에 힘입어 비로소 단순히 가부장제의 희생양으로만 환원할 수 없는 입체적인 생기를 획득한다. 황정은의 힘을 확인하는 순간이라고 할 수도 있을 것이다.

김금희의 「우리는 페퍼로니에서 왔어」 역시 이 입체적 시선과 무관하지 않다. 이 소설의 주인공 기오성은 2007년 '잡어탕평'이라는 팟캐스트를 운영하며 참여정부의 청년 정책을 비판하다가 대선과 총선을 거치며 결국 보수정당에 들어가 정치인의 길을 걷게 되는 정치 논객이다. '수구 변태'로 불리다가 '세월호' 이후 행방이 묘연한 이 인물은 김금희에 의해 어느 하나의 이미지로 압축되지 않는 자신의 세대, 도무지 종잡을 수 없는 한국 사회를 대변하는 아이콘으로 등장한다. 대개 '정치 괴물'로 치부하고 말 이 인물이 우리 사회가 낳은 수많은 오류와 왜곡의 부산물로 떠오르는 것은 이 순간이다. 김금희는 '기오성은 누구인가'를 추적하는 이 소설의 메인 플롯에 2000년대 초반 이십대의 시간을 보내게 된 자신의 세대의 성장담을 여백으로 설정해둠으로써 한 시절 한국 사회의 풍속화를 완성한다. 그 결과 이토록 미시적이고 성찰적인 한 세대, 한 시절의 기억이 복원되었다. 2020년 김승옥문학상은 이 '오래된 미래'에 대상의 영예를 부여했다. '소설' 장르가 아니고선 결코 도달할 수 없는 지리라고 판단했기 때문이다.

김화영 류보선 백지은 신수정 윤대녕 윤성희 하성란

신수정(대표 집필)

김승옥문학상 수상작품집
2020 김승옥문학상 수상작품집

1판 1쇄 2020년 9월 28일
1판 3쇄 2020년 11월 11일

지은이 김금희 은희경 권여선 정한아 최은미 기준영
펴낸이 염현숙
책임편집 강윤정 | 편집 이재현 김영수
디자인 김현우 유현아 | 마케팅 정민호 박보람 우상욱 안남영
홍보 김희숙 김상만 지문희 김현지
제작 강신은 김동욱 임현식 | 제작처 영신사

펴낸곳 (주)문학동네
출판등록 1993년 10월 22일 제406-2003-000045호
주소 10881 경기도 파주시 회동길 210
전자우편 editor@munhak.com | 대표전화 031) 955-8888 | 팩스 031) 955-8855
문의전화 031) 955-3576(마케팅) 031) 955-2678(편집)
문학동네카페 http://cafe.naver.com/mhdn | 트위터 @munhakdongne
북클럽문학동네 http://bookclubmunhak.com

ISBN 978-89-546-7496-6 03810

* 이 도서의 국립중앙도서관 출판예정도서목록(CIP)은 서지정보유통지원시스템 홈페이지(http://seoji.nl.go.kr)와 국가자료종합목록 구축시스템(http://kolis-net.nl.go.kr)에서 이용하실 수 있습니다.(CIP 제어번호: CIP2020038395)

잘못된 책은 구입하신 서점에서 교환해드립니다.
기타 교환 문의: 031-955-2661, 3580

www.munhak.com